AF140067

Liebe ist so einfach -
aber das ist eine andere Geschichte

Bibliografische Information der
Deutschen Nationalbibliothek:
Die Deutsche Nationalbibliothek verzeichnet diese
Publikation in der deutschen Nationalbibliografie,
detaillierte bibliografische Daten sind im Internet über
dnb.dnb.de abrufbar.

TWENTYSIX – Der Self-Publishing-Verlag
Eine Kooperation zwischen der Verlagsgruppe
Random House und BoD – Books on Demand

Herstellung und Verlag:
BoD – Books on Demand, Norderstedt

ISBN: 9783740724771

Türkei Tag 1

Ich bin um Mitternacht gelandet und nach dem Verlassen des Flughafens doch ein wenig verwundert – ich brauche keine Jacke!? Na gut, ab in den Rucksack damit. Laut Busfahrer, der mich ins Hotel bringt, hat es hier tagsüber im Dezember immer noch zwanzig Grad Celsius! Verdammt, was sollen diese warmen Temperaturen? Ich habe mir extra eine Destination ausgesucht, an der es zu dieser Jahreszeit eher kälter ist, damit ich notgedrungen beziehungsweise gezwungenermaßen im Zimmer bleiben muss, mich weder Sonne noch Strand ablenken und ich so genug Zeit finde, um dieses Büchlein hier zu schreiben. Ja, ihr Lieben, ihr habt richtig gelesen. Ich hätte auch um das gleiche Geld in ein heißes Land fliegen und mir die Wampe bräunen lassen können, aber ich habe mich absichtlich dagegen entschieden. Ich wollte auch nicht den ganzen Tag am Strand abhängen, nicht das Meer genießen und mich auch nicht bis spät in die Nacht oder bis in die frühen Morgenstunden hinein an den Hotspots herumtreiben. Außerdem wollte ich mich schon gar nicht von hübschen Mädchen oder anderen Touristen ablenken lassen oder mich womöglich im Urlaub auch noch verlieben. Es ist ja nicht das erste Mal, dass ich bei Schneegestöber von zu Hause wegfliege und irgendwo im Süden bei dreißig Grad aus dem Flugzeug steige, aber im Moment ist alles anders. Ich habe das Gefühl, es ist ohnehin alles anders – die Frauen sind anders, die Zeiten sind anders und selbst ich bin nicht mehr derselbe, der ich einmal war. Es ist

Dezember und ich bin Single und das ist eine Scheißzeit um alleine zu sein!

Eigentlich wollte ich mit Natascha und ihrem Hund zu dritt schöne Weihnachten und ein tolles Silvester verbringen, wie wir es auch im Vorjahr wunderschön erlebt hatten. Allerdings verbringt Natascha das heuer lieber mit ihrem Hund und ihrem neuen Typen. Natascha mag Hunde sehr gern, deshalb hat sie auch diesen, ihr zugelaufenen, menschlichen Straßenköter namens Klaus gleich in ihre Wohnung aufgenommen und mich quasi durch ihn ersetzt.

Ein furchtbarer Typ und optisch ein offenbarer Gendefekt, aber Natascha kann nicht alleine sein. Sie hätte sich auch Frankenstein oder einen Massenmörder als Freund zugelegt, solange er sich nur mit ihrem Hund verträgt – aber das, ihr lieben Leser, ist eine andere Geschichte.

So sitze ich jetzt hier beim ersten Mittagessen und hätte nicht gedacht, dass im Dezember doch so viele Urlauber in der Türkei sind. Immerhin zum Baden im Meer ist es mir zu kalt, wobei sich heute ohnehin nur Jugendliche ins Wasser trauen, die ihren Freundinnen imponieren wollen und sich so wahrscheinlich noch eine Lungenentzündung holen. Mir ist es mehr als recht, dass man zwar zwei, drei Stunden kurzärmelig im Freien spazieren kann, ich aber mangels Bademöglichkeit im Meer die Zeit lieber im Zimmer verbringe, um ein paar Zeilen zu tippen. Ich bin so herrlich konsequent inkonsequent, dass ich genau deswegen nicht in ein heißes Land geflogen bin, denn da wäre ich erst wieder zu nichts außer einem Sonnenbrand gekommen.

Liebe Leser, bitte wundert euch auch nicht, wenn ich mit den Zeitformen ab und an ein wenig durcheinandergerate. Ich wurde deshalb schon in der Schule gerügt und ganz ehrlich kenne ich bis heute den Unterschied zwischen Vergangenheit und Mitvergangenheit nicht wirklich. Imperfekt läuft bei mir eben nicht so perfekt!

Jetzt schlage ich mir aber einmal mein Baucherl voll und beobachte die Leute im Speisesaal. Offensichtlich hauptsächlich arabischstämmige Menschen, wenige Germanen und noch weniger Ösis.

Zu viel fressen darf ich eh nicht, denn immerhin reagiere ich allergisch auf Kalorien und durch meine Unverträglichkeit neige ich dazu, durch zu viele Kilojoules sehr schnell fett zu werden.

Fast alle hier im Speisesaal stecken in Jogginganzügen, auf deren Rücken großgedruckt „Taekwondo Federation" prangt. Manche sind auch mit der jeweiligen Landesflagge versehen, von denen ich die meisten nicht kenne, aber ich vermute Tunesien, Marokko und ähnliche Gamudiländer, da in den meisten ein Halbmond zu erkennen ist. Das könnte jetzt zur Weihnachtszeit allerdings auch ein stilisiertes Vanillekipferl sein. „Gamudi", Mehrzahl „Gamudis", ist übrigens meine Bezeichnung für arabisch aussehende Menschen, die ich nicht zuordnen kann. Auf manchen Joggingoberteilen stehen die Länder auch ausgeschrieben, wie Russia, Sverige etc. Na bitte, ein Kampfsportlertreffen aus aller Welt in meinem

Hotel! Die Frauen sehen auch richtig gut aus. Da soll noch einer sagen, dass diesen Sport nur hässliche robuste Weiber ausüben, wie es vielleicht beim Hammerwerfen der Fall ist.

Was das Benehmen angeht, schlägt der Tisch mit den Russen allerdings alles. Anstatt sich beim Nachspeisenbuffet die Tortenstücke einzeln auf den Teller zu laden, holt der große Parteivorsitzende – ich nenn ihn mal so, weil er am lautesten plärrt und immer mit den Fäusten auf den Tisch schlägt, wenn er aufdringlich und übertrieben lacht – gleich das ganze Tablett mit der großen Torte an seinen Tisch. Jeder seiner Sitznachbarn sticht nun mit der Gabel in die Mitte und so sitzen sie da und fressen alle gemeinsam davon. Dass sie mehr als die Hälfte übriglassen und dass das keine Sau mehr fertigfressen möchte, scheint sie nicht zu interessieren. Der Kellner schüttelt beim Abräumen auch nur den Kopf und hätten die nicht alle einen Taekwondo Schriftzug auf Ihren T-Shirts, hätte ich ihnen vielleicht sogar selbst gesagt, dass sie ein Haufen russischer Vollidioten sind. Das Wort „Idiotskis" hätten Sie eventuell sogar verstanden, aber für einen Krankenhausbesuch meinerseits ist mir dann doch die Zeit hier zu schade. Morgen hol ich mir noch vor der Hauptspeise die Nachspeise und bunkere sie auf meinem Tisch. Man muss ja immerhin schauen, wo man bleibt. Die Kellnerin fragt mich, ob bei mir noch jemand nachkommt und ich verneine. Sie lächelt und räumt die anderen Bestecke ab. Sie ist ein hübsches türkisches Mädchen. Ob die schon einmal gefickt hat oder muschimäßig jungfräulich in die Ehe gehen muss? Viele dieser modernen arabischen Mädchen lassen es sich ja vor ihrer Hochzeit nur in den Arsch besorgen, denn dann ist bei der Untersuchung vor der Ehe gewährleistet, dass eine Ärztin dem hochzeitswilligem Rauschebartträger die Jungfräulichkeit des Fotzenloches bestätigt. Das hat mir zumindest einmal eine Tunesierin erzählt. Auf das intakte Jungfernhäutchen kommt es ja an und das ist dem Mann wichtig, nur dass die Typen vorher selber herumhuren wie Weltmeister ist nicht gerecht, aber so ist es wohl überall auf der Welt. Viele dieser Mädchen, die sich an kein Sexverbot gehalten haben, lassen Sie sich vor der Hochzeit unten ohnehin wieder zunähen, damit der Mann in der ersten Hochzeitsnacht das Gefühl hat, doch der Erste zu sein. Der Schönheitschirurgie sei Dank.

Viele Dinge verlangt man nur vom anderen und hält sich selbst nicht daran. Aber auch das, liebe Freunde und Freundinnen – um dem Genderwahn gerecht zu werden – ist eine andere Geschichte, auf die wir noch zurückkommen werden.

Am übernächsten Tisch neben mir schreit gerade ein Kleinkind schriller als jede Alarmanlage. Ich glaube die völlig verblödeten Eltern verschwenden nicht einen einzigen Gedanken daran, dass das die anderen zweihundert Gäste im Raum stören könnte. Sie tätscheln das Balg auch noch zärtlich und loben es offenbar noch, anstatt es irgendwie zu beruhigen oder zur Adoption freizugeben. Das hätte ich ihnen gerne vorgeschlagen, nur scheitert dies an meinen fehlenden

Türkisch- beziehungsweise Englischkenntnissen –
vielleicht ist es auch gut so.

Mich nervt es jetzt nur noch und mit meinem Pudding
bin ich auch schon fertig. Crème Brûlée wäre besser,
aber die ist im Moment gerade aus, weil die Russen
auch diese abgeräumt haben. Also ab ins Zimmer zum
Tippen...

Tante Monika

Das wird ein kurzes Kapitel. Zu vage sind meine Kindheitserinnerungen, aber Tante Monika trägt meines Erachtens das Alleinverschulden, dass ich Fußfetischist geworden bin. In der Kita mussten wir uns nach dem Mittagessen immer auf Matten legen und ein Mittagsschläfchen machen. Tante Monika machte dann noch einen Kontrollgang und hat uns alle mit einem Deckchen zugedeckt, sich dann an ihren Schreibtisch gesetzt und im Licht einer kleinen Lampe gelesen. Die Fenster des Raumes waren verdunkelt und irgendwo brannten einige Kerzen.

Ich selbst hatte meine Schlafmatte immer direkt neben ihrem Schreibtisch – der Stammplatz eines fünfjährigen Kindes, den es auch manchmal zu verteidigen gab. Ich habe keine Ahnung, ob das heute als sexueller Akt ihrerseits zu werten wäre, denn Tante Monika hat ihre Füße beziehungsweise ihre Zehen immer unter meine Decke gesteckt. Sie hatte nie Socken oder Strümpfe an und wenn sie aus ihren Holzpantoffeln herausschlüpfte, tapste sie damit unter meine Decke und kitzelte meine Brust. Ich möchte nicht wissen was passiert, wenn das in der heutigen Zeit ein Kindergärtner bei einem kleinen Mädchen macht. Der wäre umgehend als Sextäter, der sich an Minderjährigen vergreift, in die Haftanstalt eingeliefert oder schon vorher von den Eltern gelyncht worden. Manchmal hat sie ihre Füße sanft an mir gerieben oder sich selbst ihre Ballen an mir massiert. Damals konnte ich noch nichts damit anfangen, aber die Berührungen gefielen mir und zuhause gab es ja keine. Oft nahm ich ihre Füße auch in die Hand – meine fünf Fingerchen zwischen ihre fünf Zehen und so schlief ich dann ein. Wirkliche Gefühle regten sich natürlich noch keine, aber ich mochte ihre immer rot lackierten Zehennägel und ihre Frisur. Von einer Betty Page wusste ich als Fünfjähriger natürlich noch nichts, aber heute kann ich sagen, genau so sah Tante Monika aus und an diesen wunderbar gebräunten und schon damals glattrasierten Beinen und geilen Zehen würde ich heute gerne lutschen.

Tante Monika war ihrer Zeit voraus, denn alle anderen Tanten waren meist behaart wie der Großteil dieser heutigen grün-links wählenden, alternativen Ökofuzzi-Fotzen und anderen hardcorefeministischen Nazi-Emanzen. Vielleicht ist das ein Vorurteil, aber zumindest machen für mich die meisten dieser veganen Vegetarier diesen Eindruck.

Tante Monika dürfte heute vielleicht schon sechzig Jahre oder älter sein, andererseits sehen heutzutage viele Sechzigjährige besser aus als die meisten dieser jungen, eingebildeten Weiber, die mit mir im Fitnessstudio herumspringen. Der Sex mit reifen Frauen spielt sich ja auch fraglos auf einem ganz anderen Level ab.

Tante Monika war streng und wir hatten alle Respekt vor ihr. Sogar ich musste oft Winkerl stehen, wenn ich schlimm war, nur nie solange wie die anderen – ich hatte wohl den Schlafmattenbonus. Tante Monika machte auch Eindruck mit ihren langen, schwarzen Haaren, dem Ponytail und den strengen Stirnfransen.

Ich denke fix, dass Tante Monika heute noch irgendwo nebenbei als Domina arbeitet. Wenn ich mich nur an ihren Nachnamen erinnern könnte und wüsste wo die geile Sau wohl ihr Studio hat, wäre ich sicher Stammkunde.

Auf Facebook findet man öfters „Künstlerinnen", die meiner Kindergartentante von damals nicht unähnlich sehen – falls euch die Neugierde überfällt, googelt doch mal „Nicole del Santo", „Fräulein Katzentanz" oder „Tamara Kamikaze".

Türkei Tag 2

Auf das Frühstück verzichte ich, denn es reicht mir, wenn ich mich zweimal täglich all inclusive-mäßig vollfresse. Immerhin möchte ich ja noch in alle meine Hosen daheim passen. Heute habe ich mir einen Platz fern von Familien mit Kleinkindern ausgesucht und bin mitten in einer Runde von Russinnen gelandet. Natalia, Nadeshda und ihre Freundinnen sehen top aus und haben mehr Gold an ihren Fingern, als es in der ganzen Türkei zu kaufen gibt. Mir ist völlig unklar, warum sie damit so protzen müssen. Aber mein Gott, ist doch völlig egal, solange sie damit niemanden weh tun. Was sollen übrigens diese ganzen Designerhandtaschen, die sich bei ihnen auf dem Tisch stapeln? Warum sie alle diese Beutel zum Fressen mitschleppen müssen bleibt für immer ein Rätsel. Wenn es wenigstens coole Dinger wie die von Liebeskind wären, denn da passt ja immerhin noch das Preis-Leistungsverhältnis einigermaßen. Aber nein, meine Äugelein werden mit Louis Vuitton, Prada, Chanel und anderen Schickimicki-Zeugs gequält. Ob der Kram echt ist oder hier auf dem Fake-Markt gekauft wurde kann ich nicht sagen. Allerdings vermute ich, dass sich diese Russinnen ausschließlich Originale leisten.

Das Essen ist übrigens fein. Die Taekwondomädchen sitzen heute am anderen Eck des Raumes und haben für diesen Handtaschenschnickschnack sicher nicht mehr übrig als einen fetten Sidekick und das einzige Leder, das sie tragen, ist ums Handgelenk gewickelt und bringt als Boxhandschuh so manches Gesicht zum

Vibrieren. Vielleicht tragen manche ja auch ein bisschen Leder an anderen Körperstellen, die nur im Schlafzimmer offenbart werden. Figurmäßig sind meine Balkonmädchen jedenfalls alle prädestiniert für Lack und Leder. Mir kommt das Kotzen, wenn ich im Internet fette Frauen in Latex oder ähnlicher Fetischkleidung sehe.

Heute haben sechs dieser Mädchen vor meinem Balkon Übungen am Sandstrand gemacht und es war mehr als nett anzusehen. Deshalb auch dieser Ausdruck vorhin. Natürlich habe ich applaudiert und zum Spaß schnell Nummern von eins bis fünf auf weiße Papierblätter gezeichnet und bei gut gelungenen Übungen wie Kicks oder Schlägen wie ein Punkterichter in die Höhe gehalten. Das hat schon einmal für die ersten Lacher und einen positiven Erstkontakt gesorgt. Leider war es noch früh und somit zu kühl für ein Training in spärlicherer Bekleidung, aber auch in ihren Ganzkörperjogginganzügen sahen sie super sexy aus. Die zusammengebundenen Haare flogen nur so herum, die Gesichter waren voller Schweiß und ständig grinsten sie in Richtung meines Balkons. Ich war kurz am Überlegen, ob ich nicht schnell ins Badezimmer gehe und mir einen runterholen sollte, aber dann hätte ich zuviel vom Training versäumt und es war nett, sie mir dabei alle nackt in Lack und Leder vorzustellen.

Ich bin später ins hoteleigene Fitnessstudio gegangen und habe mir auch den Spa-Bereich angeschaut. Sehr schön und edel ist alles hier in diesem Fünf-Sterne-Schuppen. Eine asiatische Spa-Angestellte hat mich auch gleich abgefangen und mich zu einer Massage diese Woche überredet. Termin ist also schon einmal fixiert und ich kann es auch gut gebrauchen, denn das Sitzen und Tippen im Hotelzimmer geht doch sehr aufs Kreuz. Sie spricht perfekt Deutsch und als ich ihr sagte, ich wäre alleine hier und dass ich gerade Single wäre (musste ich, denn sie wollte mir eine günstigere Massage verkaufen, wenn ich gleich zu zweit mit meiner Frau käme und wir uns beide massieren lassen würden), bin ich mir nicht mehr sicher, ob sie nicht mit mir flirtet, denn sie fragt mich immer mehr Privates, wie und warum ich Single wäre und blabla eben. Jetzt spätestens fällt mir auf, dass sie richtig gut aussieht.

Ihre langen, schwarzen Haare reichen ihr bis zum Hintern, was aber aufgrund ihrer Größe von vielleicht ein Meter fünfzig auch keine Kunst ist. Sie hat auch die Figur eines Kleinkindes und das turnt mich schon wieder ein wenig ab. Gerald, ein Bekannter von mir, steht auf solche kinderähnlichen „Gestelle" und mir ist es irgendwie immer peinlich, wenn wir gemeinsam shaken gehen und er ständig bevorzugt solche „Kinder" anspricht. Immerhin ist er auch schon über vierzig und konzentriert sich beim Baggern immer bevorzugt auf Vierzehnjährige. Ich stelle mir aber trotzdem gerade im Geiste vor, wie es wäre, wenn die Spa-Fotze auf mir reiten würde. Wahrscheinlich würde ich ihren kleinen, engen, geilen Arsch mit meinem doch recht ansehnlichen und gutgeformten Schwanz spalten – ähnlich, wie wenn George aus Lumberton mit der Hacke einen Holzkeil in der Mitte zerteilt. Der Gedanke ist gar kein schlechter, denn bei der Fidschi-

Spa-Mitarbeiterin sieht man wenigstens, dass sie schon gute dreißig ist!

Gestern Abend lief im deutschen Sender hier noch eine Folge „Mike & Molly" und da möchte ich mir einfach nichts vorstellen. Fabelhaft, wie diese zwei Dicken hier liebenswürdig dargestellt werden. Dennoch ist die Serie im Gegensatz zu so vielen anderem amerikanischen Schrott beim ersten Mal ansehen gar nicht mal so unlustig, beim zweiten Mal dann aber doch der gleiche Mist wie alles andere und mir wird schlecht beim Gedanken, wie solche fetten Menschen Sex haben. In dieser Folge wollten sie gerade ein „Baby machen". Um solche Körper zu mögen muss man ja schon fast objektophil sein, denn dann kann ich mir beim Wixen auch ein Holzfass oder einen Traktor vorstellen. Bei so einem fetten Pärchen kommt zumindest der Mann immer auf seine Kosten, denn in irgendeine Fettrille oder Schwabbelspalte findet die Nudel immer. Dann steckte Molly Mike auch noch ihre Rinderzunge in den Hals und ich musste schnell auf MTV umschalten, um mit all den topgestylten, wunderbar durchtrainierten Sängerinnen und Backgroundtänzerinnen meine Äugelein wieder etwas zu verwöhnen. Die Küsserei der beiden wurde mir einfach zu viel.

Musiksender wie Viva und MTV sind mir ansonsten allerdings auch zu blöd, denn es gibt wahrscheinlich siebzehn Milliarden Musikvideos auf der Welt und die Idioten spielen täglich immer nur die zehn gleichen Chartnummern in Endlosschleife. Das nervt in Kombination mit ständiger Werbung und völlig unlustigen Moderatoren echt extrem. Was waren das für Zeiten, als Musiksender noch Musik spielten. Heute gibt es nur noch Zeichentrickrotz und sinnlose Beiträge von uncoolen Moderatoren, die sich in den Mitvierzigern befinden. Die bekommen von ihrer Stylistin noch ein Baseballcap auf ihre Hohlbirne gesetzt und Mode verpasst, die ihnen ohnehin nicht steht, damit sie einen jugendlicheren Eindruck machen. Dann reden sie minutenlang nur Scheiße, anstatt Songs zu präsentieren. Aber immer noch besser als die ewig laufende Klingeltonwerbung vor ungefähr zehn Jahren. Ich habe im Moment allerdings ohnehin eher Lust auf deutschsprachigen Pop, als auf diese immer gleiche Kommerzjammerei und Volksverdummung und höre mir lieber diese wunderschönen deutschen Songs an, die ich mir extra für die Reise zusammengestellt habe. Der MP3-Ordner in meinem Handy heißt „Deutschpop" und darin finden sich so feine schöne Lieder wie der „Eiserne Steg" live von Philipp Poisel. Songs, in denen es nur um Liebe, Beziehungen und dem ganzen Herzschmerz-Drumherum geht und die im Radio oder TV untergehen, die aber jeder Mensch mindestens einmal gehört haben sollte, weil man sich zumindest schon einmal so gefühlt hat. Beim nächsten Poiselsong „Ich will nur" muss ich ständig an Natascha denken und bei Cluesos „Keinen Zentimeter" fühl ich mich an die Anfangszeit mit Mia zurückversetzt, als ich noch dachte, sie wäre ebenso an einem gemeinsamen „Uns" interessiert. Bei Cluesos „Beinah" erinnere ich mich an die letzten Wochen dieser Beziehung, die eigentlich gar keine war und ich bin froh, dass dieser kalte Mensch mich nicht gekriegt hat. Ich mag von Annett Lousian „Das Spiel" und „Wer bin ich wirklich" und ich verstehe Axel Fischers „Du fehlst mir" und „Du trägst keine Liebe in dir". Ich singe den Text auswendig mit, wenn Gisbert von Knyphausen „Dreh dich nicht um" oder „Jeder geht alleine" singt. „Nie vergessen" von Glasperlenspiel ist einfach nur schön und „Einer von zweien" von Ich + Ich trifft es auch perfekt. Warum sind viele so „Zerrissen" wie es von Juli besungen wird und wie toll identisch ist „Mein Herz bleibt hier" von Madsen. Von seinem „So cool bist du nicht" solltet ihr unbedingt auf YouTube folgende Version anhören: „Madsen feat. Lisa Who unplugged im Garten". Ich habe mich auch schon wie Nena in ihrem Song „In meinem Leben" gefühlt und „Ich bin Ich" von Rosenstolz ist ebenso schön wie „Liebe ist alles".

„Wir werden uns wiedersehen" von Selig macht Hoffnung, aber diese ist nur der erste Schritt auf dem Weg der Enttäuschung und das besingt Selig auch in „Ohne Dich". „Das Beste" von Silbermond wird noch von deren „Krieger des Lichts" abgelöst und bevor es jetzt mit Tim Benzkos „Unter die Haut" und AnnenMayKantereits „Barfuß" zu melancholisch wird, höre ich noch schnell Joachim Deutschlands „Marie" und schon muss ich wieder schmunzeln. Tausendmal besser als diese ganze Hitparadenscheiße.

Rebecca

Ich war sechzehn und meine erste Freundin Rebecca war vier Jahre älter als ich. Für mich war das eine feine Sache, denn sie war in Sachen Sex schon sehr erfahren und das musste ich auch gleich am ersten Tag erfahren. Ich hatte erst vor kurzem angefangen, bei uns im Dorf in Discos zu gehen. Wobei „Dorf" jetzt vielleicht auch ein wenig untertrieben ist, denn immerhin haben wir hier knapp sechshunderttausend Einwohner, aber egal. Meine Mutter war sehr schwierig und wollte nicht, dass ich am Wochenende abends fortgehe. Rebecca hat mich jedenfalls in einem der Lokale aufgerissen, wir haben gemeinsam gelacht und sie hat den Alk richtiggehend runter geschüttet. Ich war dagegen völlig nüchtern, als ich mich von meinen Freunden verabschiedet habe und wir zu ihr nach Hause gingen. Ich hatte ohnehin nur noch zwei Stunden Zeit, um schnell wieder nach Hause zu kommen, ohne dass meine Emme einen Schreikrampf bekommen hätte. Denn ich hatte mich wie üblich davongeschlichen, weil sie mir und meiner Schwester ohnehin nichts erlaubte und es täglich Streit gab – aber das ist eine andere Geschichte. Ihr selbst habt sicher auch die eine oder andere Konfrontation mit euren Eltern in eurer Jugendzeit gehabt. Schön, wenn sich manche mit ihren Eltern verstehen wie mit besten Freunden, nur so ein tolles Verhältnis gab es bei mir leider nie.

Rebecca ergriff die Initiative, da sie ohnehin gecheckt hatte, dass ich noch Jungfrau war. Ich hatte bis vor einer halben Stunde noch nicht mal einen Zungenkuss erlebt und somit war der mit Rebecca mein erster. Sehr aufregend, wie ihre Zunge meinen ganzen Mundraum erforschte und ich gar nicht so recht wusste, wie ich es bei ihr richtig machen könnte. Mein erstes Sexerlebnis sollte es auch werden. Ich durfte nur daliegen und sie hat meinen rundumbehaarten Schwanz mit Staubzucker vollgestreut, mir dann alles abgeschleckt und mir meinen ersten Blowjob geschenkt. Romantisch war das nicht, aber sehr geil und ich habe auch nicht lange gebraucht, bis ich abspritzen konnte. Zu dem Zeitpunkt habe ich erst kurz vorher mit Selbstbefriedigung angefangen, weil ich in der Schule gehört habe, wie das funktioniert und dass es die anderen auch schon längst machen. Erst als sie alles runtergeschluckt hatte, setzte sie sich mit ihrer Fotze auf mein Gesicht und hat mir genaue Anweisungen gegeben, wie ich zu lecken habe. Bis zu diesem Zeitpunkt habe ich nicht gewusst, dass Rebecca zwar viel Wert auf ihre Mode legte, aber Körperpflege nicht ihres war. Es hat fürchterlich gerochen und ich habe mich unter ihren Schenkeln gewunden und es hat mich gereckt. Sie lies mich nicht aus ihrer Beinschere entfliehen und checkte gar nicht, dass es mich so was von grauste vor diesen fischig riechenden, kleinen, weißen Brösel überall. Es hat mich jedenfalls dermaßen geekelt, dass ich denke, dass davon mein Reinlichkeitswahn kommt. Denn so wie meine Schamhaare ihr missfallen haben, hat es mich gestört, dass sie offensichtlich schon lange nicht mehr geduscht hat. Ich war sechzehn und fast stolz, da unten endlich Haare zu haben. Genauso wie ich stolz darauf war, meinen ersten Bart zu bekommen und mich rasieren zu müssen. Auf dieses tägliche Ritual würde ich heute gern verzichten. Ich hatte auch gar nicht gewusst, dass es eigentlich uncool ist und ein rasierter Schwanzbereich gerade im Kommen war, was ja zum Glück bis heute nicht anders ist. Völlig unverständlich, dass heute immer noch ab und zu jüngere Menschen in der Sauna so was von ungeniert unrasiert herum hocken. Ich habe ihr gesagt, ich rasiere mich in Zukunft und sie duscht nun auch vor jedem Sex, wie ich es kurz vorher in ihrer Wohnung getan habe. Dann musste ich schnell heim, um von meiner Emme keine gescheuert zu kriegen.

Am Wochenende konnte ich tagsüber zu ihr und meiner Mutter erzählte ich ohnehin, ich ginge nur mit Freunden Fußballspielen. Rebecca hatte ja schon eine eigene Wohnung und sie war wirklich nett und auch sehr kuschelig, aber zum heutigen Zeitpunkt würde ich sagen, sie hatte definitiv einen an der Klatsche. Sie wollte mich auch schon zwei Wochen nach dem Kennenlernen heiraten, aber das habe ich gar nicht ernstgenommen.

Egal, wir waren in der Badewanne und sie rasierte sich und ich versuchte es auch, aber mit meinem Gilette-Nassrasierer war es unmöglich, die langen Haare ordentlich zu stutzen, denn dafür waren sie schon zu lang. Rebecca holte eine Schere, packte ein Büschel Haare und ich verspürte ein Brennen und einen Schmerz, den ich in meinem Leben nie wieder erleben möchte. Hat sie doch tatsächlich nicht nur die Haare abgeschnitten, sondern hat in ihrer Hand das

Haarbüschel inklusive dem dazugehörigen Hautlappen aus meinem Hodensack. Aua, aua, aua, liebe Freunde und Leidensgenossen, vielleicht hat sich der eine oder die andere von euch auch schon mal beim Rasieren geschnitten und weiß somit wie es sich anfühlt, wenn man blöderweise einmal ruckartig abrutscht. Es dürfte ähnlich ausgesehen haben, wenn die Huronen oder Irokesen früher einen Siedler skalpiert haben, nur mit dem Unterschied, als Trophäe eine Kopfhaut und keinen halben Hodensack erbeutet zu haben.

Ich schrie, der Schmerz war riesengroß und mir wurde auch ansatzweise schwarz vor Augen. Das Wasser in der Badewanne färbte sich rot, ich blickte nach unten, quälte mich aus der Wanne, hielt meine Hand unter meine Eier und drückte sie zusammen, zumal das Innenleben meines Hodensacks durch ein circa zwei bis drei Zentimeter großes Loch nach außen zu flutschen vermochte. Es war wie ein Keksteig, aus dem man ein Stück Teig ausstanzt. Das Blut rann mir an den Beinen hinunter und auch Rebecca geriet in Panik und lief zu ihren Nachbarn. Splitterfasernackt übrigens und ich glaube, sie machte sich wirklich große Sorgen, dass in ihrer Badewanne einer verblutet. Handys hatte damals noch niemand und Rebecca hatte nicht einmal ein Telefon in ihrer Wohnung. Ich war mir sicher, ich müsste jetzt sterben und würde verbluten wie eine abgestochene Sau. Ich verbog mich nach unten, weil ich doch auch sehen wollte, wie das ganze Massaker aussieht und erkannte das glasige und fleischige Innenleben meines Hodensackes. Ich drückte es mit meinen Händen so fest zusammen, damit mir auch wohl nichts durch das Loch in der Haut heraus flutschen konnte. Es kam mir vor als hätte ich eine Stunde auf den Rettungswagen gewartet.

Als der Chirurg sagte, es wäre halb so schlimm, man blutet da unten einfach mehr und der Hodensack ist auch nur ein Muskel, der sich eben zusammenziehen oder dehnen kann. Mit einer Spritze und einigen Nähten wäre das alles kein Problem und somit war ich wieder ein wenig beruhigter. Dass mir die Spritzen da unten höllische Schmerzen bereitet haben, muss ich wohl nicht extra erwähnen. Soviel zu meiner ersten Rasur. Die nächsten Tage habe ich mich nur im Rentnertempo bewegt, weil jede schnelle oder zu große Bewegung schmerzhaft war. Meiner Mutter habe ich erzählt, einen Fußball in die Eier bekommen zu haben und deswegen hätte ich jetzt Schmerzen in der Gegend und bewege mich wie ein Zombie. Rebecca und ich waren dann noch circa fünf Monate zusammen und wir hatten eigentlich nie richtigen Sex. Ich bekam dafür aber bei jedem Treffen einen geblasen. Allerdings erst einen Monat später, nachdem mein Hodensack wieder gut zusammengewachsen und schmerzfrei war. Ich hingegen durfte und musste immer nur ihre mittlerweile allerleckerste und wohlriechende Muschi auslecken, was für mich in meinen jungen Jahren allerdings ein gutes Training war. Rebecca hat mir später noch erzählt, in ihrer Kindheit missbraucht worden zu sein und sie deshalb annimmt, deswegen keinen Sex im Sinne von Geschlechtsverkehr zu brauchen. Ich habe fürchterlich geweint, als ich das erfahren habe, denn sie hat mir wegen ihres traurigen Vorlebens so leid getan. Vielleicht war sie deshalb auch ein bisschen komisch in ihrem ganzen Verhalten.

Heute lecke ich leidenschaftlich gerne Fotzen und das könnte ich auch stundenlang, obwohl es keine Frau solange aushält. Es macht mir unheimlich Spaß und ich genieße das Stöhnen der Frauen, wenn sie sich dabei auf dem Rücken winden oder dabei auch einfach nur auf meinem Gesicht sitzen und vor Geilheit ausrinnen.

Beachvolleyball am Strand ist angesagt. Die männlichen Taekwondotypen ignorieren mich, weil ich als Außenstehender mit den Mädels Ball spiele und einen guten Draht zu ihnen habe. Ich habe auch keine Ambitionen, einen der Typen näher kennen zu lernen und antworte auf die meisten Fragen mit einem kurzen „sorry, no english", während ich mich bemühe, mit den Mädchen sehr wohl mehr zu palavern. Mein Englisch ist wirklich scheiße. In der Schule war ich einfach zu faul, um die Sprache richtig zu erlernen und zu meiner Schulzeit gab es Englisch auch noch nicht als Pflichtfach. Das soll jetzt keine Ausrede sein, aber mir ist es schon ein bisschen peinlich. Um es mir jetzt noch anzueignen, habe ich zu wenig Zeit beziehungsweise bin ich immer noch zu faul und wenn, würde ich lieber Spanisch lernen, weil ich irgendwann sicher auswandern möchte. Wer will schon ewig in einem Land leben, in dem es acht Monate kalt und dunkel ist und von den vier Frühlings- und Sommermonaten regnet es ja auch meistens zwei davon komplett durch. Spätestens ab der Rente bin ich weg. Um jetzt schon abzuhauen fehlt mir ein wenig der Mut und die gescheiterten Beispiele auf VOX bei „die Auswanderer" motivieren auch nicht gerade, obwohl ich es mir trotzdem gerne anschaue, vor allem Jens den Loser. Aber zurück in die Türkei. Ich habe auch schon gecheckt, wer mit wem zusammen ist und welche dieser Föderationsmädchen alleine hier sind. Die einzigen Föderationen, mit denen ich mich bis zum

Urlaub beschäftigt habe, sind übrigens jene der Sternenflotten. Allerdings gefallen mir diese hier in Belek in ihren Sportuniformen auch recht gut. Davon abgesehen, dass mich jedes dieser Girls in Sekunden k.o. schlagen könnte, sind es auch nur Mädchen mit denselben Macken wie zuhause. Natürlich interessiert sich die Hässlichste von allen am meisten für mich, allerdings ist auch hier meine Hauptantwort – nur ein bisschen freundlicher als zu den Typen – „sorry, no english". Denn, ihr lieben Mitleser, sind wir uns ehrlich, das Leben ist zu kurz für hässliche Weiber. Nix für ungut, liebe Mädchen, aber ihr sucht euch auch keinen Quasimodo, wenn ihr einen Brad Pitt oder mittlerweile einen in die Jahre gekommenen, aber immer noch gesichtsmäßig gutaussehenden Schenkenberg haben könntet. Wir alle wissen, dass Quasimodo supernett war, nur hat ihm das auch nichts gebracht, weil er arm und hässlich war. Mädels, im Ernst jetzt, denkt zum Beispiel an David Guetta. Ihr würdet diesem mageren, urinkrank aussehenden Typen mit seinen fetten, ungepflegten, langen Haaren, der großen Nase und dem völlig uninteressanten Erscheinungsbild nicht einmal Beachtung schenken, wenn er euch ansprechen würde. Der Vogel sieht irgendwie aus wie Jesus, nur ist er eben jetzt David Guetta. Zwar noch immer hässlich, aber reich und berühmt und die Mädels streiten sich darum, in seiner Nähe sein zu dürfen oder ihm unter dem DJ-Pult einen blasen zu können. Beim Kennenlernen entscheidet eben zuerst immer die Optik und wenn natürlich dann noch der Charakter passt, ist es ja fast ein Lottosechser beziehungsweise die ideale Kombination. Hat ein hässlicher Kerl Geld, drückt natürlich ebenfalls schon so manche Frau ein Auge zu und ich möchte einfach gern neben einer Frau aufwachen, die mir eben auch gefällt und einen guten Charakter hat. Ich selbst bin mittlerweile der Überzeugung, dass der Großteil aller Frauen einen an der Klatsche hat. Wieso soll man sich also eine hässliche mit Vollschaden zulegen? Wenn wir gleich davon ausgehen, dass nichts für ewig hält und jede dieser Beziehungen ohnehin ein Ablaufdatum hat, da nehme ich mir dann doch lieber gleich eine gutaussehende mit Vollschaden und hoffe auf das Beste! Oder was meint ihr?

Ich habe hier jetzt meinen Rhythmus gefunden. Am ersten Tag wusste ich noch gar nicht, wo hier wann was läuft und was es überhaupt alles gibt. Mein Plan ist wie folgt: lange schlafen, vormittags ohne Frühstück an den Strand und ja, es ist tatsächlich noch möglich im Dezember in der Türkei in Bademontur am Strand zu liegen – von elf bis vierzehn Uhr sogar ein Traum. Dann Mittagessen, tippen, als Ausgleich ein wenig später Hallenbad und/oder Fitnessraum und danach wieder tippen, Abendessen, tippen, Disco. Eine Woche all inclusive um schlappe hundertneunundneunzig Eurotaler – da musste ich einfach zuschlagen. Ich versuche mich hier so wenig wie möglich abzulenken oder anderen Aktivitäten außerhalb der Anlage nachzugehen, weil ich mit diesem Schinken hier unbedingt fertig werden möchte. Dazwischen und somit auch noch irgendwie in meinen Rhythmus eingebaut, kommt dann noch zusätzlich alles, was sich hier innerhalb des Hotels so ergibt, wie eben heute das Volleyball-Flirtkommando. Seht ihr, alles militärisch durchdacht. Einen Ausflug ins Dorf mache ich sicherlich auch noch und es spricht ja nichts dagegen, sich ein paar gefälschte, billige Marken T-Shirts zuzulegen, wenn ich schon einmal da bin. Ein echtes Philipp Plein T-Shirt sieht für mich ohnehin genauso lächerlich und billig aus wie ein gefaktes.

Schade, dass hier kein Internetradio funktioniert. Wer hält das schon aus, den ganzen Tag dreißig Mal hintereinander immer nur die gleichen zehn Songs auf MTV zu hören? Da gehe ich dann doch lieber runter in den Garten. Hier laufen auf der Hotelanlage so viele Katzen herum und ich habe gerade das Bedürfnis, mir eine zu schnappen und zu Tode zu streicheln. Ich selbst hatte nie Haustiere. Natürlich wollten meine Schwester und ich immer schon ein Tierchen haben, aber diese Wünsche blieben uns als Kinder unerfüllt.

Ich mag Katzen und Hunde dank meiner letzten beiden Exfreundinnen wirklich sehr gerne – aber das sind andere Geschichten.

Nadine

Nadine habe ich ebenfalls in einer Disco kennengelernt. Ich war achtzehn und hatte nun seit Rebecca schon einige Freundinnen, mit denen ich ordentlich geküsst und auch gefingerlt habe. Das waren aber eher alles Eintagsfliegen und von Liebe wusste ich noch nichts. Nadine war sechszehn und so wie sie mir ihre Zunge in den Hals gesteckt hat, war mir gleich klar, dass sie schon erfahrener war, als ich es mit sechzehn gewesen bin.

Sie war entzückend mit ihrem langen, dunklen Haar, einem nicht allzu wilden, aber netten Dialekt, weil sie von außerhalb beziehungsweise aus einem echten Kuhdorf kam und sie begann gerade mit dem ersten Lehrjahr in einer Kaufhauskette als Verkäuferin. Ich war sofort verliebt und das Schöne an dieser Geschichte: sie war es auch. Da ich es daheim ohnehin nicht mehr ausgehalten habe, sind wir einen Monat später zusammengezogen. Sie musste auch unbedingt in die City ziehen, denn die tägliche Fahrt aus ihrem Dörfchen hätte täglich zwei Stunden benötigt und sie wollte ohnehin schon immer vom Land in die Stadt. Unsere erste gemeinsame, kleine Wohnung nur für uns alleine. Ihre Eltern waren obwohl Farmer sogar cooler als meine, aber da gehörte nicht viel dazu, denn meine Eltern haben bei mir und meiner Schwester alles falsch gemacht – aber das ist eine andere Geschichte.

Nadine und ich teilten uns fünfunddreißig Quadratmeter und wir hatten sogar einen Balkon und ihre Eltern, die einen Bauernhof hatten, haben uns die

Kaution damals vorgestreckt. Mein erster richtiger Sex mit Liebe wurde zum Desaster. Nadine, die vorher schon zwei andere Sexpartner zu verbuchen hatte, (für damalige Verhältnisse auch nicht schlecht für eine Sechzehnjährige, wobei heutzutage ja schon vierzehnjährige Mädchen kurz vor einem zweistelligen Bereich stehen) setzte sich bei unserem ersten Mal auf mich und ich war so aufgeregt und auch erregt, dass ich schätzungsweise genau zehn Sekunden nach dem Eintauchen meines Schwanzes in ihre Muschi benötigt habe um abzuspritzen. Ich habe ihn voller Scham herausgezogen und den Teppich vollgesaftet.

Natürlich war mir das superpeinlich, denn mit Rebecca gab es ja nur Blas- und Schleck-Unterricht und so habe ich Nadine dann natürlich gleich beim ersten Sex als Entschädigung beziehungsweise Wiedergutmachung für mein zu schnelles Kommen geleckt wie ein Weltmeister. Von da an hatten wir ohnehin täglich Sex und nach kurzer Zeit hatte ich auch den Dreh heraußen und entwickelte ein Talent es zurückhalten beziehungsweise es ordentlich hinauszuzögern, auf das ich richtig stolz war, zumal das viele meiner Freunde damals nicht konnten. Das alles trotzdem mit hundertprozentigem Genuss an der Sache. Es war ein tolles Leben, nur Geld hatten wir keines, weil ich erst im dritten Lehrjahr war und Nadine im ersten, aber es war schön. Meine Tante hat uns eine Einbauküche gekauft und so haben wir die erste gemeinsame Wohnung, das Leben und uns selbst genossen, so gut wir es nur konnten. Dass mich das Ende dieser Beziehung an den Rand eines

Nervenzusammenbruches bringen sollte, liebe Freunde und Leser, war mir zu dem Zeitpunkt natürlich noch nicht klar. Vorerst lebten wir in den Tag hinein und machten alles, was frischverliebte Pärchen ebenso tun. Wir fuhren zum ersten Mal in unserem Leben beide als Pärchen im Sommer nach Italien. Wir reisten natürlich mit dem öffentlichen Bus, denn Auto hatten wir keines und deshalb dauerte es ewig. Ich hatte nicht einmal das Geld für einen Führerschein und der Bus war günstig und auf das Hotel haben wir den Winter über gespart. Auf dem Nachhauseweg eine Woche später hatten wir nicht einmal mehr Geld für eine Wurststulle bei der Raststation, aber das war auch so egal, denn wir hatten alles was wir brauchten – uns! Es stimmte tatsächlich, dass man von Liebe und Luft satt wurde. Wir hatten viele Freunde und Nadine brauchte genauso wie ich ständig Berührungen. In meiner Kindheit gab es das von Seiten meiner Eltern nie und umso mehr konnte ich das jetzt genießen. Nadine war eine richtige Kuschelkatze und sie war diesbezüglich bei mir gut aufgehoben. Der Sex wurde immer besser, je älter und geübter wir wurden und wir waren unzertrennlich. Wir gingen gemeinsam ins Fitnessstudio, besuchten Hip-Hop-Kurse und auch die eine oder andere Kulturveranstaltung. Sprich wir machten alles gemeinsam, was uns Spaß bereitete und hatten aber auch unsere eigenen Dinge, die wir ohne den anderen unternehmen konnten. Eifersucht kannten wir ebenfalls nicht. Unsere Körper veränderten sich und Nadine wurde eine durchtrainierte, selbstbewusste und wunderschöne, erwachsene Frau. Ich selbst trainierte so viel, dass ich schon anfing wie ein Bodybuilder im Anfangsstadium auszusehen. Wir fuhren noch viele Male für Kurzurlaube nach Italien und ich weiß heute noch, dass wir kein einziges Mal Streit hatten.

Im Fitnessstudio, in das Nadine immer weniger mitkommen wollte, lernte ich dann Anna näher kennen. Irgendwie stagnierte die Beziehung mit Nadine auch, denn es war mittlerweile nach fünf Jahren alles so alltäglich und zur Routine geworden – das Hamsterrad war aktiviert. Anna kannte ich schon von früher, aber mehr als einen kurzen Gruß haben wir uns nie geschenkt. Anna wusste zwar, dass ich vergeben war, aber sie wollte sich trotzdem unbedingt mit mir abends auf einen Kaffee treffen. Ich dachte mir nicht viel dabei und so haben wir uns ab und an gesehen, wenn Nadine mit ihren Freundinnen oder unserem gemeinsamen besten Freund unterwegs war. Wir haben über Gott und die Welt geplaudert und irgendwann meinte Anna, dass sie auf mich steht und ich wurde unsicher was meine Beziehung zu Nadine betraf. Ich dachte, ich hätte mich jetzt nach Jahren wirklich neu verliebt und habe tatsächlich ohne großartig nachzudenken mit Nadine Schluss gemacht und ihr damit das Herz gebrochen. Ich war so jung und dumm und bin innerhalb von drei Tagen zu Anna gezogen. Viel überlegt beziehungsweise mitgedacht habe ich dabei nicht. Die Liebesbekundungen von Nadine gingen bei mir bei einem Ohr hinein und beim anderen hinaus. Heute weiß ich, dass ich damals noch unreif war, aber ich habe – was ich heute sagen kann – viel aus all diesen Dingen gelernt. Auch, dass es nichts

Schlimmeres gibt, als eine Flucht ohne Abschied oder sich auszusprechen. Heute weiß ich, dass das von mir nicht fair war, denn so eine Flucht ohne Abschied ist für den einen so leicht und für den anderen so schwer. Deswegen, weil ich weiß wie Nadine darunter gelitten hat, werde ich das niemals mehr jemandem antun. Natürlich hat ein Bleiben keinen Sinn, wenn die Liebe weg ist, aber es ist auch wichtig danach noch für den anderen da zu sein, wenn dieser das braucht.

Nun zurück in die Vergangenheit. Nach Tagen merkte ich, wo mein Herz zu Hause ist und habe mich von Anna, die eigentlich absolut uncool und unlustig war, verabschiedet und bin reumütig zu Nadine zurück. Die ließ mich richtigerweise tagelang zappeln und warten, bevor sie mich wieder bei ihr in unserer Wohnung aufgenommen und mir im Endeffekt nach einigen Wochen vollständig verziehen hat.

Der Sex mit Anna war übrigens das Letzte und das obwohl sie schon lange den Ruf hatte, es mit jedem in der Siedlung getrieben zu haben. Sie war für nichts offen und jede Oma fickt wahrscheinlich mit mehr Elan. Außerdem fand ich ihre roten Schamhaare ekelhaft und auch die weiße Haut mit den vielen Sommersprossen war abturnend. Ich hatte irgendwie das Gefühl, ich ficke mit einem scheintoten Albinomädchen. Ich bin kein Rassist, aber so etwas Blasses tue ich mir nicht noch einmal an. In ihren Arsch durfte ich meinen Schwanz auch nicht stecken und wenn sie mir eine leere Klopapierrolle über meinen Schwanz gesteckt hätte, wäre das geiler gewesen als ihre Blaskünste. Vielleicht war eigentlich auch der miese Sex ein Grund, warum ich von Anna schnell wieder wegwollte.

Ein Bekannter, den ich nur vom Sehen her kannte, rief mich dann an und meinte, er hätte eben erfahren, dass ich mich von Anna getrennt hätte und fragte, ob er wohl mit Anna ausgehen könne, denn er hätte schon lange ein Auge auf sie geworfen.

Was für ein Idiot fragt überhaupt!? Wenn jemand Single ist, kann jeder mit jedem ausgehen der möchte, ohne irgendjemanden fragen zu müssen. Auch Mädchen haben da so eine Art Ehrenkodex. Was soll das für ein Scheiß sein? Wenn sich ein Pärchen getrennt hat und ohnehin keine Gefühle mehr vorhanden sind – was spricht dann dagegen, den Exfreund mit seiner besten Freundin zusammenkommen zu lassen? Wahrscheinlich der Neid. Nur weil es bei einem selbst nicht funktioniert hat, kann es ja trotzdem sein, dass genau diese zwei Menschen fabelhaft miteinander harmonieren und eventuell besser füreinander geschaffen sind. Warum sollte man sich dann nicht für seinen Exfreund oder seine beste Freundin freuen, wenn die beiden dann ihr Glück gefunden haben? Frauenlogik eben – versteht niemand!

Zurück zu diesem Idioten. Ich war nicht einmal mit diesem Vollhonk befreundet, dass er mich überhaupt fragen hätte müssen. Meinem Wissen nach sind die beiden Langweiler übrigens heute nicht mehr zusammen und haben aber vor ihrer Trennung noch eine Albinofamilie gegründet. Dafür gebührt Anna und ihrem Freund mit der rotenhaarigen

Wiederbetätigungsfrisur auf jeden Fall ein großes Kompliment, denn ich habe ja aus sicherer Quelle über gemeinsame Bekannte erfahren, dass die beiden sich gegenseitig sowieso mehrmals beschissen haben. Wer's braucht bzw. so dumm ist! Als Anna noch Jugendliche war, nannte man sie in unserer Siedlung das Igelmädchen. Wenn sie alle Schwänze, die sie damals schon in ihr stecken gehabt hat, nach außen tragen müsste, würde sie heute aussehen wie ein Igel.

Es gibt so viele dumme Menschen auf diesem Planeten. Ich hatte auch einmal einen sehr guten Freund – viele Jahre nach Nadine – mit dem ich viele schöne Dinge gemeinsam verbracht habe. Nachdem er sich damals von seiner Freundin getrennt hatte, verbot er mir, diese in Zukunft noch zu grüßen beziehungsweise zu treffen. Ich hatte das ohnehin nicht vor, aber habe ihm auch klargemacht, dass ich mir von ihm so etwas auch nicht verbieten lasse. Daraufhin hat er mir die Freundschaft gekündigt. Für mich war das nicht nachvollziehbar, denn immerhin haben wir, als sie noch ein Pärchen waren, gemeinsam viel unternommen und ich mochte somit beide gerne. Ausflüge, Partys, Geburtstage etc. und plötzlich darf ich sie nicht mehr grüßen!? Er hat sich nämlich eingebildet, dass es sein könnte, dass wir uns eventuell ineinander verlieben würden und deswegen wollte er das gleich unterbinden. Wenn er sie nicht mehr hat, brauche auch ich keinen Kontakt mehr mit ihr zu haben. Was für ein schwacher Charakter. Wir haben uns ohnehin nie gesehen und ich hatte auch gar kein Interesse an ihr, aber ich lasse mir sicher nicht verbieten, jemanden zu grüßen, den ich immer respektiert und gerngehabt habe. Sie wusste auch, dass ich ein Meldeverbot bei ihr habe und wir haben uns dann eigentlich genau deswegen einmal getroffen und nur aus Trotz miteinander Sex gehabt. Ihre Idee war, wenn er schon mit uns beiden nichts mehr zu tun haben möchte und uns grundlos die Freundschaft kündigt, dann soll er wenigstens auch einen echten Grund dazu haben. Wäre ja schade drum, mit ihm wegen nichts nicht mehr befreundet zu sein. Der Schwachkopf weiß bis heute nicht, dass wir uns im Bett über ihn lustig gemacht haben und ihn nur als armseliges Komplexwürstchen sehen.

Zurück zu Nadine. Die ersten Tage und bis in die dritte Woche hat sie es mich berechtigterweise schmerzlich merken lassen, was ich ihr mit meinem überhastetem Schlußmachen angetan habe und ihre ständigen Anspielungen und bösen Blicke hatte ich auch mehr als verdient. Was mir wirklich weh getan hat, waren ihre traurigen Blicke. Dafür habe ich mich gehasst, sie so verletzt zu haben. Das hat sich dann aber auch schnell wieder beruhigt und alles ging wieder seine gewohnten Wege, nur mit dem Unterschied, dass alles noch schöner und intensiver gelebt wurde als vorher. Love was in the Air... Die Jahre vergingen, Nadine wollte mich sogar heiraten und ich war auch nicht abgeneigt. Ich wusste, dass sie meine absolute Traumfrau war. Schön, intelligent, kann verzeihen, extrem gut kochen, war harmoniebedürftig wie ich und außerdem eine geile Sau im Bett, die mich regelmäßig mit Heels und geilen Strümpfen überraschte und mir beim Sex die Eier ordentlich langgezogen hat. Nur auf Arschficken stand sie nicht so sehr. Meine Narbe sieht man übrigens auch überhaupt nicht mehr und ich brauche mittlerweile auch nur noch zwei Minuten, um mir meinen Schwanzbereich samt Eiern perfekt und absolut verletzungsfrei zu rasieren.

Wir waren inzwischen auch umgezogen und ich hatte einen Kredit aufgenommen für eine neue, größere gemeinsame Wohnung samt Einrichtung. Ich hatte mir auch schon die ersten Überlegungen bezüglich eines richtig romantischen Antrages gemacht, weil ich wusste, dass sie sich das wünschte. Eines Tages kam ich von der Arbeit nach Hause und im Flur roch es bereits nach meinem Lieblingsessen. Ich wunderte mich, denn immerhin hatte ich nicht Geburtstag. Nadine hatte sich freigenommen, überraschte mich mit ihren Kochkünsten und meinte, sie müsse mich mit dem leckeren Essen besänftigen und vielleicht gäbe es auch etwas zu feiern, denn sie hätte mir etwas Wichtiges zu sagen. Ich war gespannt und aufgeregt. Zitternd offenbarte sie mir, dass sie schwanger war und wir ein Kind erwarteten. Nicht eine einzige Sekunde hatte ich andere Gefühle als Freude und ich war überglücklich. Ihre ganze Aufregung und Angst, wie ich reagieren könnte, war umsonst und wir umarmten uns und die Freude war riesig. Mit uns freuten sich alle Freunde, Eltern, Verwandte und so verging die Zeit. Ich war bei jedem Schwangerschaftskurs dabei, habe sie täglich mit Creme einmassiert und jeden Tag beim Aufstehen mein Ohr auf ihren Bauch gedrückt, um zu wissen, ob man schon etwas hören oder spüren konnte.

Wir freuten uns aufs Elterndasein. Die eigene Familie, in der ich alles besser machen könnte, als es zum Beispiel meine Eltern bei mir und meiner Schwester getan haben. Ich war nun knapp achtundzwanzig Jahre alt. Sex hatten wir seit der Schwangerschaftsverkündung keinen mehr, denn ich hatte zu viel Angst, meinen schwangeren Schatz zu ficken und dabei mit meinem Mördergerät irgendeinen Schaden anzurichten. Was für ein Blödsinn, aber das waren damals eben meine beziehungsweise auch unsere Gedanken. „Übervorsichtig" ist vielleicht das richtige Wort. Ihr Bauch wurde größer und größer und damit auch die Vorfreude.

Im fünften Schwangerschaftsmonat hat mir Nadine dann gebeichtet, dass sie mit Bert, meinem damals besten Freund, Sex hatte und es datumsmäßig auch sein konnte, dass es sein Kind ist. Eigentlich wollte sie es mir nicht sagen, aber sie hatte sich ihrer besten Freundin anvertraut und Lisa, die auch mich sehr mochte, hat ihr angedroht, es mir zu verraten beziehungsweise zu sagen, falls sie es nicht selbst tun würde. Für mich ist in diesem Moment die Welt zusammengebrochen.

Nadine hat fürchterlich geweint bei ihrer Beichte. Bei einem ihrer Kaffeebesuche bei Bert war einfach zu viel Alkohol im Spiel und so kam es zu diesem Ausrutscher. Noch dazu hatten die beiden nicht einmal Spaß dabei, weil Bert von und mit ihrem Hardbody so überfordert war, dass der Sex nicht länger als eine Minute dauerte. Eine Minute die drei ganze Leben für immer veränderte. Meines, ihres und das des Kindes.

Ich war völlig fertig, schockiert und enttäuscht. Nadine drohte mit Selbstmord, wenn ich mich von ihr hätte trennen wollen. Sie liebte mich über alles und so war es eigentlich auch umgekehrt. Ich habe mich bemüht, ihr weiterhin der beste Partner zu sein und sie in allem unterstützt. Wir haben das alles für uns behalten. Weder ihren, noch meinen Verwandten und auch keinem einzigen unserer Freunde haben wir das erzählt und ich bin ihr beigestanden, denn ich liebte sie schon zehn Jahre lang mehr als alles andere in meinem Leben. Auch wenn ich für sie meine Hand ins Feuer gelegt hätte – jetzt war passiert was ich nie für möglich gehalten hatte und ich habe ihr versprochen, auch wenn der Schmerz groß war, dass wir das als Familie schaffen und gemeinsam meistern würden. Ich war fest davon überzeugt, dass es mein Kind ist und Nadine hat es gehofft und dafür gebetet. Den Ausrutscher habe ich ihr schnell verziehen, denn wenn ich etwas kann, ist es verzeihen. Die Monate vergingen und der Tag im Kreissaal ist schneller gekommen als erwartet. Ich war bei der Geburt dabei, denn das war ihr größter Wunsch und ich liebte sie über alles und hätte ihr jeden Wunsch erfüllt.

Ich hatte, weil es auch Komplikationen gab, Todesangst und habe bis zur letzten Sekunde Nadines Hand gehalten. Es musste dann aber doch im letzten Moment noch ein Kaiserschnitt gemacht werden. Die Schwester wollte mir das frischgeschlüpfte Baby in die Arme legen, aber ich konnte in diesem Moment nicht mehr und lief den Krankenhausgang entlang ins Freie. Zu groß war der Druck und die Belastung der letzten

Monate, die Ungewissheit, ob es mein Kind ist und allen Freunden und Verwandten Freude vorzugaukeln und zu hoffen.

Einen Monat nach der Geburt stand das Ergebnis fest und ich musste allen die Wahrheit sagen, dass es nicht mein Kind ist. Als das Testergebnis feststand, hat sich in meinem Körper ein Schalter umgelegt und ich empfand nur noch großen Schmerz, wie ich ihn in meinem Leben noch nie gefühlt habe. Ich konnte Nadine nicht mehr in die Augen sehen, geschweige denn sie berühren. Meine Gefühle schienen erloschen zu sein. Dieses Erlebnis bei der Geburt seiner geliebten Partnerin dabeizusein, die das Kind eines anderen bekommt, war zu viel für mich. So ist es dann auch zur Trennung gekommen und ich habe ihr die halbe Wohnungseinrichtung für ihre neue Bleibe geschenkt und aus Trauer und Verzweiflung die nächsten Wochen fünfzehn Kilo abgenommen. Ich bin nicht mehr aus meiner Wohnung gekommen und habe stundenlang geweint. Ich habe mich in der Früh täglich in die Arbeit gequält und musste mich dort mehrmals während der Arbeitszeit auf dem Klo einsperren, weil ich Weinkrämpfe hatte und mein ganzer Körper am Zittern war. Den ganzen Frühling lang war ich nicht ansprechbar, schlief erst um zwei oder drei Uhr früh ein und war zwei Stunden später wieder völlig wach. Ich weiß bis heute noch nicht, wie ich mit täglichen zwei Stunden Schlaf überhaupt auskommen, geschweige denn arbeiten konnte. Ich nahm Beruhigungstabletten und konnte mit niemanden sprechen ohne zu stottern oder zu zittern. Heute nennt man ähnliche Zustände vielleicht auch Burnout, aber vor fünfzehn Jahren kannte ich dieses Wort gar nicht und wusste nur, dass ich ein Wrack war. Dieser Schmerz war der schlimmste in meinem Leben.

Manchmal sehe ich Nadine zufällig im Dorf. Bei einer halben Million Menschen kommt das zum Glück nicht allzu oft vor und ich wechsle dann oft rechtzeitig die Straßenseite. Nicht, weil es mir jetzt noch wehtun würde, aber ich verspüre keinerlei Ambitionen, großartig in ihrer Nähe sein zu wollen. Sie hat es nach mir mit dem Kindesvater probiert, aber das hat keine paar Monate funktioniert und auch unzählige andere Partner waren nicht die Richtigen. Nadine ist nur noch ein Schatten ihrer selbst und nichts erinnert mehr an ihre Top-Figur und ihr ehemaliges Aussehen. Das Leben und die Zukunft von eigentlich vier Menschen wurden in nur einer Minute komplett verändert und in total andere Bahnen gelenkt.

Gestern Abend habe ich noch in der Hoteldisco abgefeiert. Die schließt zwar um drei Uhr früh, aber länger hätte ich ohnehin keinen Bock gehabt, denn die Mucke war lausig schlecht. Ich wollte vor dem Schlafengehen nämlich auch noch ein wenig Tippen. PS: liebe Freunde, Männer die tanzen sind wirklich im Vorteil – liebe Leser, merkt euch das! Die Chancen mit Frauen ins Gespräch zu kommen, erhöhen sich in einem gigantischen Ausmaß, wenn ihr tanzt und dabei auch noch freundlich lächelt, anstatt nur sinnlos herumzustehen und zu saufen. Und so tänzle ich in Richtung meiner Kung-Fu Mädchen, die mich auch gleich in ihrer Tanzrunde aufnehmen. Es hilft natürlich auch, dass eine von der Volleyballrunde und drei Balkondamen dabei waren. Nun bekomme ich von ihnen Punkte für meine Tanzkünste und wir lachen und trinken. Während ich mir nur Cola und Red Bull runter gieße, feiern die Mädels ihre erfolgreiche Abschlusswoche und verteilen sich übermorgen wieder in ihre Herkunftsländer.

Ein blondes Schwedenmädchen hat es mir besonders angetan, mit ihrem langen Haaren bis zum Arsch. Die habe ich zwar bis eben noch gar nicht bemerkt, aber es ist auch das halbe Hotel voll mit diesen Jogginganzügen tragenden Kampfsportlern. Sie heißt Svenja und ist überhaupt keine Schwedin, sondern zeigt mir stolz die Rückenansicht ihres Trainingsanzuges, auf dem in Großbuchstaben „Finnland" aufgedruckt ist. Ihr Vater ist Schwede, ihre

Mutter Finnin und der Liebe wegen ist er nach Finnland gezogen. Ich bewundere jeden, der der Liebe wegen alles aufgibt und Freunde, Eltern, Job, einfach alles hinter sich lässt und in ein anderes Land oder eine weiter entfernte Stadt zieht. Die Eltern sind zwar schon lange geschieden, aber die Frucht dieser Liebe bekam diesen typischen schwedischen Namen. Warum muss ich bei diesem Namen an Wicki und die starken Männer denken? So schrecklich ist Svenja gar nicht. Egal, Svenja ist leicht angesoffen und wir sitzen in einer Ecke und schmusen. Svenja spricht übrigens fast perfekt Deutsch, was die Kommunikation sehr erleichtert. Mein Englisch wäre ohnehin nicht ausreichend zum Flirten beziehungsweise um ins Detail zu gehen. In Finnland und Schweden kann man übrigens in der Schule Deutsch lernen. Das wusste ich gar nicht. Viele Skandinavier können also ihre eigene Sprache plus Englisch und Deutsch. Ich finde das immer sensationell, wenn Leute mehrsprachig sind und wenn ich mir etwas wünschen könnte, wäre es, dass ich in jedem Urlaubsland gleich die Landessprache verstehe und überall gleich mitplappern könnte.

Svenja ist lustig und sie zeigt mir ihre Oberarme, die wirklich sehr strähnig und muskulös sind. Überhaupt ist ihr Body muskulöser als jener der anderen Girls. Svenja hat jahrelang Ballett gemacht, steht auf Fitness und betreibt seit fünf Jahren Taekwondo. Natürlich bietet sich da die übliche Frage an, wenn man Frauen kennen lernt, die zum Beispiel Poledance oder ähnliche Tänze beherrschen. Und ja, Svenja kann den Spagat schon seit sie ein kleines Mädchen ist.

Mittlerweile ist sie fünfunddreißig und sieht aus wie eine nordische Göttin. Die Göttin ist übrigens bereits zweimal geschieden und ich schinde unheimlich Eindruck, als ich erwähne, dass ich seit Jahren Yoga betreibe. Es kostet sie einen circa fünf minütigen Lachkrampf. Sie lacht so herzhaft, dass ich selber mitgrinsen muss und gar nicht mehr aufhören kann. Die Disco sperrt zu und Svenja meint, sie wäre heute schon den halben Tag geil, da sie die ganze Woche nur mit ihren Mädels abhängt und mit den Typen ihres Sportvereines nichts anfangen will. Es baggert sie zwar wöchentlich einer aus dem Verein an, aber das führe nur zu Komplikationen im Club, wenn es dann nicht mehr funktionieren sollte und ich bin ihr für eine Urlaubsaffäre nicht unsympathisch. Ihr letzter Exmann war gleichzeitig ihr Trainer und hat seit der Scheidung extra deswegen auch den Verein gewechselt. Auch eine Freundin, mit der ich knapp zwei Jahre zusammen war, hat mir gestanden, ihren langjährigen Freund, mit dem sie vor mir zusammen war, auch mit ihrem Kickboxtrainer betrogen zu haben. Das war übrigens der gleiche Sommersprossenpumuckelalbino, der dann mit Anna zusammenkam und auch noch von ihr beschissen wurde. Ja, das Leben ist hart, wenn man von seiner ersten und letzten aktuellen Freundin betrogen wird. Eigentlich reicht so was schon ein Mal im Leben. Mir ist das mit Svenjas Kuschelbedürftigkeit sehr recht, denn ich bin ohnehin schon so geil auf ihren Hardbody und so gehen wir ins Zimmer. Ich habe ja ohnehin ein Doppelzimmer für mich allein, da ist also noch genug Platz für eine

Halbschwedin. Zwecks Romantik ist MTV ebenfalls unbrauchbar. Den Dreck schalte ich gleich mal aus, hole mein Handy aus dem Safe und spiele aus meinem SaMi-Side-up-Ordner Kuschellieder, die ich ja unter anderem massenweise darauf gespeichert habe. Eigentlich heißt die CD-Reihe Sunny-Side-up, aber aufgrund einer großen Liebe von mir habe ich ihn einfach in unsere Vornamen Sascha & Mia, also SaMi-Side-up umbenannt. Ich gehe noch duschen und verabschiede mich für fünf Minuten mit einem Kuss bei ihr. Kondome und Gleitgel habe ich ganz zufällig in meinem Camouflage-Kulturbeutel mit eingepackt und so komme ich nur im kecken Unterhöschen bekleidet zurück ins Zimmer und sehe, dass Svenja schon eingeschlafen ist. Ich könnte sie jetzt aufwecken oder wie im Film „Gegen die Wand", den ich hier als Filmtipp übrigens empfehle, im alkoholisiertem Schlafzustand ficken, aber ich entscheide mich dafür, sie sanft ein wenig auf die Seite zu heben und lege mich nur vorsichtig dazu. Ich sehe in ihr wunderschönes Gesicht und spüre wie sie kurz die Augen öffnet und mir mit ihrer Hand zärtlich über mein Gesicht streichelt. Ich blinzle sie an und sage „schlaf schön".

Sie murmelt irgendetwas auf Finnisch, das ich auch als „schlaf gut" deute und streichle dann noch minutenlang ihr Haar, bis ich nach mehr als einer Stunde selber einschlafe.

Samira

An einem schönen Frühlingstag am See, einer der
ersten Badetage im neuen Jahr, schwimme ich ans
andere Ufer und halte mich in der Mitte des Sees an
einer Boje fest, um ein wenig zu rasten. Da kommt ein
dunkelhaariges Mädchen auf mich zu geschwommen,
die offensichtlich gerade auf dem Rückweg ist und ich
biete ihr mit einem Zwinkern an, auf meiner Boje
Pause machen zu können, sofern sie diese nötig hätte.
Der See war nämlich relativ groß, aber mein Angebot
wird dennoch dankend abgelehnt. Als ich selbst wieder
aus dem Wasser steige, sehe ich sie auch in meiner
Nähe in der Wiese sitzen und irgendein schmieriger
Typ reibt ihr den Rücken mit Sonnencreme ein. Eine
Woche später sehe ich sie in der Disco wieder und
bestelle ihr bei der Bar gleich etwas mit, da sie mit
ihrer zarten Figur keine Chance hat, bei den vielen
großen angesoffenen Typen vorbeizukommen und sich
sonst noch ewig anstellen muss. Sie erkennt mich auch
wieder und wir kommen ins Gespräch und tanzen und
trinken miteinander. Ihr Vater ist aus dem Iran, aber
die Eltern leben getrennt. Darauf hätte ich fast wetten
können. Sie ist so mager, aber superlustig und auch
recht nett und wir verabreden uns fürs Kino. Eher
spaßhalber beschließen wir auch gleich, nächste
Woche mit dem Auto nach Italien zu fahren. Ich
nehme das gar nicht für bare Münze, aber merke dann
schnell, dass es ihr offensichtlich sehr ernst damit ist.
Die Reise geht los. Eine Woche später in Italien sehe
ich Samira ins Gesicht und eine Heulattacke

überwältigt mich, denn ich bin erst seit einigen Monaten von Nadine getrennt und der Schmerz sitzt noch immer so tief. Mir fiel dabei mein erster Italienurlaub mit Nadine ein und ich war eigentlich noch gar nicht soweit, jemanden neuen kennenzulernen oder mich neu zu verlieben. Samira erkennt das und hilft mir in dieser schweren Zeit mit großem Verständnis, viel Liebe und Zuneigung und ich weiß, dass ich mich etwas Neuem öffnen muss und umgekehrt versuche ich auch für sie da zu sein. Offensichtlich brauchen wir uns im Moment auch gerade gegenseitig. Samira hat Magersucht und bei einer Größe von eins zweiundsiebzig gerade mal vierzig Kilo. Das ist mir schon am See aufgefallen. In Italien isst sie noch wenig bis nichts, aber in den kommenden Wochen gelingt es mir mit vorsichtigem Zureden und Einfühlungs-vermögen, sowie gemeinsamen Kochen und regelmäßigem Abendessen vor dem Fernseher, dass sie immer mehr und mehr isst. Vor dem Fernseher deshalb, weil ich gemerkt habe, dass sie bei romantischen Essen zu zweit weniger in sich hineinschaufelt als gemeinsam auf der Couch vor dem Fernseher. Da gehen auch schon mal ein paar Chips so nebenbei. Nach sechs Wochen habe ich es geschafft, dass ihr Ganztagesessen nicht mehr nur aus zwei Päckchen Milupa Babybrei besteht. Unglaublich, dass sich ein zwanzigjähriges Mädchen monatelang nur davon ernährt hat und vor allem, dass ihre Mutter dagegen gar nichts unternommen hat. Wenn ich nachts noch aufwache und einen Weinkrampf wegen Nadine bekomme, hat sie so viel Verständnis und Gefühl für die Situation und nimmt mich in ihre Arme. Jede andere Frau hätte eventuell eher einen Eifersuchtsanfall bekommen und sich verabschiedet.

So vergeht die Zeit und Nadine ist komplett vergessen. Samira ist eine richtige Drecksau im Bett und der Sex ist jetzt auch richtig gut, weil sie figurmäßig nicht mehr aussieht wie ein KZ-Häftling und sich auch nicht mehr so knochig anfühlt wie ein unterernährtes Biafra-Kind, wenn sie auf mir reitet. Samira schluckt mit Leidenschaft und lässt sich meinen Schwanz tief in ihr Arschloch stecken. Damit nicht genug – sie stopft sich oft auch noch einen Dildo ins zweite freie Loch und wir ficken mit Vor- und Nachspiel oft stundenlang. Wobei Samira nicht wirklich auf ein Vorspiel steht, sondern lieber gleich hart und direkt zur Sache kommt, aber nach dem Sex meist nur Minuten später das gleiche noch einmal braucht. Zu diesem Zeitpunkt bin ich aber schon kurz vor einer Herzattacke und lecke sie ausführlich und massiere ihre Fotze, während wir meist einen Porno dabei ansehen. Das reicht um sie eigentlich recht schnell noch mal kommen zu lassen. Am geilsten ist Samira am Morgen. Manchmal schlafe ich noch und Samira bläst ihn mir hart und noch bevor ich richtig munter bin, sehe ich im Halbschlaf, wie sie sich mit ihrem Arschloch über meinen Schwanz stülpt und mich munter reitet. Samira steht auf Pornos, aber auf keine normalen, sondern am liebsten hat sie es, wenn eine Frau von zehn Männern gleichzeitig penetriert und vollgespritzt wird. Sie holt uns oft selbst Pornos aus der Videothek. Mich stört das nicht, denn Internetpornos waren damals noch schwer zu finden und wir hatten noch gar kein Internet in der Wohnung. Ich schaue mir ja auch gerne pornografische Filmchen an, aber wenn es sich um keinen Gonzo handelt, ist es mir auch zu fad. Gonzos sind Pornos ohne Handlung, in denen einfach nur eine Fickszene die nächste ablöst. So muss es sein! Wer braucht schon sinnlose Handlungen oder Fragen wie „warum liegt denn hier Stroh herum"? Hardcorefilme sind Samira und mir am liebsten. Wo sind die Zeiten hin, als ich mir als Jugendlicher die ersten Pornos mit Theresa Orlowski reingezogen habe? Kennt die überhaupt noch jemand von euch? Wer von euch Jungs hat sich bei Theresa Orlowski und diesen damaligen „Stars" noch einen runtergeholt? Gibt es da draußen jemanden unter euch Lesern, dem die Namen John Holmes oder Ron Jeremy etwas sagen? Die beiden spielten ja glaube ich in geschätzten siebzehntausend Pornos mit. Nur Rocco Sifredi habe ich noch öfters gesehen und der war dann auch eher der Held meiner Generation. Trotzdem alles kein Vergleich zu heutigen Otto Bauer Filmen oder zu Bonnie Rotten, dieser geilen Spritzsau. Ich liebe diese „Rough Sex Industry". Pro Film kam damals vielleicht eine Analszene vor und mittlerweile gibt es gar nicht mehr viele Streifen, in denen ins normale Muschiloch gefickt wird, denn diese höchst anspruchsvollen Filmchen bestehen überhaupt nur noch aus Analszenen, großteils auch oft nur noch aus Double-Analaktionen. In diesen Darbietungen bohren zwei Männer der Darstellerin ihre Schwänze gleichzeitig ins Arschloch und darauf steht Samira und ich finde das gut. Samira pisst mich auch manchmal in der

Badewanne voll und reibt sich dann ihre Fotze an meiner Brust. Manchmal nenne ich Samira meine kleine persische Analschlampe und sie freut sich über dieses Kompliment. Wir wohnen nun schon ein Jahr zusammen und gehen zum ersten Mal in unserem Leben auf eine weite Reise in die Dominikanische Republik um einen mörderischen Restplatzpreis von heutigen sechshundertneunzig Euro all inclusive. Das war damals in alter Währung noch recht viel Geld, aber so billig gibt es solche Reisen für vierzehn Tage schon lange nicht mehr.

Was für ein schöner Urlaub und das erste Mal weit weg aus unserem Dorf. Das Meer war wunderschön türkisblau, der Strand war gesäumt von Tausenden von Palmen und die warme Sonne schien uns auf unsere Bäuche, während zuhause alle im Schnee versanken. Wir haben es täglich miteinander getrieben. Das Leben kann doch so schön sein. Samira lässt sich gerne fotografieren, egal, ob im Bikini, in Fetischkleidung, Nylon und Heels. Sie gewährt dabei auch offene Einblicke in ihr Innenleben, wenn ihr wisst, was ich damit meine. Damals kam ich auf den Geschmack des Fotografierens nackter oder spärlich bekleideter Frauen und mag es auch besonders gerne, wenn sie sich währenddessen irgendetwas einschieben – und mit irgendetwas meine ich wirklich irgendetwas. Die Zeit verging. Das Jahr darauf waren wir in Thailand und haben Bangkok leergekauft, sowie gemeinsam unseren nächsten wunderschönen Strand gesehen. Samira war perfekt, denn sie kochte wunderbar, war eine arabische Schönheit, hatte lange, braune Haare, fickte wie eine

Pornodarstellerin und war nicht nur meine Lebensgefährtin, sondern gleichzeitig auch meine beste Freundin. Manchmal mailten wir uns hundertmal am Tag in der Firma hin und her und sollte das jemals ein Administrator mitgelesen haben, wäre er errötet oder hätte sich in seinem Büro bei unserer oft schmutzigen Korrespondenz selbst heimlich einen runtergeholt. Wir stritten nie und alles war harmonisch. Natürlich gab es einige Eigenarten oder Eigenschaften, die dem anderen nicht unbedingt zusagten, wie zum Beispiel das tägliche Vollpinkeln der Klobrille, über das ich mich oft beschwert habe. Ja, liebe Jungens und Mädchen, ihr habt richtig gelesen – nicht ich, sondern Samira pisste täglich die Klobrille voll. Warum ist mir bis heute ein Rätsel. Sie meinte dann auch immer, ich solle mich nicht aufregen, denn sie markiert einfach nur ihr Gebiet hier und sie könne auch nicht anders, weil ihr Urinstrahl stets immer in alle Richtungen spritzt, was ich von den Anpissaktionen im Badezimmer her auch bestätigen muss.

Samira hatte das Talent meinen Schwanz bis zum Anschlag in ihren Rachen zu stecken und ich konnte ihr gleichzeitig zwei Dildos in ihre Löcher stopfen. Eine kurze Sexauszeit hatten wir auch, weil sie sich beim Badezimmerputzen das Knie verdrehte. Wahrscheinlich als sie ihre eigene Pisse aufwischte und dabei ausgerutscht ist. In diesem einmonatigem Krankenstand aufgrund ihrer Meniskusoperation habe ich aber täglich um drei Uhr nachmittags zu arbeiten aufgehört und wir sind mit Krücken und ihrer Beinschiene an den See gefahren und haben uns dort im Schatten eine schöne Zeit gemacht. Genau dort, wo vor langer Zeit irgendein Vollidiot ihre Haare gekräuselt und ihren Rücken massiert hat, haben wir drei Sommer lang das Leben genossen. Ich bin auch der beste Krankenpfleger, den es gibt und Thrombosespritzen setzen und Patienten betreuen kann ich gut. Eine Drecksau im Bett zu sein muss sich nicht damit widersprechen, auch ein fürsorglicher Freund zu sein, der seiner geliebten Partnerin täglich den Tee ans Bett bringt und auch ansonsten jeden ihrer Wünsche erfüllt. So verging die Zeit und wir waren nun drei Jahre zusammen. Hatte Samira die Regel, bestand sie darauf, dass ich es ihr in den Arsch besorge. Welcher Mann ist da nicht zufrieden? So haben wir in den drei vergangenen Jahren hochgerechnet mit zweimal täglichem Sex circa über zweitausendmal gefickt! Ich habe das übrigens spaßhalber einmal hochgerechnet. Wenn ich mit jeder Partnerin, mit der ich in einer fixen Beziehung zusammen war, wöchentlich mindestens vier bis fünf Mal geschlafen habe (und das passierte sicherlich), habe ich bisher ungefähr locker über zehntausendmal in meinem Leben gefickt. Eine eigentlich unglaubliche Zahl und dafür zeigt mein bestes Stück überhaupt keine Abnützungserscheinungen. Im Gegenteil, mein Schwanz ist so weich und geschmeidig. Er hat überhaupt eine schöne Form, was mich sehr freut, aber egal. Auch sonst war alles ein Traum und ich erinnerte mich an meine Zeit mit Nadine und wie solche Geschichten enden können und wollte diesmal alles besser machen. Ich habe mich mehr bemüht, habe alles gegeben, habe intensiv geliebt und mein ganzes Herz geöffnet und zu Silvester habe ich Samira in Anwesenheit lieber gemeinsamer Freunde einen Heiratsantrag gemacht. Romantisch wie im Film – die Silvesterfreundesrunde hielt Spritzkerzen in die Höhe, während ich auf meinen Knien mit dem Ring in der Hand diesen einen Satz gesagt habe.

Doch diese Frage hat alles verändert. Samira sagte, sie wisse nicht so recht und müsse eher ablehnen, aber wir können normale Freunde bleiben beziehungsweise wäre es ihr lieber, wenn wir wie bisher zusammensein könnten. Auch ihre Mutter stellte sich für Samira einen betuchteren Mann vor. Sie hat mich übrigens immer abgelehnt und mich das auch spüren lassen. Mehr als einen gebrauchten Opel Kadett konnte ich mir damals eben nicht leisten, aber diese bereits damals fast fünfzehn Jahre alte Kiste reichte aus, um uns mehrmals im Jahr pannenfrei nach Italien und wieder retour zu bringen. Außerdem hatte ich noch den Kredit wegen Nadine zurückzuzahlen. Ich habe ihr ja fast die ganze Wohnungseinrichtung geschenkt und musste mir selbst alles neu kaufen, Bett, Couch, Fernseher etc. Natürlich habe ich nicht allzu viel Geld, aber um schön zu leben reichte es immer. Ich habe die Anspielungen ihrer Mutter allerdings immer freundlich ignoriert und immer gute Miene zum bösen Spiel gemacht, um eventuellen Streit zu vermeiden. Verletzt hat mich das aber schon sehr. Was hatte ihre Mutter davon, sich selbst einen reichen Teppichhausbesitzer aus dem Iran geangelt zu haben? Er hat sie geschlagen und nach der Geburt von Samira sitzen gelassen. Dass Samira mich nun nicht heiraten wollte, hat mich sehr getroffen. Alles war verändert und unser Umgang miteinander war ganz anders. Wir haben uns ein bisschen entfremdet und die Liebe ist abgekühlt. Sie hat dann auch alles gepackt und ist zu ihrer Mutter heimgezogen. Mit diesem Heiratsantrag hat es bei ihr einen Schalter umgelegt und ihre Liebe war nun wie weggeblasen. Bei mir war es wohl wegen der Enttäuschung ebenso. Ich war sehr traurig. Wir haben uns noch einige Wochen getroffen und diesen typischen Trennungssex vollzogen und uns dabei auch noch gefilmt, um ein nettes Andenken zu haben, aber die Sache war gegessen. Im Internet habe ich Wochen später gelesen, wie sie sich über meinen Heiratsantrag lustig gemacht hat und dass sie sich für ihr Leben einen wohlhabenderen Typen vorstellt. Das hat mich doch sehr getroffen.

Samira hat sich dann auch sehr verändert. Sie war nie mit ihrer Figur nach der Magersucht zufrieden und fand sich immer zu dick, obwohl sie die perfekten Modelmaße hatte. Einige Brustoperationen später sieht sie nicht mehr aus wie das hübsche Mädchen vom See, sondern gleicht nun eher einer Pornodarstellerin, auf die alle Typen im Dorf scharf sind. Inzwischen kann ich sagen, dass Samira meine beste Freundin ist und bis heute erzählen wir uns alles und sind im freundschaftlichen Sinne füreinander da, wenn einer den anderen braucht. Ich werde ihr nie vergessen, dass sie mich damals gerettet und meine Hand gehalten hat, wenn ich wegen Nadine kurz vor einem Nervenzusammenbruch stand. Das war für Samira sicherlich auch nicht so einfach. Wer weiß, ob ich wegen Nadine nicht irgendeinen Blödsinn gemacht hätte. Nicht selten dachte ich im Auto, wieso fahr ich eigentlich nicht einfach gegen die Leitschiene, dann hat dieser Schmerz ein Ende. Airbag hatte dieser alte Opel ohnehin keinen und es wäre wahrscheinlich schnell gegangen, aber für so etwas bin ich ein zu lebensbejahender Mensch und dank Samira waren diese Gedanken wie gesagt auch schnell beiseitegeschoben. Ihr lieben Leser, denkt niemals daran so einen Blödsinn zu machen! Kein Ende welcher Beziehung auch immer ist es wert, seinem Leben ein Ende zu bereiten. Es geht immer weiter, wie ihr in den nächsten Kapiteln gleich lesen werdet. Selbstentleibung ist immer der falsche Weg. Samira hat inzwischen unzählige gescheiterte Beziehungen erlebt und ist auch in ihrer aktuellen nicht glücklich. Sie ist wahrscheinlich die gefragteste Frau bei uns im Dorf und egal wo ich mit ihr hingehe, sie und auch ich als ihr Begleiter bekommen von ihren Verehrern, sobald sie checken, dass ich nur ein normaler Freund und nicht ihr Partner bin, alles umsonst. Tischreservierungen, komplette Luxusessen, Eintritte in Theater, Discos und andere Lokale, denn Samira kennt sie alle. Diese ganzen Geschäftsführer und Lokalbesitzer schleimen sich bei ihr ein, um nur einmal einen Stich bei ihr zu machen oder sie als Freundin oder Sexgefährtin verbuchen zu können. Dass Samira mittlerweile schon die halbe Schickimicki-Gesellschaft unseres Dorfes durchhat, ist in dieser Szene bekannt und die andere Hälfte hofft eben auch noch auf ein Abenteuer mit ihr. Ich finde das lustig und habe für all diese golfspielenden Schickitypen nichts übrig außer Spott. Ihr aktueller, reicher Freund, den ich eigentlich ganz gut leiden kann, kriegt gar nicht mit, wie viele Bewerber Samira hat und wie viele WhatsApp-Nachrichten und Schwanzfotos bei ihr täglich eintrudeln. Sogar dessen bester Freund, der verheiratet ist und zwei Kinder hat, macht ihr Avancen und schickt ihr regelmäßig seine Unterleibsbilder. Samira und ich amüsieren uns köstlich darüber. Warum sie mit so vielen anderen Typen flirtet und für alles empfänglich ist, obwohl sie vergeben ist, kann leicht erklärt werden. Samiras aktueller Typ ist Firmenbesitzer. Der Wunsch ihrer Mutter hat sich also somit erfüllt und auch ihr eigener, was den sozialen Status ihres Partners angeht. Er hat auch einen großen Schwanz, was ihr wichtig ist, aber er behandelt sie schlecht und abwertend und kritisiert auch ständig alles an ihr und sie nimmt es in Kauf. Beispielsweise lag sie mit Grippe über eine Woche im Bett und er kam sie kein einziges Mal besuchen, da er sich nicht anstecken wollte. Sogar ich als normaler Freund habe keine Angst mich anzustecken, wenn ich sie besuche. Seine kranke Freundin zu pflegen oder zumindest einmal eine Einkaufstüte vor die Tür zu stellen, auf so eine Idee kommen solche Menschen nicht. Das macht sie zwar traurig, aber sie akzeptiert das und gleicht ihr Unglücklichsein beziehungsweise sein Verhalten dafür wieder mit gelegentlichen Dates mit anderen Typen aus. Zum Schlußmachen ist sie zu schwach, weil sie leider nicht alleine sein kann und so

lässt sie sich auch seine Gemeinheiten gefallen und freut sich dann wieder wie ein kleines Kind, wenn er sie als Wiedergutmachung in irgendeinen VIP-Bereich irgendeiner Party mitnimmt oder auf einen Kurzurlaub mit seinen Schickimicki-Freunden einlädt. Zwei Tage später macht er sie dann wieder runter und geht nur abfällig und respektlos mit ihr um und der Kreislauf beginnt von vorne. Irgendwie armselig, „reich" und „schön" harmoniert also auch nicht wirklich. Erinnert mich an einen Song,
der sich ebenfalls in meinem Deutschpopordner befindet und zwar „Lass los, Glück sieht anders aus" von Dennis Lisk.

Ich wache auf und finde neben mir einen Zettel, auf dem sich ein Lippenstiftabdruck eines Mundes befindet und daneben steht ein Wort, das ich nicht entziffern kann. Ich bin jedoch überzeugt davon, dass es „danke" heißen soll. Ich weiß zuerst nicht, weshalb sich Svenja bei mir bedankt, denn es gab ja nichts, aber wie ich später erfahren sollte, war es, weil ich die Situation nicht ausgenutzt habe. Ich habe gar nicht mitbekommen als sie gegangen ist. Mir war zwar noch als hätte mich jemand geküsst, aber in der Früh bin ich meistens für nichts zu gebrauchen und das hätte ich genauso auch träumen beziehungsweise mir einbilden können. Verdammt zu gerne wäre ich mit aufgewacht und hätte Svenja verabschiedet. Ich gehe ins Hallenbad und auch in den Fitnessraum, aber ich finde sie nirgends. Verdammt, wo soll ich noch nach ihr suchen? Ist ihr Abreisetag nicht erst morgen? Ich weiß weder den Nachnamen, noch ihre Zimmernummer. Ich sehe sie aber beim Mittagessen wieder und bin beruhigt und auch erfreut, als sie an meinen Tisch kommt und mir ins Ohr flüstert: „Acht Uhr heute, dein Zimmer, holen wir nach von Abend gestern." Deutsch ist der Satz nicht, aber ich verstehe dennoch gut. Sie küsst mich neben den ganzen Leuten und sogar der Kellner wundert sich, zumal ich ja beim Mittagessen mit niemanden rede und mich immer allein in ein Eck setze, weil ich meine Ruhe haben möchte. All die unkultiviert fressenden und schmatzenden Leute mit ihren Kleinkindern gehen mir so etwas von auf den

Geist. Der Kellner zwinkert mir zu und hält einen Daumen nach oben. Ich zwinkere ihm zurück und hoffe, dass er nicht schwul ist und sich jetzt mich betreffend Hoffnungen macht. Warum Svenja mich neben ihren Freundinnen und Taekwondo-Kollegen geküsst hat, ist mir zwar ein Rätsel, aber eigentlich auch völlig egal. Vielleicht wollte sie ihrem Ex auch eines auswischen und war sich sicher, dass es irgendein Kollege zuhause ausplaudert, dass sie hier im Hotel geküsst hat. Wir fielen ja auch gestern schon mit unserer Schmuserei in der Disco ziemlich auf. Es ist mir schwer gefallen, mich zu konzentrieren. Svenja musste offensichtlich noch trainieren und ich habe nur noch gewartet, bis es endlich zwanzig Uhr wird. Das Abendessen fällt also schon einmal aus und ich verbringe den Tag dann noch im Hallenbad und trainiere auch ein wenig im Fitnessraum, in dem auch die Russinnen trainieren. Schön anzuschauen sind sie in ihren engen Sportanzügen. Ich tippe noch ein wenig und danke dem lieben Gott, dass es eigentlich recht schnell neunzehn Uhr geworden ist. Ich gehe noch schnell scheißen. Mein Schwanzfutbereich samt Eiern ist noch frisch rasiert, weil ich das heute Morgen erst erledigt habe. Es fühlt sich superglatt und schön geschmeidig an. Ich ziehe meine lässigste Unterhose an. Völlig nackt aufzumachen möchte ich dann doch nicht, falls es eventuell jemand vom Hotel ist, der irgendetwas braucht. Ich habe auch kein Interesse, mich vollständig anzuziehen, weil ich sie ohnehin gleich ins Bett werfen werde. Jetzt vergeht die Zeit langsam, aber sie vergeht. Es klopft und ich öffne die

Tür und ihr Lieben – es war unglaublich. Svenja sah aus wie eine schwedische Prostituierte, die gerade einen Hausbesuch macht. Sie trägt einen hautengen, schwarz glänzenden Anzug, der an ihr wie eine zweite Haut haftet und mich leicht an Catwoman erinnerte. Dazu schwarze, fünfzehn Zentimeter hohe Peeptoes, die sie sich diese Woche auf dem Markt in Belek gekauft hat. Es ist ein Bild für Götter! Sie ist nun einen Kopf größer als ich und steht gebräunt und breitbeinig mit ihrem Hardbody vor mir. Die Brüste sind nur zur Hälfte bedeckt und ihre langen, glatten, blonden Haare sind beeindruckend schön. Ihre Lippen sind genauso rot wie ihre Finger- und Zehennägel und sie greift mir mit beiden Händen um den Hals und zieht mich für einen Kuss zu sich. So aufgedonnert und brutal geil angezogen habe ich sie natürlich nicht erwartet. Ich dachte eher an ihren Finnland-Jogginganzug und das erste, das mir einfällt ist: „Wahnsinn, ich muss unbedingt ein Foto von ihr machen." Sie ist damit einverstanden, nur ihr Gesicht darf ich nicht fotografieren, weil sie ja nicht weiß, was ich mit dem Foto vorhabe und sie es nicht auf Facebook oder sonst wo finden möchte. Das verstehe ich, aber ignoriere ihren Wunsch natürlich und fotografiere sie klarerweise im Gesamten und nicht nur ihren Prachtkörper. Es ist einfach ein Anblick zum Abspritzen, wie diese Halbgöttin mit ihren riesigen Silikonbrüsten und dieser Bodybuildingfigur an der Wand meines Hotelzimmers posiert. Sie kniet sich vor mich hin, schiebt mir mein knappes Höschen runter und schnappt meinen ohnehin schon steifen Schwanz mit ihrem Mund, während sie sich ihren schwarzen Overall abstreift. Sie dreht sich vor mir um, bückt sich nach vorne und während sie aus ihren Hosenenden steigt, lecke ich ihr über ihr Arschloch und abwechselnd auch über ihre geile Fotze. Svenja stöhnt. Sie hat sich jetzt komplett ihres Gewandes inklusive der Schuhe entledigt und reißt mit ihren Händen ihre Arschbacken weit auseinander, damit ich noch tiefer von hinten in ihr Arschloch lecken kann. Das mache ich ungefähr eine Minute, während sie mit dem Kopf nach unten meinen Schwanz anspuckt und massiert. Sie sagt: „Moment, ich zeige dir jetzt wo du gefragt gestern" und ich vermute, sie möchte mir im Bett den Spagat zeigen, aber es kommt noch viel schärfer. Sie stellt sich in den Badezimmertürrahmen, hebt eines ihrer Beine und bringt es über ihren Kopf nach oben. So steht sie nun da, eingekeilt zwischen Boden und oberem Türstock und ich erlebe eben meinen ersten Spagat einer Frau, die selbigen sogar im Stehen macht. Es ist für sie anscheinend auch überhaupt kein Problem in diesem Spagat zu verweilen. Sie spuckt sich auf ihre Finger, massiert sich damit ihr Arschloch und sagt auffordernd und in gar nicht mehr so lieblichen Ton „ficke jetzt" zu mir. Ja, zweimal braucht sie mir das nicht zu sagen. Ich streife mir den Gummi über meinen Schwanz, drücke vor Geilheit und Stress gleich den Inhalt der halben Tube Gleitcreme über selbigen und frage sie höflich „Arschloch oder Fotze?". Svenja sagt nur: „überraschst du mich" und ich schiebe ihr meinen Schwanz langsam, aber mit ordentlichem Druck in ihr geiles, fast wegen des Spagats von selbst schon auseinanderklaffendes Arschloch und ficke sie in dieser Stellung einige Minuten brutal wie ein notgeiler Werwolf. Ihr ganzer Körper ist so wunderbar braun, glatt und steinhart. Ihre geilen Titten bewegen sich überhaupt nicht im Takt der Stöße, da auch diese knallhart und bombenfest operiert sind. Jetzt stellt sie sich mit ihrem am Boden verbliebenen Fuß noch auf die Zehen und ihre Wadenmuskeln springen so richtig heftig hervor. Ich drücke sie nach vorne, greife über ihren Kopf, packe ihren Fuß rechts oben am Türstock und bringe ihn vorsichtig nach unten. So gehen wir noch immer mit dem im Arsch steckenden Schwanz Richtung Bett – natürlich langsam und quasi fast in Zeitlupe. Es ist so geil in ihrem engen Arsch und zwischen diesen harten Pobacken, mit denen sie problemlos Kokosnüsse knacken könnte. Ich möchte nicht, dass mein Schwanz herausrutscht. Ich lege mich vorsichtig nach hinten auf die Bettdecke und Svenja geht ebenfalls in die Knie und so reitet sie nun verkehrt auf mir beziehungsweise auf meinem Schwanz. Ich sehe wie sie mit einer Hand ihre Fotze massiert und plötzlich springt sie auf und mein Schwanz gleitet aus ihrem Loch. Das zu viel aufgetragene Gleitgel tropft währenddessen nach unten und sie brüllt irgendetwas auf Finnisch und setzt sich nun verkehrt auf meinen Bauch, lehnt sich nach vorne und küsst mich. Svenja ist eben gekommen. Wie schön, denn ich mag es, wenn Frauen vor mir ihren Höhepunkt haben. Ich genieße es dabei zuzusehen, wenn eine Frau richtig abgeht und mag es auch überhaupt sehr gerne, wenn sich meine Partnerinnen das holen, was sie brauchen. Ich selbst bin immer noch auf meine Kosten gekommen und auch Svenja zieht mir den Gummi runter und gleitet mit ihren knallroten, finnischen – fast hätte ich gesagt mit ihren „schwedischen Pipi-Langstrumpf-kunterbunten Lippen" – über meine Eichel, aber nicht weiter. Sie massiert nun mit ihrer Zunge meinen Eichelspalt und es fühlt sich so geil an. Ich habe das Gefühl, sie steckt mir ihre Zungenspitze einen guten Zentimeter in mein Spritzloch und dabei wixt sie meinen Schwanz mit beiden Händen. Ich will gar nicht mehr warten und spritze unter Zuckungen meines rechten Beines meinen ganzen Saft in ihr geiles Maul. Ihre dicken Lippen umklammern noch immer meine Eichel und sie saugt auch noch den letzten Tropfen Liebesnektar aus meinem Schwanz. Dann setzt sie sich wieder auf meinen Bauch und lässt den ganzen Saft langsam aus ihrem geilen Fickmaul über ihre Titten und ihren Nabel rinnen, bis es endlich meine Bauchmitte erreicht. Diese warme Suppe aus Sperma und ihrem Speichel verschmiert sie dann noch mit ihren Händen auf meiner Brust. Oh mein Gott, dabei wäre ich schon mit Kuscheln zufrieden gewesen. Das Spagaterlebnis werde ich sicher nie vergessen, aber wahrscheinlich auch nie wiederholen können, außer ich lerne eventuell noch irgendwann eine Balletttänzerin kennen.

Wobei ich vor kurzem zuhause im Dorf auf einem Clubbing eine ehemalige Bodenturnerin kennengelernt habe, die gerade in Málaga arbeitet. Soraya, die laut eigener Aussage nicht wirklich vergeben war, schnappte sich gleich meine Hand und wir tranken und tanzten zusammen und es war wirklich supernett mit ihr. Mal sehen, ob wir uns wie abgemacht nach ihrer Rückkehr wirklich treffen, aber das ist eine andere und überhaupt ganz eigene Geschichte, denn wie sich im Mailverkehr nach Málaga danach mit ihr herausstellte, war sie die Fickfreundin des Bruders meiner Exfreundin. Verdammtes, scheißkleines Kaff hier. Auch vom Humor und von der Art her sind sich Soraya und Mia wahnsinnig ähnlich. Das schreckt mich zwar ein wenig ab, aber wollen wir mal gucken, wie sich das entwickelt. Ich möchte sie auf jeden Fall kennenlernen und nehme mir vor, sie während ihres Málaga-Aufenthaltes per Facebook und Mail zu begleiten, um ein wenig mehr von ihr erfahren zu können, unter anderem wie sie so tickt und welche Art Mensch sie ist. Ist sie auch nur ein kaltherziges Mädchen, das nur ihre eigenen Bedürfnisse abdeckt und jene ihres Gegenübers völlig ignoriert? Ich hoffe nicht und sage mir als lustigen Vergleich und um das dunkle Gefühl wegzuschieben: das wäre ja genauso, wie wenn sie ebenso wie Mia in einer Dachgeschosswohnung ohne Lift im letzten Stock wohnen würde, ebenfalls leichte Bi-Züge in sich trägt und Frauenunterwäscheplakate im Schlafzimmer aufgehängt – so wie ich es von Mia kenne – und solche Zufälle kann es gar nicht geben. Ich hoffe, dass wir uns nach ihrer Rückkehr einmal datemäßig treffen werden und wenn es nicht funkt, reicht es vielleicht für eine Freundschaft. Ob für Freizeit- oder Fickfreundschaft, wer kann das jetzt schon sagen, aber selten ist mir im ersten Moment jemand so sympathisch. Sie ist genauso lustig, frech und locker wie ich.

Zurück in die Türkei. Svenja und ich waren noch gemeinsam duschen und wir hörten dann noch im Bett Kuschelmusik von meinem Handy. Mit Kuschelmusik meine ich nicht diese typischen Kuschelrocksongs oder ähnlichen Scheiß, sondern anspruchsvolle, der Allgemeinheit eher unbekannte Songs, die man das ganze Jahr über in romantischen Situationen oder im Bett hören kann. Hauptsächlich Singer, Songwriter etc. SaMi-Side-up eben. Svenja ist eine geile Drecksau mit tollen, großen Titten und auf meine Frage, ob das als Kampfsportlerin nicht gefährlich wäre, antwortet sie nur, „nein", denn sie tragen zur Sicherheit einen Brustschutz. Außerdem ist sie in ihrem Club ohnehin die Beste und wird nicht oft von den anderen Frauen getroffen. Es gefällt ihr einfach und sie wollte immer schon so große Brüste und dass sie eben diesen Sport ausübt, bei der eine Brust nach einem Volltreffer schon mal auch aufplatzen kann, ist eben so. Svenja und ihr Team fahren morgen wieder nach Hause. Telefonnummern austauschen möchte sie nicht und auch ihren Nachnamen verrät sie mir nicht. Meine Daten gebe ich ihr dennoch und ich erfahre noch, dass sie und ihr Exmann Nummer zwei gerade dabei sind, wieder zueinander zu finden und dass ich nicht böse sein soll, wenn es nur bei diesem Urlaubserlebnis bleibt und es keinen weiteren Kontakt oder Mailverkehr gibt. Natürlich bin ich nicht böse, denn ich hatte ohnehin nicht vor, nach Finnland auszuwandern und eine Familie zu gründen, obwohl der Gedanke grundsätzlich ein schöner ist. Ich wollte ja eigentlich in diesen zwei Wochen nicht einmal jemanden kennen lernen, sondern mich zu hundert Prozent dem Schreiben dieses Buches widmen. Somit war dieses Erlebnis ohnehin schon ein Geschenk beziehungsweise Bonus für mich. Svenja ist verwundert, dass ich das so cool aufnehme. Meine Kontaktdaten hat sie ja und sie kann sich jederzeit melden. Wir haben noch zwei Stunden zum Kuscheln, dann muss sie zu ihren Mädels ins Zimmer zurück und ihre Koffer packen. Das nutze ich ordentlich aus und es ist schön im nur schwach erleuchteten Raum mit angenehmer Musik neben dieser Frau zu liegen und an ihr zu schnuppern und mit ihr zu tratschen. Wir verstehen uns irgendwie und können miteinander. Wir berühren uns zärtlich überall und streicheln uns. Zwischendurch schließen wir abwechselnd die Augen und fühlen uns gut beim anderen aufgehoben. Ein schönes Gefühl und Erlebnis, auch wenn ich sie nie wiedersehen werde. Danke Finnland für die Früchte deines Landes!

In der Nacht höre ich noch, dass Svenja furzt. Ich tue einfach so, als würde ich schon schlafen und schmunzle nur lautlos für mich selbst und für sie somit unbemerkbar. Die nordische Göttin ist ein furzender Mensch wie du und ich.

Roswitha

Roswitha ist meine Mutter. Meine Schwester und ich waren sicherlich keine Wunschkinder und wir sind anfangs der Siebziger einfach passiert. Es war nicht wie heute, wo sich verliebte Pärchen auf die Geburt freuen und sich schon vorher ein Kinderzimmer einrichten, sich extra deswegen einen Kombi kaufen oder gleich in ein größeres Haus umziehen. Heute wird das ganze Leben auf die Kinder ausgerichtet, aber früher waren Kinder eher weniger wert. Meine Mutter hat seit ich denken kann nie mit mir oder meiner Schwester gekuschelt und auch nie mit uns gespielt. Wir wurden nicht ein einziges Mal in den Arm genommen. Ich kann mich noch vage an Szenen aus meiner Kindheit erinnern, als meine Mutter vom leiblichen Vater meiner Schwester geschlagen wurde. Ich weiß noch, wie sehr sich meine Schwester auf versprochene Geburtstagsbesuche ihres Vaters gefreut hat und jedes Mal kam er völlig angesoffen und die Situation eskalierte nur wieder. Meine Schwester hat mir damals schon so leid getan. Irgendwann später ist er dann an seiner Alkoholsucht gestorben, da war meine Schwester gerade mal neun.
Meinen eigenen Vater habe ich nie kennen gelernt. Er hatte schon drei Kinder, war verheiratet und hat seine Frau einfach mit meiner Mutter betrogen. Ein Seitensprung unter Nachbarn sozusagen. Seine Frau hat ihm diesen Ausrutscher verziehen – unter der Voraussetzung, dass er sich nie wieder mit meiner Mutter und somit auch nicht mit mir beschäftigen darf.

Obwohl er gleich gegenüber wohnte und mich von klein an bis zum Erwachsenwerden von seinem Balkon aus beobachten konnte und das auch getan hat, hat er mich in den achtzehn Jahren, die ich dort gewohnt habe, weder einmal gegrüßt, noch habe ich irgendwann eine Geburtstagskarte oder sonst etwas von ihm bekommen. Er hat mich oder meine Mutter auch nie gegrüßt, wenn wir notgedrungen als Nachbarn aneinander vorbeigingen. Wir wohnten mit unserer verkalkten Oma – heute nennt man es ja „dement" – und der Schwester meiner Mutter in einer kleinen Wohnung. Wir waren arm und schliefen bis zum Schulalter zu viert in einem Doppelbett. Meine Großmutter, meine Schwester, meine Tante und ich lagen wie die Sardinen Kopf an Fuß und umgekehrt um Platz zu sparen jahrelang in diesem einen Bett. Im anderen Zimmer schliefen meine Mutter und ihr neuer Freund Walter, den sie später auch geheiratet hat. Bei so vielen Personen in einem Haushalt war es nicht leicht und wir Kinder bekamen alles ab. Meine Tante zog nach einigen Jahren dann aus und wir waren dann nur noch zu fünft in unserer kleinen Wohnung. Unsere Mutter ging früher regelmäßig mit Walter, ihrem neuen Mann, tanzen und hat uns Kinder mit unserer geisteskranken Großmutter abends und auch des Nächtens oft stundenlang alleingelassen. Wir haben in all den Jahren bis zu unserem jeweiligen Auszug nie ein richtiges Frühstück bekommen und auch keine Liebkosung welcher Art auch immer. Unser Tag begann immer mit der Jausenstulle in der Schule. Vielleicht bin ich mangels Nähe und Wärme in

Kindheitstagen seit je schon so kuschel- und harmoniebedürftig und brauche deshalb Berührungen so dringend wie andere Menschen die Luft zum Atmen. Als ich neun Jahre alt und einmal frech zu meiner Mutter war, hat mir Walter in einem Wutanfall mit der Faust einen Zahn ausgeschlagen. Meine Mutter meinte nur, ich wäre selbst schuld, denn was bin ich auch so frech zu ihr. Seit diesem Vorfall empfinde ich für ihn nichts mehr und ich konnte ihn nicht einmal die Zeit danach bis heute dafür hassen, denn dafür war er mir seit meinen Kindheitstagen einfach nur noch zu egal. Meine Schwester und ich bekamen wenn wir „schlimm" waren oft einiges mit dem Teppichklopfer ab und zwar so, dass die Blutergüsse noch tagelang zu sehen waren. Meine Mutter hörte mit dem Schlagen erst auf, wenn ich mit meinen Kopf absichtlich gegen die Wand gerannt bin, sodass es krachte. Das war oft die einzige Möglichkeit, sie zum Aufhören zu bewegen. Selbstverletzung, um nicht von ihr weiter verletzt zu werden. Anders konnte ich mich als Kind nicht wehren und da bekam sie immerhin Angst, dass ich mich noch gröber verletze oder eine Ader im Kopf platzt und hat meistens vom Schlagen abgelassen. Meine Schwester und ich waren eigentlich brave Kinder und auch in der Schule fleißig, aber wir konnten meiner Mutter nichts recht machen. Tagsüber waren wir ohnehin im Kindergarten und das Sozialamt bezahlte unseren Eltern einen Schülerhort, sodass wir auch täglich nach der Schule direkt dorthin und erst um achtzehn Uhr heimkamen. Ansonsten hatten wir wohl eine ähnliche Kindheit wie alle anderen. Wir bekamen

Weihnachts- und Geburtstagsgeschenke, mussten nie Hunger leiden und waren auch meistens frisch und sauber angezogen. Dass ich bis zum sechzehnten Lebensjahr nur getragene Kleidung von den Nachbarkindern bekommen habe, hat mich nie gestört. Die Sachen waren immer schön und vielleicht sind mir deshalb bis heute Markensachen völlig egal, auch wenn ich sie mir jetzt selber kaufen könnte. Ich trage was mir gefällt, egal ob es eine lässige, teure G-Star Jeans oder eine von H&M ist.

Wir durften als Jugendliche nicht ausgehen, sondern haben uns davonschleichen müssen und wir durften auch nur einmal die Woche duschen. Vielleicht bin ich deshalb jetzt so übertrieben reinlich – ich weiß es nicht. Unsere Mutter hat uns so ziemlich alles verboten, was andere Kinder eigentlich durften und hatte sicherlich keine Ahnung von richtiger Kindererziehung. Ich weiß bis heute nicht, was damals im Kopf meiner Eltern vorging. Ich habe bis zu meinem Auszug mit achtzehn mit Nadine niemals auch nur einen einzigen Kuss oder eine Streicheleinheit meiner Mutter bekommen. Wir waren halt einfach da wie eine Art Inventar. Meine Schwester kam fast gleichzeitig mit meinem Auszug in ein Heim, in dem sie dann noch drei Jahre bis zu ihrem achtzehnten Geburtstag und den Umzug in eine Jugend WG gelebt hat, weil sie es ohne mich zuhause nicht aushalten konnte. Die meisten Schläge habe ich auf mich genommen beziehungsweise abbekommen und nachdem ich weg war musste auch meine Schwester flüchten.

So etwas wie Liebe haben wir als Kinder nie erfahren. Wir sind auch kein einziges Mal als Familie irgendwohin auf Urlaub gefahren und ich habe meine Schulfreunde immer beneidet, wenn sie von ihren Reisen oder Ausflügen mit der Familie erzählt haben. Vielleicht brauche ich dieses Gefühl, dass mich jemand liebt und zu mir steht, heute deshalb so dringend. Ja ich bin liebesbedürftig und süchtig nach Harmonie, aber ich denke es gibt Schlimmeres auf dieser Welt. Ich vermute auch, dass ich schon als Jugendlicher nie Alkohol getrunken habe und auch bis heute keinen trinke, weil ich in meinem Unterbewusstsein abgespeichert habe, wie schlimm es ist, wenn seine kleine Schwester und die eigene Mutter ständig geschlagen werden.

Walter ist inzwischen seit einigen Jahren Demenzpatient und weiß oft gar nicht mehr, wer ich bin und meine Mutter, die ihn pflegt, ist Mindestrentnerin. Meine Schwester und ich haben heute ein gutes Verhältnis zu beiden und besuchen sie oft. Wir hassen sie nicht und hegen auch keinen Groll. Sie wussten und konnten es damals einfach nicht besser. Beide wurden im Kindesalter damals von ihren Eltern selbst mit dem Ledergürtel verdroschen. Das war in dieser Generation normal und so haben sie es eben weitergegeben.

Der Zustand von Walter wird immer schlechter und es überkommt mich ein eigenartiges Gefühl wenn ich daran denke, dass er bald nicht mehr unter uns weilen wird, wenn das mit seiner Gesundheit so weitergeht beziehungsweise eigentlich ja mit seiner fehlenden

Gesundheit. Ein merkwürdiges Gefühl – nicht, weil ich an seinen Tod denke, sondern weil ich jetzt schon weiß, dass ich höchstens ein Gefühl fehlender Trauer haben werde.

Mein Stiefvater ist für mich nur ein Fremder und ich empfinde nichts für ihn, weder positiv noch negativ und meine Mutter ist meine Mutter. Ich habe sie lieb, aber ich liebe sie nicht – ich liebe meine Schwester.

Svenja ist weg. Sehr schade, denn diese Hotelzimmeraktivität hätte ich mir jeden Tag ganz gut vorstellen können. Aber andererseits lenkt mich jetzt auch wieder nichts mehr vom Schreiben dieses Schmökers hier ab. Im Animationscenter des Hotels haben sich mir heute alle Fitnesstrainer und Animateure vorgestellt. Russische, angemietete Fitnesstrainerinnen, die aussehen wie Pornostars und die einheimischen, türkischen Animateure, die so klingende Namen haben wie „Lorenzo" und „Alberto". Letztere sind mangels fehlender, junger Touristinnen schon ganz geil und hoffen, zumindest bei den Animateurkolleginnen einen Stich zu machen. Wieso ein türkischer Animateur „Alberto" heißt oder sich so nennt, ist mir auch unklar, aber es klingt sicher interessanter und italienischer oder brasilianischer als „Murat". Viele Gamudis bei uns im Dorf geben sich in der Disco auch lieber als „Roberto" aus. Das ist aufgrund der dunklen Haare und der knusprigen, sexy Hautfarbe zum Aufreißen von Bräuten auch sicher einfacher, als sich mit dem echten tschetschenischen oder bosnischen Namen vorzustellen. Welches Mädchen lernt nicht lieber einen feschen interessanten Griechen, Spanier oder Italiener kennen, anstatt eines Kosovaren oder Rumänen. Ich habe mir heute vormittags übrigens meinen Fuß verstaucht, als ich im Hallenbad ein kleines Kind retten wollte. Nicht, dass es wirklich ertrunken wäre, aber es ist direkt in meiner Nähe ins Wasser gestürzt und die Eltern waren auf der anderen Seite des Pools. Ich war gerade dabei, mich auf die Liege zu setzen, springe in meinen Flip Flops schnell zum Kleinen, rutsche aus und knalle voll auf die harten Fliesen. Wieder aufgerappelt und nur eine Sekunde später habe ich das weinende und schreiende Kind aus dem Wasser gezogen. Die Eltern haben es mir aus der Hand gerissen und gleich völlig übertrieben getröstet und geherzt. Bedankt hat sich bei mir keine Sau. Arschlochfamilie! Das nächste Kind kann meinetwegen ersaufen.

Da ich jetzt ohnehin humple und mir die Ferse wehtut, werde ich heute nicht allzu viel machen, auch die abendliche Disco auslassen und hauptsächlich tippen. Ach ja, meinen Massagetermin habe ich heute Abend. Sehr fein! Auf diese Verwöhneinheit und auch darauf, die kleine, zarte und super deutsch sprechende Fidschi-Insulanerin wiederzusehen, freue ich mich schon.

Nina

Nina grinst mich von weitem an. Wir liegen im Freibad beide auf einer Liege und haben uns zufällig im Blick. Sie schmiert ihren Prachtkörper mit Sonnencreme ein und ich frage sie, ob ich helfen könne. Nach einer kurzen Bemusterung meines Gesamtaussehens ihrerseits, meint sie „ja gern" und stellt sich vor. Nina ist achtunddreißig, Friseurin und Single und geht grundsätzlich nicht ins Chlorwasser, weil das für ihre Haut nicht gut sei. Wochen später habe ich dann auch festgestellt, dass sie überhaupt nicht gern duscht, da sie die feste Überzeugung hat, zu viel Duschen und Reinlichkeit zerstöre ihre Hautstruktur. Ich stelle mich vor und erwähne, dass ich auch lieber am See liege, aber heute eben zufällig hier gelandet bin. Eigentlich wollte Samira mitgehen, aber sie hat dann aufgrund eines kurzfristigen Dates abgesagt und so sind Nina und ich noch näher zusammengerückt und haben auch noch ein Eis geschleckt. Natürlich habe ich sie eingeladen. Kennt eigentlich jemand diesen lustigen Song „Nur die Liebe zählt" von „Der Junge mit der Gitarre" aus meinem Deutschpopordner? Wäre Samira dabei gewesen, hätte ich diese Gelegenheit wahrscheinlich eh übersehen oder nicht genutzt. Auf jeden Fall hat sich Nina über das Eis gefreut und wir haben gequatscht und gelacht und Nina meinte, sie hätte die Schnauze voll von Männern, die sie täglich auch in der Firma anbaggern. Sie wünscht sich endlich einmal einen Annäherungsversuch mit Stil, so wie früher. Ich habe keine Ahnung, was sie damit genau meinte, ob im Jahr 1950 oder im frühen Mittelalter. Sie hat mir aber verraten, wo sie arbeitet und weil sie mir sehr gefiel und ich an ihr nicht uninteressiert war, habe ich mich abends zuhause hingesetzt und einen altmodischen Brief geschrieben. Sie wünscht sich einen Mann mit Benehmen und Anstand. Ich wollte sie kennen lernen und wenn sie es eher ungewöhnlich möchte, dann bitte sehr gern. Ich bin ja kreativ und habe mir die Finger wundgeschrieben:

„Liebe Nina, hier bin ich nun. Immerhin hättest du mir ja deinen Firmennamen nicht verraten, wenn du mich gar nicht mehr wiedersehen hättest wollen. Weißt du, eigentlich bin ich ja ziemlich spontan, aber so eine Aktion mache ich nun auch das erste Mal. Vielleicht schüttelst du beim Lesen dieses Briefes auch den Kopf oder musst ein wenig schmunzeln – zweiteres wäre mir natürlich lieber. Du hast mir sehr gefallen und ich mochte deine wuscheligen Haare und dein Body ist ein Traum. Ich weiß natürlich, dass man sich vom Aussehen nichts runter beißen kann, aber bei dir war einfach auch der erste Eindruck ein wunderbarer und ich fand dich supernett und supersexy. Danke für deine Anspielung bezüglich außergewöhnlichen Kennenlernens. Ich dachte mir, heutzutage lernen sich so viele Menschen anonym über das Internet kennen, es gibt blind Dates, Partnerbörsen und Anbaggern in der Disco magst du auch nicht. Also warum sollte man es nicht einmal auf diese ungewöhnliche Art mit einem Brief probieren, dich zu fragen, ob du eventuell einmal Lust hast, mit mir zu telefonieren oder einmal was trinken oder essen zu gehen – gerne auch ein zweites Eis. Dich normal anzuquatschen, das haben eh schon alle anderen sicher auch im Schwimmbad gemacht und ich mache das nun eben mit diesem Brief hier. Weißt du, ich habe keine Ahnung, ob du überhaupt ein lieber Mensch bist und einen tollen Charakter hast, aber du warst mir in deinem Bikini schon mal sehr sympathisch und ich glaube neben dir würde ich gerne aufwachen. Bist du kindisch oder ernst? Bist du lustig oder stur? Das alles würde ich gerne erfahren. Ich weiß nichts von dir, außer dass du geil aussiehst und wahrscheinlich auch bist. Ich kann jetzt nur von mir sprechen – ich bin total kindisch für mein Alter und vielleicht war ich neben dir auf der Wiese auch ein wenig unsicher. Ich kann mit ernsten, unlustigen Leuten nichts anfangen, bin spontan, kinderliebend, leicht melancholisch, sensibel, kuschelweich, manchmal auch ein wenig stur, aber auf jeden Fall immer ehrlich und deswegen schreibe ich dir auch gleich alles, was ich gerade denke. Heute ist etwas Lustiges in meinem Horoskop in der Zeitung gestanden. „Wenn eine Tür zugeht, geht eine andere auf und unter diesem Gesichtspunkt lässt sich ihrer Frustration in der Liebe auch etwas positives abgewinnen."

Liebe Nina, jetzt ist es zwar so, dass ich gar nicht frustriert bin, aber der Satz hat mir gut gefallen und so dachte ich mir, wenn ich das jetzt mache und dir diesen Brief in der Firma vorbeibringe und dir in die Hand drücke, weil ich ja deine Telefonnummer nicht habe, dann ist das auch wie eine Tür zu öffnen. Dir einfach meine Gedanken zu offenbaren, auch das ist wie eine Tür zu öffnen, die man nicht kennt. Niemand weiß, was sich dahinter befindet, aber es muss nichts Negatives sein und wenn doch, einen Versuch war mir das auf jeden Fall wert. Denn wer nichts wagt, der nichts gewinnt! Ich bin einer, der etwas Fixes möchte, immer schon. Immer ergibt sich so was ja nicht, nicht dass du gleich Angst bekommst – mit „fix" meine ich eine fixe Partnerin, wenn es halt passt. Keine ONS-Geschichten, denn die ergeben sich ja ohnehin ständig für jeden, ob man möchte oder nicht. Das ist auch o.k., wenn man Single ist, aber ich möchte mit meiner fixen Partnerin alles genießen, Urlaube, geilen Sex und die Zukunft. Ich möchte mit ihr durch dick und dünn gehen und gemeinsam Pferde stehlen, wie man so schön sagt. Auch wenn es für jeden Menschen dann auch oft anders kommt und schlechte Erfahrungen wirst du auch sicherlich schon gemacht haben in deinem Alter, darum interessiert mich im Moment nichts Halbes. Ich bin für alles zu haben und vielleicht bin ich auch ein bisschen pervers, aber ich denke mir immer, ein bisschen pervers gehört einfach dazu. Wenn es etwas ist, das beide mögen, ist es ja eigentlich schon wieder normal. Liebe Nina, Liebe geben und Liebe auch annehmen können ist meine Devise und wenn ich ehrlich sein soll, fehlt mir im Moment auch nicht der Sex, sondern das Kuscheln. Da bin ich auch extrem. Ich steh auf Kopfikraulen – das mache ich unheimlich gern bei meiner Partnerin – und Streicheln und Berühren. Vielleicht stellst du dich ja zur Verfügung? Es ist auch nicht gesagt, dass wir uns sympathisch sind oder dieselbe Art von Humor haben, die gleichen Auffassungen und Ansichten oder Einstellungen. Auch Hobbys brauchen wir nicht dieselben zu haben, aber wenn wir uns schon mal wie letztens im Freibad gut riechen können, könnten wir herausfinden, ob da auch noch mehr ist. Ich würde mich freuen, wenn du aufgrund dieser Zeilen ein bisschen neugierig geworden bist beziehungsweise diesen Kennenlernversuch ein wenig witzig oder auch sympathisch findest und mich dafür mit einem Date belohnst. Mit freundlichen Grüßen (samt meiner Handynummer)"

Ja, ihr lieben Leser, diesen Roman habe ich dann in ein Kuvert gepackt und bin am Wochenende darauf in ihre Firma und habe ihr das persönlich in die Hand gedrückt. Die Arbeitskollegen haben verdutzt geschaut und auch ihre Kundin, die gerade eine altmodische Föhnfrisur bekam, hat die Augen gerollt und geschmunzelt. Ich bin dann sicherlich auch noch rot angelaufen, weil circa zwanzig Personen im Frisörstudio waren und habe mich nett, aber schnell wieder verabschiedet. Am gleichen Abend noch hat mich Nina angerufen und am nächsten Tag waren wir schon ein Paar. Fast unglaublich, aber so ist es geschehen. Nina wohnte zufällig sogar in meiner Nähe, war wunderhübsch anzusehen, ähnelte einer Brasilianerin und hatte eine Mörderfigur. Mit ihrem Exfreund war sie zwei Jahre zusammen und die letzten Monate bis zum Schluss hin hat er sie sogar eingesperrt und mit einem Messer bedroht. Manchmal wünsche ich mir mittlerweile, diese ganzen

Vorgeschichten gar nicht mehr zu erfahren beziehungsweise auch selbst keine erzählen zu müssen. Der erste Monat mit Nina war richtig nett. Sie war tatsächlich viel perverser als ich und wollte ständig, dass ich sie ohne Gummi in ihren Arsch ficke, aber das mache ich grundsätzlich nicht gerne. Mit Schutz natürlich jederzeit! Noch dazu machte sich Nina nie einen Einlauf vor dem Arschficken, sodass auf meinem Kondom ständig kleine Scheißebröckchen waren, vor denen es mich dann meist ein wenig geekelt hat. Es riecht ja dann auch nicht sehr fein im Schlafzimmer. Nina hat sich aber immer gleich meinen gummierten Schwanz geschnappt und abgelutscht. Es machte ihr nichts aus, ihre eigene Scheiße abzuschlecken, sondern es turnte sie sogar noch an. Für mich war das gewöhnungsbedürftig und natürlich auch ekelig. Ihr größter Wunsch war es tatsächlich, dass ich sie ohne Gummi in ihren Arsch ficke und sie meinen Schwanz dann sauberschlabbern könne. Wir haben dann aber immer eine Lösung gefunden, die in etwa so aussah, dass wir auf diese Exkrementegeschichte verzichtet haben, aber ganz glücklich war sie damit nicht. Sie hatte auch eine Vorliebe für Pornos, was mir auch sehr entgegen kam. Nur die Richtung selbst war für mich doch sehr befremdlich. So richtig geil wurde sie bei Szenen, in denen zum Beispiel jemand auf eine Zahnbürste scheißt und dessen Partnerin sich dann damit die Zähne putzt. Ob das ähnlich gut fürs Zahnfleisch ist wie Sensodyne, wage ich zu bezweifeln. Nina massierte sich bei solchen Aktionen ihre Muschi intensiver als bei einem normalen Porno und wurde dabei so was von scharf. Mich turnte es eigentlich eher ab. Nina hatte eine Sammlung nur solcher Themenvideos. Ansonsten war es geil mit ihr zu ficken. Sie schluckte, steckte mir ihre Finger in meinen Arsch, band mir die Eier ab, bis sie blau oder violett wurden und hat sich einfach an mir ausgetobt. Netzstrümpfe, High Heels und geiler Sex waren an der Tagesordnung. Wenn sie meinen gummierten Schwanz aus ihrem Arsch zog und saubergeleckt hat, habe ich sie meist einen ganzen Tag nicht geküsst, weil ich diese Bilder im Kopf nie so schnell verdrängen konnte. Sie ist dann aber netterweise auch immer gleich Zähneputzen gegangen. Mit richtiger Zahnpasta natürlich. Nur einmal war ich wirklich wütend, zumal ich vollständig fixiert war und sie mich natürlich herrlich geil abgefickt hat. Sie hat ihre Muschi wie eine Irre auf meinem Schwanz gewetzt und mir über mich reitend ihren Speichel in meinen Mund tropfen lassen. Dann dürfte sie einen vollen Sexrausch bekommen haben, denn an ihrem Blick ahnte ich schon, was sie jetzt vorhatte. Ich habe sie angeschrien, das auf keinen Fall zu machen. Dennoch hat sie mir den Dildo, mit dem ich sie vorher noch verwöhnt habe, in meinen Mund gesteckt und mit einer Hand festgehalten, sodass ich ihn gar nicht mehr ausspucken und auch nicht mehr richtig sprechen oder schreien konnte. Lediglich schwer zu atmen und röcheln war noch möglich. Mit der anderen Hand zog sie meinen Schwanz aus ihrer geilen Fickmöse und steckte ihn, trotz meiner verneinenden Kopfbewegungen das nicht zu tun, ohne eine Kondom darüber zu stülpen, gleich darauf direkt in ihre enge Arschfotze. Sie führte mit ihrer Hand die Eichel in ihr Loch und ließ daraufhin gleich ihren ganzen schlanken Körper darauf fallen. Sie grinste hämisch, weil sie wusste, dass ich mich festgebunden absolut nicht dagegen wehren konnte und nutzte diese Situation völlig aus. Ihr Blick veränderte sich und ich sah nur das Weiße in ihren verdrehten Augen, wenn sie blinzelte. Sie schrie und stöhnte wie noch nie. Ein klein wenig erinnerte es mich auch an eine Besessene aus einem Exorzismusfilm. Ich sah, wie sie sich noch ihre kleine Faust vollständig zuerst in den Mund steckte und dann noch zusätzlich in ihre Muschi. Es fühlte sich einfach nur geil an. Ich spritzte meinen ganzen Lendenhonig in ihr Arschloch und auch sie kam, sprang ruckartig von mir hinunter und lutschte mir noch den letzten Tropfen aus meiner Eichel. Es ekelte mich ein wenig, weil ich noch gesehen habe, dass mein ganzer Schwanz mit Scheiße vollgeschmiert war. Jetzt konnte ich auch endlich den Dildo ausspucken, denn ich war ohnehin schon kurz vor dem Ersticken. Sie nahm meinen ganzen Schwanz in den Mund und lutschte einige Minuten daran. Als sie ihn wieder freigab, war er sauberer als wäre ich direkt aus der Badewanne gestiegen. Dann erst wurde ich losgebunden. Es war geil, aber ich möchte das aus zwei Gründen nie wieder so erleben.

Erstens ist es nicht in Ordnung, einer Person, die sich einem hingibt beziehungsweise ausliefert und somit anvertraut, etwas anzutun, was diese gar nicht möchte. Auch wenn es sich dabei um ein Sexspielchen handelt, in dem man sich dem anderen wehrlos zur Verfügung stellt, sollte man nur Dinge mit beiderseitigem Einverständnis machen. Ich habe dann im Nachhinein erfahren, dass sie mir eigentlich auch in den Mund scheißen wollte!

Zweitens war ich einige Wochen später beim Arzt und hatte eine Clamydieninfektion. Es dürfte ein wenig Kot durch mein Spritzloch in die Harnröhre gelangt sein und das hat dann doch tagelang beim Pissen ziemlich geschmerzt. Nach einer Tablettenkur war das zwar schnell wieder erledigt, aber weiteren Analverkehr, auf den ich ja sehr stehe, gab es nur noch mit Gummi. Nina selbst weigerte sich zum Arzt zu gehen, obwohl mir gesagt wurde, auch meine Partnerin vorbei zu schicken.

Nina war auch wahnsinnig eifersüchtig und entwickelt eine Streitleidenschaft, mit der ich absolut nichts anfangen konnte. Ständig wusste sie alles besser und auch im Urlaub in Thailand wusste sie nichts Besseres anzufangen, als an wunderschönen Tagen am Strand alles schlecht zu reden. Dabei hätte man solche Tage so wunderbar verbringen können. Obwohl wir schon ein halbes Jahr zusammen waren und sie noch immer zu drei Exfreunden nach Hause fuhr, um ihnen privat die Haare zu schneiden, war ich nicht eifersüchtig, denn ich wusste, dass Friseurinnen wenig verdienen und eben auf Trinkgeld und sagen wir mal diese „Nebenarbeit" angewiesen sind. Außerdem sage ich mir immer, nur jene Personen sind eifersüchtig und halten dem anderen irgendwelche Dinge vor, die eigentlich selbst so sind. Nicht umsonst gibt es das

Sprichwort „Wie der Schelm denkt, so ist er selbst"! Sie dagegen erlaubte mir nicht einmal, nach der Firma später heimzukommen oder mich mit meinen Kumpels oder bestem Freund Robsi zu treffen. Ihr zuliebe beziehungsweise um weiteren Streit zu vermeiden habe ich sogar den Kontakt zu Samira komplett eingestellt. Ich durfte Nina auch immer weniger streicheln und berühren. Neuerdings mochte sie das nicht mehr so sehr wie anfangs. Wie das eben so ist, wenn man ohnehin noch getrennte Wohnungen hat, ist man schon mal mit Sack und Pack ausgezogen und zu sich selbst nach Hause abgerauscht, nur um sich schon am übernächsten Tag wieder zusammenzutelefonieren und es gleich noch mal zu probieren. Neuerdings verlangte sie auch, dass ich alle meine bisher im Leben gemachten Fotos aller gemeinsamen Urlaube oder Erinnerungsfotos von Exfreundinnen löschen muss. Die Alte spinnt ja hochgradig! Nie im Leben würde ich das tun. Ich sehe mir diese alten Fotos ja ohnehin nie an, wenn ich in einer Beziehung bin, maximal als Single wenn die Melancholie mich überkommt. Aber aus welchem Grund sollte ich so einer absurden Forderung nachkommen? Das ist ja schon krankhafte Eifersucht und solche Fotos, die ohnehin nur auf einer Festplatte existieren, gehören ja bei jedem Menschen zu seinem Leben. Erinnerungen an vergangene Zeiten auszulöschen – so etwas kann auch nur ein Mensch ohne Selbstbewusstsein und Selbstwertgefühl fordern. Nach dem geschätzten hundertsten Streit hatte ich genug und habe dann endgültig Schluss gemacht. Neun Monate mit so vielen beziehungsweise immer mehr werdenden sinnlosen Diskussionen zu verbringen, das hat eigentlich keinen Sinn. Vor allem artete alles stets in Konflikten aus und wenn ich etwas gar nicht brauchen kann, ist es Streit – den hatte ich achtzehn Jahre lang zur Genüge. Obradovic, mein Arbeitskollege, mit dem ich oft über Privates spreche, hat mir schon vor Monaten gesagt, dass man dieser Frau nichts rechts machen kann und ich lieber gleich den Hut draufhauen solle. Und das, obwohl er Nina nur von Fotos her kannte. Obradovic hat eigentlich auch einen Vornamen, aber ich nenne ihn schon seit Jahren nur Obradovic und er findet das auch lustig. Er ist ein sehr guter Menschenkenner. Er sieht dir ins Gesicht und weiß sofort, was Sache ist oder was du für ein Mensch bist. Ich persönlich habe leider eine schlechte Menschenkenntnis und fahre grundsätzlich immer schlecht damit, Menschen zu vertrauen oder auch nur einzuschätzen, aber Obradovic liegt immer richtig. Auch bei anderen Arbeitskollegen und Freunden liegt er mit seiner Meinung und Einschätzung immer richtig und er gibt auch gute Tipps, nur für sich selbst macht er trotzdem auch alles beziehungsweise vieles falsch. Ich nenne ihn hier jetzt einfach mal nur Herr O.

Herr O. hat schon seit über zehn Jahren eine fixe Freundin, mit der er nicht zusammenziehen will und er scheint auch nicht wirklich glücklich zu sein. Nach so einer langen Zeit des Unglücklichseins wird es wahrscheinlich nicht mehr lange dauern, bis einer den anderen betrügen wird. Noch schlimmer treibt es Gerald, der ebenfalls vergeben ist. Er vögelt nebenbei Maria, die ich ihm vermittelt habe, weil sie mir im Bett zu langweilig war. Insgeheim steht er auch noch auf seine Exfreundin aus Jugendtagen, mit der er sich auch regelmäßig zum Kuscheln und Quatschen trifft. Maria mag ich eigentlich sehr, aber wir sind nicht sexkompatibel und so sind wir gute Freunde und treffen uns an und ab für Kino, gemeinsame Konzertbesuche oder gucken gemütlich auf der Couch Horrorfilme. Ich habe Gerald und Herrn O. sogar Samira zum Golfspielen vermittelt, weil beide sie besser kennen lernen wollten und auch geil auf sie waren, aber sie waren nicht ihr Typ. Für Ratschläge, die mir beide oft geben, bin ich dennoch sehr dankbar. Gerald, der Kinderverführer vom Dienst, schaffte es sogar einmal nach einem Clubbing zu Samira in die Wohnung. Sie hat sich dann von ihm auch die Muschi massieren lassen und ihn ohne sich zu revanchieren mit einem Ständer heimgeschickt, weil sie dann doch keine Lust hatte, ihm ein Happy End zu bereiten. Ich finde es superlustig, wenn sie mir diese ganzen Geschichten immer erzählt und andererseits weiß sie ja auch alles von mir.

Zurück zu Nina. Sie hatte mich oft bis zur Weißglut gereizt und beim letzten Streit habe ich ihren Exfreund verstanden, der mit einem Messer auf sie losgegangen ist. Sie hat ein Talent, so gemein und ungerecht zu werden und Dinge aus der Vergangenheit, die man jemanden im Vertrauen sagt, auf so eine miese Art gegen einen zu verwenden, dass man wirklich ausrasten könnte. Wenn ihr etwas nicht passte, reichte es nicht, mir zu sagen, ich wäre blöd, sondern dann kamen so verletzende Sätze wie „kein Wunder, dass ich und meine Schwester bei all den vielen Schlägen unserer Mutter so blöd wurden". Was muss in diesem Kopf vorgehen, um so etwas Bösartiges zu sagen? Geht in so einem Kopf überhaupt etwas vor? So etwas Gemeines muss ich mir von einer Dame anhören, die vor Monaten noch gemeint hat, dass sie einen Mann mit Anstand sucht und dass es heutzutage schwer ist, Menschen mit Stil und guten Benehmen kennen zu lernen. Bevor ich ihr in diesen Konfrontationen eine scheuere, gehe ich lieber meines Weges. Ich habe also einfach die Notbremse gezogen und bin gegangen.

Wenn wir uns jetzt ab und an zufällig sehen, grüßen wir uns nett und freundlich.

Warum habe ich übrigens noch nie mein Glück bei meinem Reisebüromädchen versucht? Bianca hat mir dieses tolle Angebot verschafft und ich bekomme jedes Mal einen Rabatt, wenn ich bei ihr buche. Bianca hat lange, glatte, schwarze Haare und ist supernett. Ihre Figur ist auch ein Hit. Ich glaube sie war bei meiner ersten Buchung vor über zehn Jahren eine Spur molliger. Das war sicherlich ein Mitgrund, warum ich sie nie gefragt habe, ob sie einmal mit mir ausgehen möchte. Inzwischen bin ich ihr sicherlich zu speckig. Vielleicht erschien sie mir damals auch einfach zu nett und zu wenig versaut, aber vielleicht ist es auch umgekehrt und sie ist eine absolute Fick-Schlampe und sie hält mich für einen langweiligen Typen. Die am langweiligsten aussehenden Mädchen sind oft die größten Betthuren und machen alles und so manches top gestylte, hübsche Mädchen ist nur eine langweilige Nummer, die keine Ahnung von einem geilen Fick hat. Ich werde es wohl nie erfahren, denn Facebook zufolge ist sie auch schon sehr lange vergeben und so freue ich mich immer, wenn ich sie sehe und sie für mich oder mich und meine jeweilige Freundin einen tollen günstigen Urlaub sucht. Falls wir einmal gleichzeitig Single wären, würde ich sie aber sofort entführen, wenn sie sich darauf einließe. Ähnlich ergeht es mir mit unserer Chefsekretärin im Büro. Ingrid sieht toll aus und wir verstanden uns von Anfang an prächtigst, aber ich habe nie einen einzigen Annäherungsversuch bei ihr gestartet. Erstens erinnert sie mich total an meine Schwester, die selber Chefsekretärin geworden ist und zweitens empfinde ich für Ingrid so tolle freundschaftliche Gefühle. Ich hatte aber auch nie Angst, dass diese weniger werden könnten, wären wir einmal in der Kiste gelandet. Dennoch hatte ich nie Ambitionen von Ingrid mehr zu wollen – warum kann ich nicht erklären. Mittlerweile ist Ingrid ohnehin verheiratet und hat ein Kindlein auf die Welt gebracht. Die Scheidung steht auch grad an, aber das war irgendwie vorauszusehen, da ihr Mann schon beim Kennenlernen ein Psycho war. Ingrid dachte sicherlich, dass er sich noch ändert, aber Menschen wandeln sich nicht. Mit Dana, einer alten, lieben Freundin, ist es ähnlich. Sie gefällt mir gut und ich finde sie scharf, nur das Gefühl ist irgendwie, als wäre sie meine Schwester. Ich hatte nie Ambitionen bei ihr zu baggern, obwohl ich mir Sex mit ihr nicht uninteressant vorstelle.

Gestern hatte ich noch meine Massage. Sehr fein! Siebzig Euro für eine Stunde Thai-Aroma Massage – man gönnt sich ja sonst nichts. Auch ein Laufhausbesuch kostet nicht mehr und tut genauso gut – aber das ist eine andere Geschichte. Ab und an sollte man sich wirklich selbst verwöhnen und seinem Körper etwas gönnen beziehungsweise sich etwas Gutes tun. Die kleine Fidschi Insulanerin – ich stelle sie mir mit einem Röckchen aus Palmblättern halbnackt mit halbierten Kokosnüssen über ihren Minibrüsten vor – macht nur die Reservierungen. Massiert hat mich eine andere Dame. Auch wenn es keine Happy End-Massage gab, verlasse ich völlig entspannt und mit einem herrlich angenehmen Gefühl den Spa-Bereich. Das Fidschi-Mädchen fragt mich dabei noch, ob ich schon Belek erkundet habe und ich verneine natürlich. Ich habe in meinem Zimmer genug zu tun und der Laptop raucht täglich stundenlang. Sie fragt mich, ob ich sie an ihrem freien Tag eventuell einmal in Belek treffen möchte, denn sie würde mir gerne die Stadt zeigen. Sie erfüllt ihren Vertrag noch bis Anfang Frühling und wechselt dann in ein anderes Hotel in Side. Ich bin völlig überrascht und kann mir auch selber gar nicht erklären, warum ich dankend, aber freundlich verneine. Das hat mir später im Zimmer dann auch leid getan. Wer weiß, ob sich hier noch etwas Sexuelles ergeben hätte, aber vielleicht hatte ich auch gar keine Lust mehr auf ein eventuelles, weiteres Abenteuer hier im Urlaub. Möglicherweise hatte ich auch noch Lydia, die Schmuckverkäuferin des Hotelshops, im Kopf, die ich in Kenia kennen gelernt habe. Von Lydia habe ich mir die Stadt zeigen lassen und später dann auch noch mehr – aber das ist eine andere Geschichte.

Ich muss erst einmal schnell zu meinen Katzen in den Garten. Es gibt hier in der Hotelanlage ein aus Holz gezimmertes „Cat House" mit weichen Ablageflächen ähnlich einem Kratzbaum, nur in Großformat und einen Hinweis auf einer Tafel, dass es hier ein katzenfreundliches Hotel ist. Das kann ich bestätigen, denn überall stehen Futterplätze für die ganzen Miezen bereit und es wird auch darauf hingewiesen, dass alle Katzen die in der Anlage „wohnen", auf Hotelkosten ärztlich betreut, geimpft, entwurmt und sterilisiert werden. Letzteres funktioniert sicher nicht optimal, denn ich spiele gerade mit drei kleinen, jungen Kätzchen, die wild auf mir herum hüpfen. Schön.

Doris

Doris aus dem Supermarkt. Blond, nette Figur, wunderbares Gesicht und beim Bestellen meiner Brötchen bringe ich sie gerne zum Lachen. Wenn sie sich unbeobachtet fühlt, schaut sie immer so verloren und spricht selten mit ihren Arbeitskolleginnen. Vielleicht ein Grund, warum ich nun fast täglich in den gleichen Supermarkt gehe, um mir täglich frisches Gebäck zu besorgen und vor allem um ein wenig mit Doris zu shakern. Irgendwann nehme ich meinen Mut zusammen und frage ernsthaft, ob wir nach ihrem Dienst etwas trinken gehen. Sie sieht mich kurz an und antwortet: „Können wir übermorgen gerne machen. Da kommt mein Sohn zu meinem Exmann und ich bin das Wochenende frei." Sehr interessant, Doris hat also schon gekalbt. Dafür sieht sie unverschämt nach gut aussehender, junger Mutter aus, was ich ihr auch noch schnell sagen muss – das mit dem „Kalben" lasse ich lieber. Nachdem jetzt noch andere Kunden ums Eck kommen, bitte ich sie, mir noch schnell ihre Handynummer auf die Brotverpackung zu schreiben und zwei Tage später waren wir schon beim gemeinsamen Mittagessen in der City. Wie anders jemand gleich aussieht, wenn er keine einheitliche, weiße Arbeitskleidung und Haarnetz mehr trägt, sondern privates, sexy Outfit anhat. Ich bin begeistert. Doris sieht noch einmal doppelt so scharf aus wie im Laden und wir verstehen uns gut und nach einigen Tagen gehen wir schon zu Dritt ins Kino. Doris, ihr dreizehnjähriger Sohn Jason und ich. Was für ein bescheuerter Name ist Jason eigentlich? Wir wohnen doch nicht am Cristal Lake. Es erinnert mich an zwei Namen, die ich kürzlich in der Zeitung gelesen habe. Dort werden immer Mütter mit ihrem vaginal frisch ausgefurztem Nachwuchs fotografiert und vorgestellt. Familie Kuchenbecker ist stolz auf ihre dreitausendvierhundertfünf Gramm schwere Tochter Violet Liona. Was für eine Scheißkombination. Ich erkenne schon das Mobbingpotential in der Schule. Übertroffen wird dieser Name noch von Melody Rasa-Lee, die den edlen Nachnamen Oaschbacher trägt und ebenfalls mit gleichem Geburtsdatum abgelichtet ist. Da kann ich natürlich nur jedem Kevin und jeder Jaqueline gratulieren, deren Eltern sich wenigstens noch ein klein wenig zusammengerissen haben. Egal, zurück zu Doris und Jason. Doris ist frisch geschieden und jedes zweite Wochenende ist der Bub bei seinem Vater.

Doris und ihr Ex verstehen sich nicht wirklich gut – sie hassen sich sogar. Wenn der Kleine die kalendermäßig geplanten Wochenenden beim Vater ist, wohnt Doris Samstag und Sonntag bei mir und wir ficken uns durch die ganze Wohnung. Doris steht auf Ficken und ist auch für alles offen. Ihre Titten sind ein wenig ausgelutscht, aber für eine Silikonfüllung hat sie kein Geld und hoffte bisher auch, einen Sponsor zu finden, der ich sicher garantiert nicht bin. Ich habe inzwischen auch ein neues Auto, denn der Opel hat den Geist aufgegeben und ich bin nun stolzer Besitzer des für damalige Verhältnisse billigsten Kleinwagens. Auch der gefällt Doris nicht. Ihr Exmann fuhr nämlich

Porsche und hat auch ihr einen zum Fahren überlassen. Er war beziehungsweise ist noch immer Autohändler. Wurstsemmelverkäuferinnen sollten aber nicht so anspruchsvoll sein, denn immerhin borge ich ihr auch mein Auto gern, wenn ihres wieder einmal nicht anstartet, aber das scheint wohl unter ihrer Würde zu liegen. Aufgrund aktueller Bestimmungen bekam ich keine Plakette, da das Ozonloch weiter geschützt werden muss und meine Kiste die Abgaswerte weit überschritt.

Ansonsten gab es null Mängel. Nun hat mir der Schrotthändler erzählt, dass er meinen Opel offiziell nach Afrika weiterverkauft und dieser dort wahrscheinlich noch weitere zwanzig Jahre fahren wird. Fein, das heißt hier wird man von der Politik und der Wirtschaft gezwungen, sich mit der fadenscheinigen Begründung des Umweltschutzes ein neues Auto kaufen zu müssen und in Afrika bläst es die gleichen Abgase meines Autos weiterhin genauso in den Himmel. Wo ist also der Unterschied, ob meine schädigenden Abgase hier oder in Afrika weiter in die Atmosphäre aufsteigen. Es bleiben dieselben Abgase und landen alle im selben Himmel. Aber gut, wir Europäer können es uns ja leisten.

Davon abgesehen, dass Doris ihrem schönen Leben mit dem vermögenden Ex ein bisschen nachhängt, ist es wunderbar, wenn wir Wochenenden ohne den Kleinen verbringen. Die restliche Woche ist allerdings sehr mühsam, denn Doris ist immer gestresst und unter Druck. Sie führt ihren Jason jeden Tag vor der Arbeit in die Schule, obwohl diese nur drei Bushaltestellen von ihrem Wohnort entfernt und direkt von ihrer Haustür ist und holt ihn, so ferne es ihr Dienst zulässt, auch immer ab. Diese und viele andere Aufgaben habe ich ihr auch gerne abgenommen, denn dafür hat man ja einen Partner. Auf meine Frage aber, wieso man einen dreizehnjährigen Jungen nicht mit dem Bus drei Stationen allein hin- und herfahren lassen könne, antwortet sie nur, dass ich davon nichts verstehen würde und dass ich mich in diese internen Dinge, die sie und Jason betreffen, nicht einmischen solle. Zu Weihnachten hatte sie vor, ihrem Sohn unter anderem das damals neue Harry Potter Buch zu schenken. Weil der Kleine das aber spitzkriegt und es schon eine Woche vor Weihnachten auspacken möchte, was natürlich nicht geht, erzählt seinem Vater davon und dieser Vollidiot hat natürlich nichts besseres zu tun, als ihm am Wochenende das gleiche Buch zu kaufen und Jason darf es bei ihm natürlich auch gleich lesen. Das alles nur, um seiner Exfrau wieder einmal eins auszuwischen. Traurig, wie beide ihren Sohn gegeneinander ausspielen und auch benutzen. Leider darf ich mich zu diesem ganzen Thema nie einbringen, denn wenn ich irgendetwas zu vermelden habe, heißt es von Doris immer nur, dass ich nicht sein Vater sei. Auch von Jason höre ich diesen Satz ständig und irgendwie hört der Kleine auch überhaupt nicht zu, wenn ich mit ihm rede. Ich möchte auch kein Vaterersatz werden, sondern einfach nur ein kleiner Teil dieser Familie sein, der auch ein wenig integriert wird. Immerhin fahre ich Jason auch überall hin, in die Schule, zum Fußball, etc. Ich spiele mit ihm an der

Playstation oder auch lustige Brettspiele gemeinsam mit Doris. Wir machen Ausflüge und gehen wandern. Vielleicht ist es manchmal sogar so, wie ich mir eine Familie vorstelle. Wenn Jason am Sonntagabend zu uns zurückgebracht wurde, dauerte es auch meist einen ganzen Tag, bis er seiner Mutter gegenüber nicht so mehr so frech und wieder einigermaßen erträglich war. Sein Vater hatte ja zwei Tage Zeit, ihn wieder gegen seine Exfrau aufzuhetzen. In diesen Zeiten hatte er zwar wenig Respekt vor mir, aber vor seiner Mutter überhaupt keinen. Eines Tages, als er wieder von seinem Vater zurückkam und einfach nicht schlafen gehen wollte, sondern an seiner Playstation spielte, nannte er Doris einmal ein blödes Arschloch. Doris hat furchtbar geweint und sie hat mir dann auch erzählt, dass er sie öfters aufs Gröbste beschimpft. Es war schon dreiundzwanzig Uhr und er musste ja am nächsten Tag in die Schule. Da hat es mir auch einmal gereicht und ich habe ihm die Playstation abgesteckt. Ich wollte Doris, die furchtbar geweint hat, auch irgendwie verteidigen und ihr als Freund und neuer Partner zur Seite stehen. So gab ich dem kleinen drei Tage Playstationverbot und habe das Gerät auch gleich komplett vom Fernseher abmontiert. Natürlich bekam er einen Tobsuchtsanfall und meinte, ich als „Fremder" hätte ihm ohnehin nichts zu befehlen und ging dann bockig schlafen. Doris hat sich dann noch an mich gekuschelt und sich für meine Hilfe beziehungsweise mein Eingreifen bedankt und gesagt, wie toll ich diese Sache gehandelt habe. Sie selbst war völlig überfordert und geschockt, dass ihr eigener Sohn ihr solche

Schimpfwörter an den Kopf wirft. Na ja, ich habe mich gut gefühlt, mich hier ein bisschen einbringen zu können. Immerhin wünsche ich mir ja auch einen gemeinsamen harmonischen Haushalt und dass wir alle korrekt miteinander umgehen. Am nächsten Tag komme ich zu ihr nach Hause und sehe Jason am Computer das gleiche Game spielen, das er am Vortag auf der Playstation gespielt hat. Am Fernseher ist inzwischen die X-Box angesteckt, denn die Kinder heutzutage haben ja alles doppelt und dreifach. Er schreit schon wieder wie ein Irrer mit seiner Mutter. Typisch degenerierter Jugendlicher. Ich frage ihn, ob er denn schon vergessen hätte, dass er wegen seines Frechseins drei Tage Spielverbot hat und er lacht mich nur aus und meint, ich hätte das ja nur für die Playstation ausgesprochen. Es könne also nicht für die X-Box und den PC gelten. Natürlich meinte ich ein grundsätzliches Spielverbot und auch Doris fällt mir dann noch in den Rücken, indem sie sich auch noch vor ihren Sohn stellt und verlautbart, dass ein Computerspiel ja etwas anderes ist als ein Playstationspiel. Außerdem hätten sie schon besprochen, die Playstation heute wieder aufzubauen. Solche Dinge hätte ich nämlich überhaupt nicht zu beschließen. Hinter dem Rücken von Doris sehe ich, wie mir die kleine Missgeburt heimlich den Finger zeigt und er grinst dabei auch noch. So hat das alles keinen Sinn. Ich gebe auf, packe meine Sachen und bin weg. Wie viel ich Doris wert war habe ich dann die nächsten Tage gemerkt, wenn ich sie angerufen habe um mit ihr alles zu besprechen. Ich wollte mich nie zwischen die beiden drängen. Ich wollte wie gesagt nur Teil diese Familie werden und mich hätten auch diese Schwierigkeiten und ein pubertierendes Kind nicht abgeschreckt. Meine eigene Partnerin sollte allerdings doch zumindest auf einer Linie mit mir stehen und so wie ich sie in allem unterstützen möchte und würde, erwarte ich mir auch ein wenig Rückendeckung von ihr. Somit war das für mich dann auch erledigt. Doris tut mir mit diesem völlig verhaltensgestörten Kind und diesem Exmann, dem sie offensichtlich noch nachtrauert, weil er ihr alle finanziellen Wünsche erfüllen konnte, einfach nur leid. Ihr Sohn ist inzwischen übrigens arbeitslos und drogensüchtig.

Lydia

Zum ersten Mal in meinem Leben fliege ich allein auf Urlaub. Ich hatte die Wahl zwischen minus zehn Grad im Dezember hier oder fünfunddreißig Grad in Kenia. Bianca hat mir ein tolles Restplatzangebot vermittelt und keiner meiner Freunde wollte mit auf diese Reise. Der Großteil meiner Freunde war auch gerade nicht Single und hätte sich auch schwer getan, mit mir vierzehn Tage nach Afrika und auf Safari zu fahren. Ich wollte einfach weg. Ein wunderschöner Bungalow ganz für mich allein – ähnlich wie der in Thailand mit Nina. Die Temperaturen waren irgendwo bei vierzig Grad und kaum ging man aus dem gekühlten Bungalow, spritzten einem schon innerhalb von zwei Minuten im Freien die Schweißfontänen aus der Stirn und gleichzeitig rann es vom Rücken runter in die Arschritze. Ich mag das und ich habe das zehnmal lieber als Kälte. Zumindest im Urlaub stört es mich nicht. Ich war ständig im Meer und abwechselnd im Pool und habe es mir wirklich gut gehen lassen. Die Hotelanlage war weitläufig und beinhaltete auch viele Shops. Ein Mädchen eines Schmuckgeschäftes hat es mir besonders angetan. Eine schwarze Perle wie aus einem Film. Sie war lustig und nett und sprach auch recht gut deutsch. Die Beachboys am Strand beherrschten übrigens alle mindestens zehn Sprachen. Bewundernswert. Nachdem man in der ärmlichen Gegend rund um das Hotel ohnehin schwer alleine etwas anschauen konnte, hielt ich mich hauptsächlich auch abends in der großen Hotelanlage mit ihren zig

Shops auf und landete täglich mehrmals bei Lydia um ihr „hallo" zu sagen und ein wenig zu tratschen.

Lydia mochte mich wohl und hat mir angeboten, mir an ihrem freien Nachmittag die Stadt zu zeigen. Dieses Angebot habe ich gerne angenommen und so haben wir uns heimlich an einem verabredeten Treffpunkt getroffen und fuhren mit dem Taxi in die Stadt. Es war sehr interessant und auch ein eigenartiges Gefühl, soviel Armut zu sehen und manchmal habe ich mich auch ein wenig unwohl gefühlt. Später wollte mir Lydia noch ihre Wohnung zeigen, die eigentlich nur aus einem gemieteten Zimmer bestand. In der Wohnsiedlung schien ich eine Sensation zu sein und spätestens als sich immer mehr Einheimische zusammenscharrten, um mich zu begaffen, haben wir uns in ihrem Zimmer eingesperrt. Wir haben aber ohnehin nur getratscht und über Gott und die Welt geredet. Lydia wollte auch, dass ich mich zu ihr ins Bett lege, aber irgendwie wollte ich mir keine Flöhe einfangen und habe dankend abgelehnt. Ich bin dann Stunden später wieder mit dem Taxi zurück. Mit Lydia habe ich Dinge gesehen und war an Orten, an die normale Touristen sicherlich nicht hinkommen. Auch die nächsten Tage besuchte ich Lydia oft im Shop und habe auch mitbekommen, dass irgendjemand gepetzt hat und sie wegen unseres Treffens einen Rüffel ihres Vorgesetzten bekommen hat. Es ist den Angestellten eigentlich untersagt, sich mit Hotelgästen privat zu verabreden. Ich war mit Lydia trotzdem noch einige Male in einer Disco im Nachbarort. Das Eintrittsgeld und alle Getränke für diese gemeinsamen Abende waren nicht einmal erwähnenswert. Drei Tage war ich auf einer Safari und es war ein wahnsinnig aufregendes und erhabenes Gefühl, mit diesem Kleinbus direkt neben Giraffen und Elefanten vorbeizufahren oder sich hinzuparken und all diese Tiere nur einige Meter entfernt neben sich zu erleben. Das Dach konnte man bei Gefahr auch schnell schließen. Ansonsten war es quasi wie ein offener Doppeldeckerbus. Wenn man schon einmal in so einem Land ist, muss, so finde ich, ein Safariausflug dabei sein. Die Übernachtungen waren jeweils immer in einem Camp. Als ich nach drei Tagen wieder zurück im Hotel war, sagte mir Lydia, sie hätte meine Besuche schon ein wenig vermisst.

Lydia ist wirklich ein liebes Mädchen, figurmäßig schlank, fast muskulös, hat ein wunderschönes Gesicht und sie war auch sehr nett und lustig. Der Urlaub ging zu Ende und der Abschied kam näher. Zum Zeitpunkt meines Abfluges wusste ich noch nicht, dass ich Lydia in meinem Leben noch einmal wiedersehen werde. Drei Jahre später erreicht mich ein Mail, obwohl der Mailverkehr zwischen Lydia und mir schon lange eingeschlafen war. Wir hatten anfangs ein wenig mehr gemailt und dann monatelang beziehungsweise fast zwei Jahre gar nicht mehr. Sie wohnt nun in Köln. Einer der vielen Urlauber hat sich in sie verliebt und auch für diesen hat sie den Stadtführer gemacht. Er ist insgesamt dann auch noch drei Mal ins gleiche Hotel gefahren, um in ihrer Nähe zu sein und hat nach einem Jahr alle Hebel in Bewegung gesetzt, um sie nach Deutschland zu holen. Ein offenbar schwerverliebter Mann. Die beiden sind inzwischen verheiratet und

Lydia macht gerade einen Deutschkurs, in dem sie im Moment auch die Beste ist. Ihr Mann fährt für zwei Wochen auf ein Seminar und sie fragt mich, ob ich sie nicht in Köln besuchen möchte. Ich war zu der Zeit gerade Single – was für ein Wunder – und hatte Zeit. Der Flug nach Köln kostete nur neunundzwanzig Euro und so habe ich gleich ohne viel zu überlegen zugesagt und mich auf ein Wiedersehen gefreut. Köln ist schön. Die Stadt war voller schwarz gekleideter Menschen, denn es war Juli und ein sogenanntes Gothic-Festival war dort gerade am laufen. Die Leute sind alle sehr freundlich und auch ziemlich cool unterwegs, auch wenn so mancher ein wenig brutal aussieht. Ich habe jedoch mit vielen auf dem Flughafen und in der City gesprochen und mir einen guten Eindruck von dieser Szene verschafft, mit der ich vorher nie zu tun hatte. Egal, Lydia kam mich im Hotel abholen und wir gingen essen. Ihr Deutsch war schon fast perfekt, aber sie sprach es ja damals schon supergut. Meine Rückreise war ja schon am nächsten Tag und so lies ich mir von ihr Köln zeigen. Alle drei Minuten kam bei uns einer dieser Gruftis oder sonstigen Electrofans vorbei. Zweitere wollen übrigens auf keinen Fall mit Erstgenannten verwechselt beziehungsweise als Gruftis bezeichnet werden. Eine sehr tolerante und offene Szene und die Stadt dürfte mit tausenden davon voll gewesen sein. Eine unpolitische weltoffene Subkultur, die mir sympathisch ist.
Lydia und ich lungerten auf der Wiese im Park herum und ich streichelte ihre schwarzen, langen Haare. Sie trägt sie nun nicht mehr geflochten, sondern offen und

geglättet. Lydia ging dann mit mir aufs Zimmer. Ich dachte eigentlich nur, um mich bis zur Tür zu begleiten, aber dort angekommen kam sie gleich ohne zu fragen mit ins Zimmer. Sie streift mir mein Shirt über den Kopf und knöpft sich ihre Bluse auf. Ich bin fast ein wenig schockiert. Ich wollte sie in Köln wirklich nur besuchen und habe mich auf diesen Wochenendausflug und auf ein Wiedersehen mit ihr gefreut. So landeten wir eben unter der Dusche und kurz später darauf im Bett. Ihr neuer Mann hat ihr auch ein Paar neue Titten spendiert und da wurde wahrlich nicht gespart. Eine vierhundertzwanzig Gramm Füllung pro Seite. Lydia sieht aus wie aus einem Porno und sie fackelt auch nicht lange herum. Sie stülpt ihre wulstigen Lippen über meinen Schwanz und bearbeitet diesen mehr als gekonnt. Ich stecke ihr inzwischen meine Finger in ihre saftige, rosa Möse und kurz darauf reitet sie mich und nennt mich Massa. Ich bekomme einen Lachkrampf. Später erklärt sie mir dann, dass dies ein Spielchen zwischen ihr und ihrem Mann ist. Wenn ich einen weiblichen Sklavennamen wüsste, würde ich sie auch gerne damit anreden oder ihr Fickbefehle erteilen, aber mir ist es für dieses Mal lieber, wir ficken nur normal und sie bleibt bei meinem echten Namen. So erinnere ich sie, dass sie mich ruhig Sascha nennen kann und ich nicht ihr Massa bin. Es turnt mich ein wenig ab, dass sie genau diesen offensichtlich netten, total verliebten Typen, der ihr die Ausreise aus Afrika ermöglicht hat, in diesem Moment mit mir bescheißt. Der Kerl verliebt sich in Lydia, verhilft ihr zu einem schöneren Leben in Deutschland

als sie es jemals in Afrika hatte oder gehabt hätte. Ich erinnere mich an ihr ärmliches Zimmer. Er bezahlt ihr die ganze Reise, den Deutschkurs, besorgt ihr eine Arbeit und ist sichtlich schwer in sie verliebt, ansonsten hätte er das alles nicht auf sich genommen – und sie lutscht mir in diesem Moment als Zeichen ihrer Dankbarkeit IHM gegenüber MEINEN Liebesnektar aus dem Schwanz! Natürlich hätte ich ja bei diesem Spiel auch nicht mitspielen müssen und andererseits kenne ich den armen Kerl ja nicht und dieser schwarzen Schönheit hätte auch sonst niemand widerstehen können. Wer weiß schon wie oft sie ihren Mann hintergeht, aber ich vermute es kommt öfters vor. Beim Kuscheln erzählt sie mir noch, sie hätte damals auch gehofft, dass ich mich im Urlaub in sie verliebe und sie mit mir ein schönes Leben in Europa haben hätte können. Was für eine Bitch! So ist es irgendein anderer Urlauber nach mir geworden, den sie um den Finger gewickelt hat. Die arme, weiße Fliege ist der schwarzen Spinne ins Netz gegangen.
Ich freue mich auf meinen Heimflug ins Dorf...

Ramona

Im Einkaufscenter bei uns im Dorf. Eine blonde, wildgelockte, ältere Frau – man nennt diesen aufreizend gekleideten Typ heute wie ihr sicherlich wisst Cougars – kommt mir beim Shoppen entgegen und wir berühren uns leicht mit den Händen in einer Art Schutzhaltung, weil wir beide jeweils für den anderen in die gleiche Richtung ausweichen wollten. Sie hat ein verbrauchtes Gesicht und einen wunderbaren Body, trägt High Heels beim Shoppen und einen kurzen Rock. Mir rutscht bei der Begegnung das Wort „wow" heraus und sie dreht sich um und sagt „danke, dito", lächelt und geht weiter. Beim Ausfahren aus der Garage erkenne ich sie im Auto vor mir wieder und tippe mir schnell die Handynummer ihrer Firma ab, die auf der Heckscheibe aufgeklebt ist. Ein Kosmetiksalon. Ich gehe davon aus, dass sie dort nicht angestellt ist, sondern die Chefin sein muss und rufe noch am gleichen Abend an und tatsächlich hebt auch jemand ab. Nach kurzer Verwunderung wie ich auf ihre Nummer komme, weiß sie dann auch gleich wieder, wer ich bin. Das Gespräch ist sehr aufschlussreich. Ramona ist witzig, hat eine dreißigjährige Tochter, die schon ausgezogen ist und sie ist seit zwei Monaten Single und auf der Suche nach geilem Sex. Das bin ich auch gerade und ich lasse mir von ihr einige Nacktfotos schicken, die sie mir auch gleich per MMS übermittelt. Von WhatsApp dürfte sie noch nichts gehört haben, aber egal. Meine Fotzenfotosammlung von Ramona wird immer größer und als sie auch erklärt auf jüngere Männer zu stehen und ich gegen reife, geile Frauen auch nichts einzuwenden habe, machen wir gleich ein Date aus. Allerdings nicht auf ein Getränk, sondern gleich bei ihr zuhause. Ich fahre frischgeduscht zu ihr und sie öffnet mir in einem geilen Korsett und Heels die Tür. Wir fallen gleich übereinander her, küssen uns und gehen ins Schlafzimmer. Dort schaue ich aber dann gleich einmal ordentlich aus der Wäsche. Der ganze Boden ist mit einer Plastikfolie ausgelegt und kurz überkommt mich ein Angstgefühl. Genau so sieht es auch oft in der Serie Dexter aus, bevor jemand zerstückelt wird, aber Ramona wirft mich aufs Bett, stellt sich über mich und pisst mich gleich zur Begrüßung von oben bis unten voll. Ich liege nur da und massiere mir meinen Schwanz, gummiere ihn und stoße ihr meinen Schwanz ohne ihn vorher einzufetten gleich in ihre geile Fotze. Ramona hat riesige Lappen an ihrer Muschi und es sieht geil aus, wenn mein Schwanz tief in ihr verschwindet und die ausgeleierten Schamlippen vibrieren wie Wackelpudding. Die Dinger hängen beziehungsweise baumeln gute zehn Zentimeter wie Fetzen zwischen ihren Beinen. Ramona fängt an zu stöhnen, reibt sich mit einer Hand ihre Lustperle, erhebt sich kurz und spritzt mir eine Ladung Fotzensaft ins Gesicht, dass ich mich fast verschlucke. Mein erstes Mal mit einer Frau die squirten kann. Ramona verspritzt im Lauf dieses Ficks noch unzählige Fontänen und jetzt verstehe ich auch, wieso im ganzen Bett und auf dem Boden eine circa zwanzig Quadratmeter große Plastikplane samt Handtüchern herumliegt. Es ist einfach nur geil von ihr vollgespritzt zu werden. Ich stecke ihr jetzt meinen Schwanz auch noch in ihren Arsch und stoße fest aus und ein. Es ist schön anzusehen, wenn jemand so ein schönes, vorher leergeschissenes Arschloch hat. Da fickt man gleich viel lieber. Ich liege auf dem Rücken und Ramona reitet verkehrt mit ihrem Arschloch auf meinem Schwanz. Dann legt sie ihren Kopf neben meinen, brüllt plötzlich wie eine von einem Jäger getroffene Wildsau und spritzt senkrecht nach oben über die Schlafzimmerlampe. Jetzt erst löst sich ihr Schließmuskel von meinem Schwanz. Sie reißt mir den Gummi vom selbigen und wedelt mir brutal einen von der Palme, wie die Jugend heutzutage so schön sagt. Dabei steckt sie mir auch noch einen Finger in meinen Arsch und fickt mich damit mit einem schnellen Vor und Zurück, bis auch ich es nicht mehr zurückhalten kann. Sie nimmt alles in ihren Mund auf, gurgelt damit und schluckt es anschließend hinunter. Was für eine Bettgeschichte.

Wir liegen noch minutenlang nebeneinander und beschließen, dass wir uns jetzt regelmäßig treffen wollen. Von der Lampe tropfen noch immer einige kleine Tröpfchen ihres Fotzensaftes herunter. Fünf Prozent aller Frauen können spritzen, erfahre ich zuhause dann noch aus Wikipedia. Eigentlich sind es sogar noch mehr, denn viele entwickeln dieses „Talent" auch erst später und wissen gar nicht, dass es ihnen auch möglich ist. Es war auf jeden Fall ein saugeiles Erlebnis.

Ramona ist Geschäftsfrau und das spüre ich auch. Sie ist die Chefin in unserer Sexbeziehung, gibt den Ton an und bestimmt die Termine. Ich kann damit gut leben und wir treffen uns meist zwei-, dreimal die Woche. Ihr Exfreund, der wohl ein begnadeter Hobbybastler ist, hat ihr im Keller einen eigenen Fickraum eingerichtet. Die darauffolgenden Treffen ficken wir ausschließlich in ihrem Keller, denn es gibt dort sogar Bodenfliesen und einen Abfluss, durch den sie nach getaner „Arbeit" alles hinfort spült. Das Wort „Keller" ist auch ein wenig tiefgestapelt, denn es sieht aus wie eine Mischung zwischen Hobbyraum und Partyraum. Sehr gut durchdacht das Ganze. Ramona steht auch darauf, dass ich sie von oben bis unten anpisse und diesem Wunsch komme ich gerne nach. Sie gurgelt mit meiner Pisse und schluckt diese sogar. Ich mag es auch sehr, wenn sie mich in ihrer Geilheit ab und an anpisst. Ich schlucke aber weder ihre Pisse, noch ihren Saft, den sie verspritzt, wenn sie ihre Orgasmen hat. Es gibt auch eine mit Lack überzogene Sitzbank, ähnlich einer schmalen Hantelbank im Fitnessstudio, auf der in einem Loch darunter ein Dildo befestigt ist, der elektrisch betrieben wird, um sich selbst zu ficken, wenn sie alleine zuhause ist. Ihr müsst euch das wie eine Art Bohrmaschine vorstellen, die unter der Sitzbank verschraubt und an der vorne ein Dildo befestigt ist, der sich aber nicht dreht, sondern stufenweise vor- und zurückhämmern kann. Wer handwerklich nicht so begabt ist, kann sich solche Teile auch bestellen. Guckt euch einfach mal auf „fuckingmachines.com" ein wenig um. Da ist für jeden

Geschmack und jede Fotze etwas dabei. Diese Frau ist eine Drecksau der Extraklasse. Ramona würde mich auch gerne auf Urlaube mitnehmen und mir diese auch bezahlen, aber das Angebot muss ich ablehnen, zumal sie fast doppelt so alt ist wie ich und ich mich auch weder in sie verknallt habe, noch könnte ich mir etwas Fixes mit ihr vorstellen. Sie hingegen schon, aber wir haben auch keine gemeinsamen Interessen und auch sonst keine Gemeinsamkeiten und sie ist mir eben ganz einfach zu alt. Ich muss nicht unbedingt mit ihr Ausflüge oder Urlaube verbringen – das mache ich lieber mit der Frau meines Herzens. Auch wenn wir ab und an bei uns im Dorf auf ein Getränk ausgehen, sieht es immer aus, wie wenn Mutter und Sohn fortgehen und mir ist es auch irgendwie immer ein wenig unangenehm. Das kränkt sie auch ein wenig und so treffen wir uns ungefähr ein halbes Jahr regelmäßig zum Ficken. Wir haben uns auch einmal bei mir zuhause zum Ficken getroffen, allerdings hat sie in meinem Schlafzimmer während eines unkontrollierten Orgasmusanfalls meine halbe Schlafzimmerwand vollgespritzt. Ich musste am nächsten Tag die Flecken mit Alpinaweiß ausbessern. Natürlich tat es ihr leid, aber so etwas kann halt passieren. Seit diesem Erlebnis haben wir einfach beschlossen, dass es bei ihr im Keller ohnehin praktischer ist. Es gab unten ein Wasserbett, den bereits erwähnten, gefliesten Boden, sogar eine Dusche und alles Mögliche an Sexspielzeug, was man sich nur vorstellen kann. Es war bei ihr ohnehin der passendere Ort für diese Extremsextreffen. Irgendwann hat Ramona dann auch einen ihrer Geschäftspartner näher kennengelernt und mich gegen diesen Kosmetikvertreter eingetauscht. Ich bin ihr auch überhaupt nicht böse, dass es von einer Woche auf die andere kein Treffen mehr gab, sondern freue mich für sie. Ramona ist nicht nur eine geile Drecksau, sondern auch ein toller Mensch.

Wenn wir uns heute ab und an im Einkaufscenter entgegenkommen, zwinkern wir uns beide immer nett und heimlich zu.

Heute war es vormittags wieder wolkenlos und ich konnte zwei Stunden in Badehose am Strand liegen. Nach dem Mittagessen wurde es kühler und ich wollte eigentlich gleich wieder aufs Zimmer und weiterschreiben, aber eine dieser vielen Hotelkatzen miaut mich von weitem an und ich konnte nicht widerstehen. Ich schnappe mir das Fellknäuel und lege mich auf eine Liege am Pool. Die Katze drückt ihr Köpfchen gegen meine Brust, schnurrt mich an und rollt sich zusammen – es ist einfach zu niedlich. Ich packe mein Handy aus, fotografiere mich mit meinem heutigem Aufriss und schicke diese Fotos später an Annemarie, die ich vor vier bis fünf Wochen auf einer Party kennengelernt habe. Annemarie rät mir die Schmusekatze gleich mit nach Hause zu nehmen. Ich verstehe ab heute die Menschen immer mehr, die ein liebgewonnenes Tier aus dem Urlaub mit nach Hause nehmen. Annemarie ist selbst ein Kätzchen. Sie ist blond und hat eine umwerfend tolle Ausstrahlung. Wir waren auch schon datemäßig auf einem gemeinsamen Frühstück, aber ich habe mich da nicht wirklich bemüht einen guten Eindruck zu machen. Vielleicht auch, weil ich mich vorher so sehr bemüht habe, sie kennenlernen zu können und auch alles dafür getan habe und sie mir umgekehrt knapp ein Monat lang das Gefühl vermittelte, dass sie sich ohnehin gar nicht für mich interessierte. Sie hat sich mit mir im Endeffekt nur deswegen getroffen, weil an diesem Sonntag sonst keiner ihrer Freunde für sie Zeit hatte und ihr sonst alleine in der WG langweilig gewesen wäre. Das ist ihr kurz vor dem Date rausgerutscht und solche Menschen mag ich eigentlich überhaupt nicht. Nun kam eben ihre Nachricht, dass sie mal einen Termin für mich frei hätte. Ich habe mich nicht einmal schick angezogen. Wer ist schon gerne nur der Notnagel, wenn sonst mal gerade keiner Zeit hat. Mir war an diesem Tag irgendwie alles egal und mich interessierte nur noch das Frühstück und ein Stadtbummel. Annemarie schien dann doch netter zu sein als gedacht und sie sah übrigens auch umwerfend aus. Sie war so schick gekleidet und ich saß da wie nach dem Turnunterricht, was meinerseits aber ja Absicht war. Was für eine Schönheit. Seitdem hat sich Annemarie auch nicht mehr bei mir gemeldet und es gibt lediglich Kurzantworten auf WhatsApp-Nachrichten von mir. Auf das Katzenfoto schreibt sie mir aber sofort zurück und wünscht mir weiterhin einen schönen Urlaub. Ich freue mich ein wenig mit Annemarie zu kommunizieren und wenn ich wieder zuhause bin, möchte ich Annemarie gerne wiedersehen und hoffe sie mich auch. Ich habe schon gespürt, dass sie sich mit mir nichts Ernstes vorstellen kann. Wobei ich gerne noch probiert hätte, ob wir uns wohl nähergekommen wären, aber das müssen ja immer zwei wollen und nicht nur einer. Bei Annemarie merkt man diesbezüglich nur Desinteresse, weil sie lieber hundert andere Dinge in der Woche macht und auch Angst hat, irgendwas im Leben zu versäumen. Ich würde mich freuen, wenn sich vielleicht eine normale, nette Freizeitfreundschaft ergeben könnte, aber für mehr wird es nicht reichen, denn dazu sind wir zu verschieden. Eventuell mal im Sommer zum Baden, ein Ausflug am Wochenende oder ein gemeinsames Shaken, wenn sonst keiner meiner anderen Freunde Zeit hat – das fände ich dann mit ihr als Alternative sicherlich ganz nett. Ich selbst bin ja auch nur ein Lückenfüller für sie, also passe ich mich ihr einfach an. Die Katze ist dann auf meiner Brust eingeschlafen. Ich will auch einfach nicht aufstehen und sie damit wecken, sondern genieße es, sie ständig zu streicheln und ihr vibrierendes Schnurren zu hören beziehungsweise auf meiner Haut zu spüren. So napse ich zwischendurch schon auch mal ein und verfange mich im Halbschlaf in Tagträume. Max und Moritz, die Katzen von Mia, lagen auch ständig auf meinem Bauch und meiner Brust und ließen sich stundenlang streicheln. Daran und an Mia muss ich eben denken – aber das ist eine andere Geschichte.

Ich stehe erst auf, als die Sonne untergeht und es mir allmählich kalt wird. Zwei ganze Stunden sind seitdem vergangen. Ich hoffe, ich finde das gleiche Kätzchen morgen in der Hotelanlage wieder. Auf dem Rückweg ins Hotelzimmer muss ich wieder beim Spa-Bereich vorbeigehen, um zum Aufzug zu kommen. Die kleine Fidschi-Insulanerin sieht mich schon von weitem und dreht sich absichtlich weg. Möglicherweise ist sie beleidigt, weil

ich ihr nettes Belek-Besichtigungsangebot zurückgewiesen habe. Ist mir auch egal. Ich habe seit eben schon die beste Schmusekatze „wo gibt" und das Erlebnis mit Svenja hätte in der restlichen Woche ohnehin niemand toppen können. Asa Akira natürlich schon, aber die ist eine asiatische Pornoschauspielerin und arbeitet leider nicht hier im Spa-Bereich. Belek schaue ich mir erst nächste Woche an und auch das lieber alleine. Ich möchte jetzt nur noch schreiben und mich nicht mehr mit weltlichen Dingen ablenken. Zwischendurch maximal ins Hallenbad oder eine Stunde ins Fitnessstudio. Die russische Fitnesstrainerin, die auch den Yogakurs im Hotel leitet, ist an meiner Poolliege vorbeigekommen, hat sich auch kurz an meinem Katzerl vergriffen und mich zum Kurs eingeladen. Sie stellt sich als Kristina vor und scheint nett zu sein. Fünf Kinder, zwei Pärchen und ein Hotelangestellter, die alle bei mir vorbeigeschlurft sind, haben ebenfalls unseren Schlaf gestört und wollten meine Katze streicheln. Im Speisesaal ist es jetzt seit der Abreise der Taekwondo Föderation viel ruhiger. Es sind allerdings im Gegenzug wahnsinnige Menschenmassen nachgekommen, die hier im Hotel Konferenzen abhalten. Angenehm ruhiger, viel besseres Klientel, keine Parteivorsitzenden und keine schreienden Kleinkinder.

Jana

Jana habe ich im Sexshop kennen gelernt, in dem ich immer meine Utensilien hole, die ich gerade brauche. Kondome kaufe ich grundsätzlich immer im Supermarkt, da die Durex-Dinger dort die Hälfte kosten. Aber alles andere, wie zum Beispiel Gleitgel oder irgendwelche Gummiwürste, Reizwäsche etc. holt man sich eben im betreffenden Shop seines Vertrauens. Jana meint zu mir „na, schon lange nicht mehr hier gewesen" und ich antworte korrekt, denn ich hatte ja auch schon lange keinen Sex mehr gehabt. Sie lacht und meint ihr ginge es auch so. Ich erwiderte dann, dass sie ja an der Quelle sitzt und sich notfalls ja zum Einkaufspreis eindecken könne. Sie entgegnete, sie stünde mehr auf Natur als auf das Gummizeugs. Flirtet Jana gerade mit mir? Die Antwort war eindeutig. Sie wusste meinen Namen, hat ihn aus der EDV und meiner Art X-Bonuskarte ausgelesen und meint, ich sehe jünger aus als ich bin. Daraufhin antworte ich: „vielen Dank, was willst du trinken?" und sie antwortet, sie wäre nicht wählerisch bei Getränken, bei Männern aber schon eher. Am Wochenende beziehungsweise einige Handytelefonate später haben wir uns schon getroffen. Jana kannte natürlich alles was im Sexshop verkauft wird. Manche Dinge habe ich in meinem ganzen Leben noch nicht einmal gesehen, geschweige denn, dass ich wusste, was man damit anstellen könnte. Es waren lehrreiche und geile Monate mit Jana. Dinge, wie mit einem Dillator meine Harnröhre zu „verwöhnen" beziehungsweise zu dehnen, musste ich zwar leichten Herzens ablehnen, aber ansonsten habe ich viel ausprobiert beziehungsweise eigentlich hat Jana an mir viel ausprobiert und ich natürlich auch sehr viel an und vor allem in ihr. Diesem Schwachkopf und Langweiler namens Christian Grey könnte ich tagelang Nachhilfe geben. Der Typ hat ja keine Ahnung.

Jana wohnte noch bei ihren Eltern in einem Einfamilienhaus und somit war klar, dass die Sexspektakel eher bei mir zuhause stattfinden würden. Jana war schlank, hatte auch lange Haare, war jetzt nicht durchtrainiert, sondern hatte eine ganz normale frauliche Figur und eine besonders belastbare Fotze. Ich konnte ihr meine ganze Faust in die Muschi schieben und sie hat sich mit ihrer eigenen Hand noch all ihre zarten Finger in ihr Arschloch geschoben. Jana war analgeil und brachte stets in einem Rucksack von Zuhause ihre private Spielzeugsammlung mit zu mir. Einmal durfte ich ihr einen relativ dicken Dildo fast dreißig Zentimeter tief in ihr Arschloch stecken und ich konnte richtig sehen, wie sich ihre Bauchdecke schon wölbt und dann hielt sie diesen selbst fest und hat ihn sich raus und rein gescheuert, während ich ihr mit meinem Schwanz in die Fotze gestoßen bin. Das war so dermaßen eng und geil und Jana hat dabei gebrüllt wie ein geiles Schimpansenweibchen, das von einem Gorilla vergewaltigt wird. Es ist ein Wahnsinn. Ich habe festgestellt, dass man in die schlankesten Mädchen am meisten reinstopfen kann. Trotz dieser ausgeleierten Arschfotze (der Analdildo hatte immerhin einen Durchmesser von guten acht bis zehn

Zentimetern) machte es ihr auch einen Riesenspaß, wenn ich ihr meinen vergleichsweise harmlosen Schwanz nur achtzehn Zentimeter in den Arsch schieben konnte. Nein, ihr lieben Leserinnen, liebe Mädels, ich weiß, es sind nicht zwanzig Zentimeter. Ich habe sie dann meist extrahart gefickt, um das wieder auszugleichen. Sie hat sich währenddessen ihr kleines Fäustchen in die Muschi gesteckt und somit war die Gesamtenge im ganzen Bereich ohnehin wieder hergestellt. Jana hat mich mit Kugeldildos in meinen Arsch gefickt und mir auch einen Umschnalldildo-Einführungskurs beschert. Ein großes Like. Bei diesem Thema bin ich zwar Anfänger, aber es ist ein geiles Gefühl auf dem Rücken zu liegen, von einer Frau gefickt zu werden und gleichzeitig einen abgemolken zu bekommen, während sie mit ihrer anderen Hand meine Eier massiert beziehungsweise lang zieht. Jana tat sich schwer beim kommen. Sie hat sich dann meist auf mein Gesicht gesetzt und selbst noch masturbiert und dabei kam es ihr dann regelmäßig. Beziehungstechnisch war es nicht das Optimale. Janas große Liebe war ihr Mercedes und obwohl sie selbst kein Geld hatte, steckte sie alles in ihr Auto. Sie nimmt Kredite auf, um Felgen im Wert von zweitausend Euro zu kaufen und hat dann aber im Gegenzug kein Geld, um mit mir irgendwelche Ausflüge zu machen, geschweige denn ins Kino zu gehen. Sie kann sich auch nicht einmal eine Kaskoversicherung für ihre Kiste leisten, aber Hauptsache Felgen um diesen Betrag. Natürlich lade ich sie auf solche Kleinigkeiten immer wieder gerne ein. Jana ist ein Autonarr und für mich ist ein Auto wirklich nur Zweck, um von A nach B zu kommen. Obwohl sie täglich jammert noch bei ihren Eltern zu wohnen, will sie diese Situation auch nicht ändern, denn der Umzug in eine kleine Wohnung würde bedeuteten, dass sie sich ihr geliebtes Auto nicht mehr leisten kann. Dann entscheidet sie sich doch lieber für den Stern, denn zuhause kostet das Wohnen nichts. Ich habe ihr auch angeboten, öfters bei mir sein zu können und auch gegen einen fixen Einzug in meine Wohnung hätte ich mit der Zeit sicherlich nichts einzuwenden gehabt. Die Begründung, warum sie das nicht machen könne, war, weil sie zuhause im Elternhaus eine Garage für ihr Baby hat und das Prachtstück bei mir auf der öffentlichen Straße stehen müsste. Die typischen männlichen und weiblichen Interessen sind hier total vertauscht. Nach der Garagenansage ist mir dann auch einmal ein Licht aufgegangen und ich habe diese Geschichte mit Jana nur noch als eine lockere Liaison gesehen. Es war aber supernett und total lustig und lehrreich.

Es ging noch einige Monate mit uns beiden dahin, bis es irgendwann einfach ausgelaufen ist. Jahre später hat mich über Facebook eine Arbeitskollegin von Jana angeschrieben. Jana hat ihr von mir erzählt und falls ich Lust hätte, könnten wir uns ebenfalls treffen – aber das ist eine andere Geschichte.

Houseclubbing in einem In-Lokal. Hunderte sinnlose Typen, die alle gleich aussehen und auch Frauen, die alle glauben etwas Besseres zu sein. Diese top gestylten Möchtegern-Modelfotzen auf ihren High Heels stehen auf diese glattrasierten Möchtegernhelden in ihren Slim Fit-Hosen und ihren extrem gezupften Augenbrauen – und sie finden sich auch.

Das Publikum hat sich gewandelt. Die Leute kommen nicht mehr zum Tanzen, sondern lediglich um zu sehen und gesehen zu werden. Sie stehen bewegungslos im VIP-Bereich, schauen blöd in der Gegend herum, verbrauchen nur unnötig Atemluft und behindern mich beim Tanzen. Es scheint als gäbe es momentan nur drei Arten von Menschen.

Die solariumgebräunte Schickimicki-Gesellschaft mit ihren Markensachen, reiche Söhne oder Töchter und Typen die im Sommer in einem fünfunddreißig Grad heißen Lokal mit umgewickeltem Schal herumstehen und dabei sicherlich Schweißausbrüche bekommen. Aber ein achthundert Euro teures Louis Vuitton Halstuch muss eben präsentiert werden. Die Gesichter und Frisuren dieser Typen erinnern mich irgendwie an Ken. Frauen drängen sich an diese Typen wie Motten um das Licht. Jede will die nächste sein und hofft auf ein gutes Leben inklusive vom Liebsten bezahlter Brust-OP zu Weihnachten.

Dann gibt es neuerdings noch diesen Hipster-Trend. Mir ist völlig unklar, wieso sich Typen Bärte wachsen lassen und damit jedem Taliban Konkurrenz machen könnten. Sie tragen knallenge, bunte Hosen, trinken bitter schmeckende Mate- Teegetränke, weil es hip ist und ihre Wollmützen nehmen Sie wahrscheinlich nicht einmal zum Schlafen vom Kopf. Hauptsache stylisch. Auf YouTube habe ich von einer Untergrundband namens SadoSato ein lustiges Video mit dem Titel „Anti-Hipster" gefunden, welches dieses Phänomen ziemlich gut und humorvoll beschreibt. Singen kann in dieser Band keiner, aber die Texte sind eine Sensation und es gibt auch ein Lied über ein „Borderlinemädchen", das ich eins zu eins unterschreiben kann. Seit Monaten tragen Models in Zeitschriften oder auf dem Laufsteg diese grindigen Langbärte, in denen theoretisch sogar ein Maulwurf wohnen könnte. Wer hat beschlossen, so etwas jemals „in" werden zu lassen? Terroristischen Islam gibt es ja schon seit den siebziger Jahren, aber modischer Terrorismus ist mir neu. Mir gefällt jeder Metalfan mit Bart, denn das ist auch wirklich „real" und passt, aber dieses übertriebene „ich lasse mir jetzt einen Bart wachsen und gehöre auch dazu"-Gehabe ist nur lächerlich. Jeder Hipster ist stolz auf Konzerte von Bands zu gehen, die sonst keiner kennt. Na, die müssen ja super sein, wenn sie so unbekannt sind. (Noch unbekannter ist das vegane/vegetarische Lieblingslokal dieser Affen, in dem solche Auftritte stattfinden.) Liebe Leser, wer sagt es den Fäkalienbartträgern?

Frauen stehen nicht auf solche Muschitypen beziehungsweise bärtigen Möchtegernhelden in Slim-fit-Hosen und extrem gezupften Augenbrauen. Sie wollen breite Schultern und auch ein bisschen Bauch ist o.k.. Na ja, und dann gibt es noch die Normalen, die wirklich fortgehen um Spaß zu haben – Typen wie mich.

In einer Ecke des Lokals sitzt ein schwarzes Mädchen mit hochgesteckten Haaren. Ich beobachte sie schon ein Weilchen und sie scheint alleine da zu sein. Sie wippt mit ihrem Kopf im Takt der Musik und keiner scheint sich für sie zu interessieren oder es traut sich eventuell auch niemand sie anzusprechen. Sie sieht auch wirklich zu gut aus. Entweder ist sie eine Nutte, die schon Dienstschluss hat oder ein Model. Ich tanze langsam in ihre Richtung und sage lächelnd „komm tanz ein bisschen, du zuckst ja schon so unruhig und ich sehe es dir ja richtig an, dass du ohnehin lieber gleich ordentlich abshaken möchtest". Sie lacht, springt auf und wir kämpfen uns in die Mitte der Tanzfläche, vorbei an den nur dumm dastehenden, vorhin erwähnten Typen, die nur wertvolle Atemluft verbrauchen. Kezia ist Studentin aus Nigeria, wohnt schon lange hier und hatte heute auch Lust auf abtanzen. Sie tanzt extrem sexy. Die Leute beobachten uns immer mehr und wir berühren uns auch immer intensiver je länger wir miteinander tanzen. Aber man soll aufhören, wenn es am schönsten ist. Ich bin müde und möchte nach Hause. Kezia ist ohne Auto da und ich führe sie vorher noch heim. Sie möchte aber schon eine Straße vorher aussteigen und ich denke mir nichts dabei. Ich nehme aber an, sie wird sich nicht für einen Weißen genieren und denke über den Grund dafür nicht weiter nach. Es gibt sogar einen Gute-Nacht-

Kuss und wir verabreden uns für die kommende Woche fürs Kino. Kezia sieht aus wie aus einem MTV-Video und außerdem scheint sie auch sehr nett zu sein. Ich freue mich auf unser Wiedersehen.

Kino und Abendessen, Ruderbootfahrt auf dem See, DVD-Abend bei mir zuhause – es läuft. Kezia ist zwar ein wenig zurückhaltend in allem, aber sie scheint mich immer mehr zu mögen. Nach zwei Wochen übernachtet sie zum ersten Mal bei mir. Der Sex ist eher mühsam. Kezia bläst zwar gut, aber es fehlt ihr an Naturgeilheit. Ich habe auch ein Problem beim Ficken, denn während sie auf dem Rücken liegt und ich sie quasi in der Missionarsstellung nagle, schreit sie die ganze Zeit „fuckfuckfuckfuckfuckfuck". Ich habe keine Ahnung, was sie mir damit sagen will, denn ich ficke sie ohnehin schon mit der Intensität eines Vorschlaghammers in Kombination mit der Geschwindigkeit des trommelnden Duracell-Hasen aus der Fernsehwerbung. Jede meiner Freundinnen oder bisherigen Sexpartnerinnen hätte, so wie ich es Kezia gerade besorge beziehungsweise sie bei dieser brutalen Rein-Raus-Nummer durchficke, schon längst abgespritzt. Kezia schreit einfach nur fünfzig Mal „fuckfuckfuck" in einem Atemzug, „Sascha, fuck me, fuckfuckfuckfuckfuck" und das während der ganzen Zeit dieses Vorganges. Ich befinde mich schon kurz vor einer Herzattacke und mein Schweißt tropft mir von der Stirn direkt auf Kezias Gesicht. Ich kann nicht mehr und ziehe nach dreißig-minütiger Non-Stop-Nagelung meinen Schwanz aus ihrer geilen, engen, nigerianischen Studentenfotze und spritze ihr meinen ganzen Saft mitten ins Gesicht. Kezia verschmiert es noch mit ihren Fingern und leckt sich dann noch alle Finger ab. Ich biete ihr dann noch an, sie ordentlich auszulecken, bis auch sie kommt. Sie nimmt dieses Angebot an, massiert sich während meiner Schleckattacke ihre Perle der Lust und kommt dann auch mit zuckenden Bewegungen. Kezia steht nicht auf Arschficken, auch nicht auf ausgefallene Stellungswechsel und auch sonst müsste sie noch ordentlich angelernt werden. Kezia ist so schwarz, dass ich sie in der Nacht bei völliger Dunkelheit nur sehen würde, wenn ich ein Nachtsichtgerät im Bett hätte, auch wenn ich damit ihre Umrisse nur in grün wahrnehmen könnte. Lydia hatte eine wesentlich hellere Hautfarbe und ich erfahre von Kezia auch, dass sie eigentlich keine Neger mag, die noch dunkler wären als sie. Ich glaube gar nicht, dass es noch eine dunklere Abstufung gibt und wundere mich auch über ihren Gebrauch dieses Wortes. Sie erklärt mir, dass alle die noch dunkler sind, im Prinzip faul und für nichts zu gebrauchen wären und sie sich auch lieber mit Weißbroten abgibt als mit anderen Schwarzen. Sehr interessant, eine schwarze Rassistin – wer hätte das gedacht? Ich bin sprachlos und gehe auf das Thema gar nicht weiter ein, denn eigentlich mag ich keine Rassisten egal welcher Hautfarbe. Wir treffen uns weiter regelmäßig und auch der Sex wird ein wenig besser, aber nicht großartig.

Kezia schluckt, mag es schon, kleinweise einen Finger in ihren geilen, engen Arsch geschoben zu bekommen und ich bin mir sicher, dass es nicht mehr lange dauert, bis sie meinen weißen, prallen Schwanz direkt in ihr enges, schwarzes Arschfickloch haben möchte beziehungsweise danach süchtig wird. Beim Arschficken kommt es nur darauf an, dass man langsam und bedächtig an das Thema herangeht. Wer als junges Mädchen schlechte Erfahrung damit gemacht hat und der Partner mit ihr grob umgegangen ist, dem bleibt das im Kopf abgespeichert und es wird für lange Zeit oder für immer als schlecht empfunden. Geht man aber langsam und mit Vorsicht an dieses Thema heran, werden die meisten Frauen, die es vorher verurteilt oder abgelehnt haben, zu völlig geilen, hemmungslosen Arschfickschlampen. Natürlich hilft es auch nichts, das Gestänge kurz anzuspucken. Das muss mit Gleitgel schon richtig eingefettet werden, dann flutscht es erst so richtig geil und schmerzfrei und macht im Endeffekt sodann jedes Mädchen analsüchtig beziehungsweise arschgeil.

Ich frage Kezia, ob sie mit mir einen Ausflug in die Hauptstadt machen möchte, also eine nette Wochenend-Hotelübernachtung inklusive abends fein ausgehen. Nun haltet euch fest liebe Freunde, ich glaube meinen Ohren nicht zu trauen! Kezia hat einen Freund, der seit drei Monaten auf einer Amerikareise ist und in zwei Wochen wieder zurück kommt. Ich weiß nicht was ich sagen soll, denn immerhin habe ich mich schon ein wenig verliebt. Jetzt bin ich natürlich völlig baff und auch leicht geschockt. Was ist denn nur mit den Frauen heutzutage los? Sie bescheißt ihren fixen Partner nun mit mir bereits seit Wochen. Die Frauen von heute sind die Männer von gestern. Auch

Kezia ist das zum Glück auch ein wenig unangenehm, aber sie schreit trotzdem wieder ohne Pause und ununterbrochen „fuckfuckfuckmehardfuckfuck". Nur die Lust auf den Sex ist mir gehörig vergangen und ich höre mittendrin auf. Sie hat auch Verständnis dafür und kann mir aber auch gar nicht genau erklären, wieso sie sich auf mich eingelassen hat. Sie fand mich eben interessant und supernett und dann hat sie sich eben in mich verguckt. Aber nachdem ihr Freund, mit dem sie schon drei Jahre zusammen ist, eben demnächst zurückkommt, können wir uns natürlich nicht mehr so oft sehen. Er zahlt immerhin ihre Wohnung und ist sehr großzügig, da sie als Studentin ja nicht viel hat und dank ihm benötigt sie auch keinen Studentenjob nebenbei, um etwas zu verdienen. Ich weiß gar nicht, ob ich sie überhaupt noch sehen möchte und schicke sie nach Hause.

Es ist zwei Uhr früh und ich zahle ihr ein Taxi, denn zum Nachhauseführen habe ich keine Motivation mehr. Später frage ich mich noch, warum ich eigentlich so dumm bin und ich ihr auch noch die Heimfahrt bezahlt habe. Nach dem Duschen atme ich tief durch, liege in meinem Bett und weine.

Weil ich mich verliebt habe oder weil ich enttäuscht bin – das weiß ich nicht genau, aber es wird sicherlich beides zutreffen. Gott lastet einem manchmal also doch mehr auf, als man tragen kann.

Frauen haben in vielen Dingen mit Männern nicht nur gleichgezogen. Nein, eins steht fest: was das Fremdgehen betrifft, haben sie die Männer schon lange überholt.

Ein kleines Kind, ich schätze einmal zehn Jahre, tritt direkt neben mir eine der Katzen. Die kleine Missgeburt soll nur wissen, dass es so etwas wie Karma gibt, auch wenn ich ein bisschen nachhelfen muss. Ich stelle ihm ein Bein und er fällt auf die Knie. Natürlich habe ich es so aussehen lassen, als wäre ich in den Kleinen versehentlich hineingestolpert. Seine Eltern kommen dann auch gleich und entschuldigen sich bei mir, weil sie angenommen haben, er wäre in mich hineingerannt. Ich entschuldige mich höflich ebenfalls für mein Missgeschick und alles ist wieder gut. Der Kleine hat aber gecheckt um was es geht, da bin ich mir sicher. Es ist heute wieder superwarm und wolkenlos und ich gönne mir zwei Stunden Strand. Meine Schmusekatze von gestern ist nicht zu finden, aber eine schwarz-weiß-gefleckte „Kittler" gesellt sich auf meine Liege und ich denke mir noch, was kannst du armes Kätzchen dafür, dass du aussiehst wie der Führer? Liebe Freunde, guckt euch mal auf Facebook die Kittler-Seite an. Das sind hauptsächlich weiße Katzen, die eine schwarze Zeichnung oberhalb des Schnauzerls tragen und damit aussehen, als hätten sie einen Hitlerbart. Manche tragen nahe den Ohren auch noch schwarze Flecken und sind damit fast mit dem Originalscheitel von Adi gesegnet. Wie gesagt, dafür kann die Mietze nichts und ich will sie deshalb auch nicht diskriminieren. „Kittler" ist übrigens ein Wortspiel aus Kitten und Hitler, aber ich denke die meisten von euch haben so ein Exemplar ohnehin schon einmal gesehen.

Sehr gut, Sonne und eine Muschi, die ich streicheln kann. Der Tag beginnt schon recht gut, aber meine Ansprüche sind zurzeit auch sehr bescheiden. Die Fidschi-Insulanerin ist heute wieder freundlicher und bietet mir die Hälfte ihrer Schokoladentafel an, die ich natürlich gerne annehme. Kein Vergleich mit unserer Schokolade zuhause, aber wie gesagt habe ich ja meine Ansprüche alles betreffend auf ein Minimum hinuntergeschraubt. Ich möchte nur dieses Büchlein fertig schreiben und erwarte mir ansonsten nichts von diesem Urlaub. War es eigentlich in Ordnung, dass sich heute ein Kind wegen mir fast die Knie aufgeschürft hat? Was meint ihr denn? Hättet ihr da nur zugesehen und in einigen Jahren zündet er als Jugendlicher vielleicht Katzen mit dem Feuerzeug an? Ich muss da auch ein Erlebnis aus einem Lokal erwähnen, wo mir eine aufblondierte, überwichtige Schickimicki-Braut von hinten die Ellenbogen in die Rippen drückt, bei mir vorbeirennt und mich noch anschreit, ob ich nicht aufpassen könne. Ich kann ja nichts dafür, dass ich mich nicht in Luft auflösen kann. Sie sagt weder „sorry", noch tut ihr das irgendwie leid und sie schüttelt auch noch verächtlich den Kopf. Ich habe mir dann ein Red Bull bestellt, die halbe Dose ausgetrunken, bin dann im Dunklen in ihre Richtung getanzt und habe in einem unbeobachtetem Moment die noch halbvolle Dose in ihre Gucci-Handtasche fallen lassen beziehungsweise gefühlvoll hineingelegt. Ich bin dann aber auch gleich nach Hause und kann somit gar nicht beschreiben, wie ihre Reaktion beim plötzlichen Bemerken des Handtaschenhochwassers gewesen ist. Ich hoffe ihr ganzer Krimskrams, ihr mit Swarovskisteinen verziertes, rosa I-Phone und ihre halbe Wohnungseinrichtung, die in dieser Riesentasche Platz gehabt hätte, war nicht allzu verklebt. Dumme Fotze.

Samira ist im Moment auch ein wenig in die Tussirichtung abgedriftet. Würde ich sie heute kennen lernen, würde mich so ein Typ Frau gar nicht interessieren und ich denke auch, ich wäre ihr viel zu normal. Manchmal habe ich das Gefühl, dass ihre innere Werte nur noch aus Silikon bestehen. Aber ich weiß ja, dass in dieser mittlerweile zur halben Tussi mutierten Frau auch noch ein Teil dieses Mädchens steckt, wie ich es noch von früher kenne. Wenn wir uns begegnen, gebe ich ihr mittlerweile nicht einmal mehr einen Links-Rechts-Begrüßungskuss, zumal sie so viel Make-Up trägt und ohnehin nur Angst hat, dass man ihr irgendetwas im Gesicht verschmiert. Ich begrüße sie nur noch mit einer Handbewegung und einem kurzem „hi". Ich freu mich aber immer sie zu sehen. Dabei wäre sie auch ohne dieser ganzen Gesichtspappe eine Schönheit, aber Samira ist immer dabei, sich selbst zu verändern. Sie betrachtet den Umbau ihres ganzen Körpers und ihres Gesichtes im Moment auch als Projekt und arbeitet im Moment an ihrem Sixpack. Schade eigentlich, dass ihr das Aussehen so wichtig geworden ist. Aber das ist ja ihre Sache. Samira mag mich gerne. Sie ist zwar erst knappe fünfunddreißig, aber hat in ihrem Testament schon vermerkt, dass ich ihr neues Auto und einen Haufen Bargeld vermacht bekomme. Das ist ja supernett. Vielleicht jedoch auch nur eine Art Wiedergutmachung für ihre Flucht auf meinen Heiratsantrag? Auf einer relativ coolen Party sehe ich ein völlig gelangweiltes Mädchen an der Mauer lehnen. Sie ist ein bisschen alternativ gekleidet, spricht mit niemand, scheint auch keinen Spaß zu haben und alleine da zu sein. Ich erinnere mich an Kezia, die sich in ähnlicher Situation auch gefreut hat, dass ich sie angesprochen habe und so starte ich in ihre Richtung. Nicole ist outfitmäßig und auch optisch nicht mein Typ, aber ich glaube, ich hätte mich selbst auch gefreut, wenn ich stundenlang alleine an einer Wand lehne und mich jemand anspricht. Vor allem wenn es freundlich und nicht billig passiert. Nicole gibt mir zu verstehen, dass sie sich nicht langweilt und fragt, ob sie schon so mitleidsbedürftig aussieht, dass sie angesprochen werden muss. Das alles sagt sie aber nicht in einem lustigen, sondern total ernsten, unfreundlichen Ton. Na bumm, was für eine frustrierte Öko-Schabracke. Ich antworte: „Nein, natürlich nicht. Ich bin ja auch nicht mitleidsbedürftig, sondern dachte einfach, wir scheinen beide alleine hier auf dieser Party zu sein und was spricht gegen ein gemeinsames Trankerl beziehungsweise ein bisserl ins Gespräch zu kommen. Ist das nicht auch einer der vielen Gründe, warum man überhaupt ausgeht?" Nicole meint, „vielen Dank" und dass sie ohnehin nicht mehr lange bliebe, nicht tanzen möchte und es dieser Party gut tun würde, wenn die DJs besser wären. Jetzt muss ich, liebe

Freunde, Mitleser und Mitleserinnen, erwähnen, die Musik war sensationell und es bestand also kein Grund für diesen Satz ihrerseits. Da ich den DJ auch persönlich kannte und mochte, antworte ich ihr „Nicole, weißt du was: es würde überhaupt jeder Party gut tun, wenn solche Leute wie du zu Hause bleiben würden." Herrlich, wenn Blicke töten könnten. Wie habe ich mich gut gefühlt. Ich bin dann zurück auf die Tanzfläche und habe aus dem Augenwinkel mitbekommen, wie sie ihre Fresse verzog und schmollte und irgendwann war sie dann auch weg.

Vor einer Stunde bin ich vom Yoga zurückgekommen. Kristina, die Yogalehrerin, die aus Russland angemietet wurde, das elastische Mädchen mit der Bombenfigur, ist mittlerweile schon mit Alberto, dem türkischen Animateur liiert. Das ging aber relativ flott. Alberto dürfte alle seine Verführungskünste aufgeboten haben und schlecht sieht er ja auch nicht aus. Ich habe es insofern mitbekommen, denn Alberto kam während der Yogastunde zweimal vorbei und hat ihr beim Vorbeigehen Kusshändchen zugeworfen. Vielleicht auch nur, damit wir anderen männlichen Yogateilnehmer gleich wissen, dass wir bei Kristina nicht hineinbraten bräuchten. Ich hätte ohnehin keine Möglichkeit gehabt, mich näher mit ihr zu unterhalten. Sie spricht absolut kein Deutsch und mein Englisch ist mehr als peinlich.

Abends habe ich die beiden dann hinter einem Bungalow auch küssen gesehen. Das hat mir eigentlich gefallen, denn mir sind beide sympathisch und mit Alberto habe ich einige Tage zuvor Tontaubenschießen gelernt. Die bieten hier animationsmäßig wirklich alles an. Seitdem habe ich aber einen kleinen Hörsturz, weil die Ohrenschützer habe ich cool wie ich bin – ja, das war dumm von mir – erst beim zweiten Schuss aufgesetzt.

Karin

Karin ist schon lange meine Arbeitskollegin. Sie ist Halbtagskraft und wir haben uns immer gut verstanden. Karin hat aufgeschnappt, dass ich hobbymäßig andere Arbeitskolleginnen und auch Kollegen fotografiere. Offenbar hatte ich ein gutes Auge dafür und so hat sie mich gebeten, auch einige Fotos von ihr zu machen. Karin war eine nicht besonders gut gebaute, aber mit einem hübschen Gesicht gesegnete Frau Mitte dreißig. So bin ich also mit meiner Fotoausrüstung, die eigentlich nur aus einer billigen, gebrauchten Spiegelreflexkamera bestand, zu ihr gefahren und betrete eine Wohnung, die eingerichtet war wie ein Schloss. Ein monumentaler Luster wie in einem Opernhaus, eine Ledercouch in weiss und das Wohnzimmer hatte ungefähr fünfzig Quadratmeter. Ich fragte sie spaßhalber, ob sie vielleicht geerbt hat und ihre ehrliche Antwort hat mich dann doch vom Hocker gehauen.

Karin arbeitet nebenbei in einem Laufhaus und auch deshalb bei uns im Betrieb nur halbtags. Sie hätte gerne erotische Fotos für ihre Laufhaus-Homepage und ich musste ihr versprechen, das auch niemanden zu erzählen. Natürlich könne ich die Fotos auch selbst verwenden, aber ihr Gesicht müsste ich eben unkenntlich machen beziehungsweise verpixeln. Nun gut, jetzt war ich schon einmal da und so gab es in diesen wunderschön und edel eingerichteten Räumen eine stundenlange Fotosession, in der sie sich circa zwanzig Mal umgezogen und auch mehr als freizügig posiert hat. Die Fotos sind wirklich toll geworden und ich bin der einzige in unserer Firma, der von ihrem Geheimnis weiß. Sie wollte mich fürs Fotografieren auch bezahlen, aber ich wollte nichts dafür haben. Als kleines „Danke" hat sie mir einen freundschaftlichen Blowjob angeboten, nur sind wir dann gleich ins Bett und sie hat mir quasi als Bezahlung jeden Wunsch erfüllt, den ich ihr genannt habe. Karin ist eher dominant und man kann mit ihr gut reden. Was ich im Laufe des Abends noch alles von ihr erfahren habe, hat meinen Blick auf die Rotlichtszene komplett verändert. Ich hatte vorher noch keinen Zugang zum Thema Bordelle oder Laufhäuser, weil ich ohnehin sexmäßig immer gut eingedeckt war. Natürlich kannte ich Abkürzungen wie NS oder KV, aber erst seit diesem Abend mit Karin weiß ich, was Algierfranzösisch ist. Obwohl ich schon seit Ewigkeiten gerne das Arschloch meiner Sexpartnerinnen beziehungsweise Freundinnen lecke, wusste ich nicht, dass Algierfranzösisch die Bezeichnung dafür ist, dem anderen die Rosette auszulecken. Abkürzungen wie „CIM" für „come in mouth", also in den Mund spritzen oder „COF" für „come on face", Mädchen die sich alles ins Gesicht spritzen lassen. Weil einige Kunden darauf stehen sind Abkürzungen in der Checkliste jedes Laufhausmädchens, damit der Kunde gleich im Vorhinein übers Internet abklären kann, welchen Service das jeweilige Mädchen anbietet. Das war mir alles fremd. Karin macht laut ihrer Checkliste so ziemlich alles außer „KV nehmen", „KV geben" hingegen ist für sie kein Problem. Sprich sie lässt sich von Kunden zwar nicht anscheißen, aber wenn ein Kunde es wünscht, scheißt sie ihm jedoch gerne ins Gesicht oder sonst wohin. Nun weiß ich auch, warum sie nur halbtags arbeitet, denn den restlichen Tag fickt sie bis zum Abend und seit dem Gespräch mit Karin ist mir klar, wie das funktioniert. Diese Mädchen, meist aus dem Ausland, mieten sich für Tage, Wochen oder auch für länger in ein Zimmer eines Laufhauses ein, bezahlen circa an die fünfhundert Euro Miete für eine Woche an den Laufhausbesitzer, sprich Chef oder Chefin, verdienen diesen Betrag aber normalerweise schon an einem halben Arbeitstag. Der Rest wandert in die eigene Brieftasche und Karin verdient im Monat circa achttaußend Euro nur bei ihrem Zweitjob. Das erklärt nun auch ihre Luxuseigentumswohnung. Wenn sie sich einmal verliebt macht sie zeitweise eben Pausen ihren Zweitjob betreffend, aber da sie ohnehin immer die falschen Männer kennen lernt, wie sie selbst meint, konzentriert sie sich im Moment nur aufs Geldverdienen und spart auch brav den Großteil ihrer Kröten weg. Ich verspreche ihr, in der Firma kein Wort darüber zu verlieren. Karin und ich verstehen uns nach wie vor sehr gut. Nachdem ich sie noch öfters besucht und noch mehrmals fotografiert habe und wir uns auch freundschaftlich gut verstehen, habe ich auch einen Ikea-Kasten bei ihr zusammengebaut und sie hat mir als Dank etliche Male einen geblasen beziehungsweise sich mit mir getroffen, weil es guten Sex und nette, vertraute Gespräche gab.

Zusätzlich hat Karin mir auch einen Gutschein für Laufhausbesuche bei ihren Kolleginnen geschenkt – aber das ist eine andere Geschichte.

Alexandra

In der Berufschule war ich mit einem Mädchen namens Alexandra zusammen, aber außer Händchenhalten hatten wir nichts am Laufen. Es war kurz vor Rebecca und ich war wie Alexandra sexuell völlig unerfahren. Nach der Berufsschule schrieben wir uns noch für eine sehr lange Zeit Briefe, auch Liebesbriefe. Es müssen hunderte gewesen sein, nur leider sind diese beim Siedeln wohl irgendwie irrtümlich verloren gegangen beziehungsweise in den Müll gewandert. Wir wohnten auch hundertfünfzig Kilometer voneinander entfernt und Mails und Homecomputer gab es damals 1987 noch nicht – zumindest nicht für uns.

Nun treffe ich Alexandra zufällig in einem Handyshop wieder. Sie verkauft mir einen neuen, günstigeren Tarif und wir freuen uns, dass wir uns wiedersehen und auch gleich wiedererkannt haben. Natürlich sind wir die Tage darauf etwas trinken gegangen und Alexandra sah nicht sonderlich scharf aus, aber sie war noch immer so lieb und nett wie damals. Es dauerte auch nicht lange und sie offenbart mir, dass sie damals schwer in mich verliebt war und auch jetzt dürfte das Gefühl gerade kleinweise wiederkommen. Ich erkläre ihr, dass von meiner Seite aus nichts Ähnliches verspürbar ist, ich aber gerne Dinge mit ihr unternehmen würde. Wir einigen uns auf „Freundschaft plus", wie man es heutzutage nennt. Sie lädt mich zu ihr zum Essen ein und wir landen im Bett. Alexandra sieht zwar relativ unspektakulär und durchschnittlich aus, sie ist jedoch eine Drecksau der Extraklasse. Alexandra massiert mich anfänglich zärtlich, lässt mich auf dem Bauch liegen, fesselt mir die Hände auf dem Rücken und steckt mir ihre Zunge tief in mein Arschloch, welches ich ihr hoch entgegenstrecken muss, während sie auch verkehrt meinen Schwanz massiert. Unnötig zu erwähnen, dass Frauen wie Alexandra Filme wie „50 Shades of Grey" lächerlich und langweiligst finden. Nachdem ich mich umdrehen darf gummiert sie mich und reitet mich zu, als ginge es um Leben oder Tod. Nur kurz darauf springt sie von meinem Schwanz, setzt sich auf mein Gesicht und spritzt mir eine volle Ladung Muschisaft in meinen Mund, den ich nicht schnell genug zubekomme, da ich ja auch gar nicht wusste, was sie vorhatte. Ich dachte nur sie möchte geleckt werden oder sich ihre Fotze an meinen Lippen reiben. Da hat sie mich aber schön erwischt. Ich habe mich fast verschluckt und gluckse und spucke soviel wie möglich wieder heraus. Alexandra kann wie Ramona spritzen und ich finde das geil. Sie setzt sich noch einige Male auf meinen Schwanz und strahlt jedes Mal dabei eine kleine Fontäne ab. Jetzt weiß ich auch, warum sie ihr Bett vorher schon mit Handtüchern ausgelegt hat. Ich dachte noch, damit das Massageöl das Bettlaken nicht zu sehr versaut. Es ist nun trotzdem alles nass und ich denke, dass auch die Matratze sicherlich noch zwei Tage benötigt, um wieder komplett aufzutrocknen. Sie fragt mich dann noch, wie ich kommen möchte – in ihrem Mund oder in ihrem Arsch – und ich entscheide mich für zweiteres. Sie setzt sich auf meinen Schwanz, mit angewinkelten Beinen reitet sie mich in der Hocke unter lautem Stöhnen und ich spritze ihr alles in ihren Arsch beziehungsweise in das Kondom. Seit diesem Abend haben wir uns regelmäßig getroffen. Auch bei mir zuhause und des Öfteren haben wir jeweils beim anderen übernachtet. Es war auch schön für sie zu kochen und sich auch nur zu treffen ohne Sex zu haben, fernzusehen oder über Gott und die Welt zu sprechen, wie man so schön sagt. Natürlich haben wir nie über Gott gesprochen. Die Geschichte mit der modernen Bezeichnung „Friends with Benefits" funktioniert eine Weile ganz gut. Alexandra verliebt sich dann aber doch intensiver in mich und zog sich zurück, als ich ihr ehrlich sage, dass ich leider nichts für sie empfinde, aber diese Treffen mit ihr sehr genießen würde und sie auch als Freundin sehr schätze. Ich habe ihr nie Hoffnungen gemacht und bin deshalb auch nie mit ihr auf Urlaub gefahren oder habe mit ihr einen Städtetrip gemacht, obwohl sie mich oft danach gefragt hat. Ich weiß allerdings, dass genau solche Dinge alles nur verkomplizieren, auch wenn sie für den Moment schön sind. Deshalb lehne ich solche Dinge schweren Herzens ab und verzichte auf tolle Ausflüge oder Urlaub mit ihr. Vielleicht ist es eine komische Einstellung von mir und ich habe auch vor, diese in Zukunft zu ändern, aber solche Dinge mache ich eben einfach am liebsten mit einer fixen Partnerin.

Christine

Meine Nachbarin Christine fragt mich, ob ich ihr eine Glühbirne wechseln kann. Ihr Freund ist vor kurzem ausgezogen und bei ihr sind mittlerweile zwei Lampen „kaputt". Ich habe zufällig einige Reservelampen zuhause und schraube ihr ein neues Licht in die Wohnung. Christine ist aufgefallen, dass bei mir relativ viele verschiedene Frauen aus- und eingehen. Sie fragt mich, ob ich mit meiner fixen Freundin nicht mehr zusammenwäre und nachdem ich das verneine und wir beide Single sind, treffen wir uns abends zum DVD-Kuscheln. Liebe Freunde, ich schwöre euch, dass ich wirklich nur eine Popcorn-Filmsession mit Christine machen wollte, aber sie schmiegt sich auf der Couch an mich, nimmt meine Hand, legt sie auf ihre Brust und meinte, das wäre schon in Ordnung so als ich wegzucken will. Da war mir klar, dass es nicht beim Film bleiben würde. Frisch geduscht war ich ja ohnehin und so gingen wir gleich in mein Schlafzimmer. Christine trug unter ihrer Jeans Fischnetznylons. Sie ist also auch schon mit der Einstellung zu mir gekommen, dass an diesem Abend noch wesentlich mehr laufen sollte, als „Hable con Ella". Ein wunderschöner trauriger Film, den ich jedem romantischen Menschen wirklich sehr empfehlen kann. „Fishnets" sind Netzstrümpfe mit großen beziehungsweise Riesenlöchern – ähnlich wie ein Fischernetz – und ich finde sie sehr geil. Sie hatte vier Piercingringe in ihren Schamlippen und auch einen Stecker in jeder Brustwarze. So kannte ich meine

Nachbarin noch gar nicht, denn sie sieht sonst so normal aus. Wir haben uns dann aber über Monate hin immer besser kennengelernt. Christine war analfixiert, schluckte leidenschaftlich gern und wir haben schon beim ersten Mal optimal miteinander harmoniert. Weit hatten wir es auch nicht und wenn einer von uns beiden geil war, haben wir uns einfach zusammentelefoniert oder eine WhatsApp-Nachricht geschickt und konnten so inklusive Duschen schon zehn Minuten später vor der Tür des anderen stehen. Es war lediglich ein Fußmarsch von circa fünfundzwanzig Metern. Nachdem ich mit Christine auch nur eine Fickbeziehung hatte und sie sich nicht in mich verliebte, konnten wir auch Dinge machen, die wir mit einem fixen, geliebten Partner eventuell nicht machen würden. So fuhren wir an einem Wochenende in die Hauptstadt und besuchten einen Swingerclub. In den RTL-Reportagen sind dort auch oft sehr ansehnliche Menschen, in Wirklichkeit waren wir eindeutig die optisch attraktivsten. Vielleicht werden in den RTL-Reportagen auch Schauspieler oder Models angemietet, die dann durch den Club schlendern. Ich wollte nicht wirklich mein Schwert mit einem anderen Typen kreuzen und so habe ich nur zugesehen, wie sich Christine von zwei Typen zusammenficken ließ. Ich selbst wurde von einer älteren Lady auserkoren, mich von ihr zusammenreiten zu lassen. Christine war zu dem Zeitpunkt auch schon fertig und hat mir zusätzlich noch die Eier massiert, sodass ich dann doch relativ schnell abgespritzt habe. Wir konnten dort auch noch fein essen, denn das war alles im Eintrittspreis dabei. Noch einmal brauche ich einen Swingerclubbesuch jedoch nicht unbedingt. Die Matratzen sind feucht und die Typen rennen einem in der Hoffnung hinterher, die eigene Begleiterin für sie freizugeben oder sie mitmachen zu lassen. Alles ist im Halbdunkeln und ich hasse es, mit fremden Körperflüssigkeiten wie Schweiß und noch Schlimmerem in Berührung zu kommen. Für einen Hygienefanatiker wie mich war das alles sehr grenzwertig.

Christine erzählt mir dann bei der Heimfahrt am nächsten Tag, dass sie leichte Eifersuchtsgefühle verspürt hat, als ich von der rothaarigen GILF-Schlampe im Club gefickt wurde. Die Alte hatte übrigens eine bessere Figur als Christine und Riesentitten. Natürlich keine echten, aber heutzutage ist eine Silikonfüllung ja nichts Besonderes mehr. Meine persönliche Meinung zu gemachten Titten ist einfach. Wer sich welche machen möchte, ja unbedingt – es gefällt ohnehin jedem Mann. Frauen die zum Beispiel im Freibad über die Silikontitten von anderen lästern, machen das ohnehin nur aus zwei Gründen. Entweder aus Neid, weil sie selbst gerne größere Titten hätten, aber ihnen der Mut sich operieren zu lassen fehlt. Oder auch aus dem Grund, dass sie zwar den Mut, aber kein Geld für den Eingriff haben. So einfach ist das!

Die alte rothaarige Swingerclub-Huren-Oma ist auf jeden Fall Gesprächsthema Nummer eins bei der Heimfahrt im Auto. Später wird mich Christine noch fragen, ob wir es nicht fix miteinander probieren wollen. Sexuell wäre Christine eine Offenbarung und sie ist auch supernett und wirklich lustig, aber ich habe keine Ahnung, weshalb ich mich da nicht darüber wagen möchte. Sie akzeptiert mein „nein" und wir haben ungefähr ein Jahr lang diese geilen Sextreffen am Laufen. Freundschaft plus funktioniert stets für eine Weile und irgendwann wird es dann ähnlich wie im Song „Einer von Zweien" von Ich+Ich. Christine wird sich bei einem Saunabesuch in jemanden verlieben, der sie dort beim Duschen anspricht und die beiden sind inzwischen verheiratet und haben auch schon ein Kind. Wir schreiben uns ab und an und mögen und schätzen uns sehr.

Theresa, Ines, Marie Luise und Claudia

Das sind vier Mädchen, mit denen ich auf Facebook befreundet war beziehungsweise bin und zwischendurch schon mal mehr als normalen Chatverkehr hatte. Von allen bekomme ich in unregelmäßigen Abständen Nacktfotos. Wir tauschen uns auch über alles Mögliche aus und keine der vier weiß natürlich, dass ich oft Standardsätze einfach nur kopiere und auch der anderen eins zu eins schicke. Zwei der Mädchen sind fix vergeben, erzählen mir dauernd wie unglücklich sie mit ihren Partnern sind und haben auch keine Hemmungen, mir auf Nachfrage spontane Handyfotos zu machen. „Sexting" nennt sich dieser Spaß. Zum Beispiel schreibe ich Marie Luise, ob sie mir nicht schnell ein Foto machen möchte, auf dem sie sich drei Finger in die Möse steckt und einige Minuten später, manchmal natürlich auch Stunden später, bekomme ich genau das von mir gewünschte beziehungsweise angeforderte Foto.

Ich schicke keine allzu freizügigen Fotos an die Girls. Das scheint sie aber nicht abzuhalten, mir abartig freizügige Fotos rückzusenden. Ich beklage mich nicht und meine Fotosammlung wird größer und größer. Eigentlich sammle ich diese Fotos auch nicht wirklich, sondern lösche sie ohnehin meist vom Handy. Nur außergewöhnlich gute bleiben im Speicher. Als Single ist es ja auch eigentlich egal. Jürgen, ein anderer lieber Freund von mir, hat auf seinem I-Phone eine App, die wie ein Taschenrechner aussieht. Gibt man aber eine bestimmte Zahlenkombination ein, löst sich der

Taschenrechner auf und ein versteckter Ordner, den man sonst beim Handydurchstöbern nicht auffinden kann, kommt zum Vorschein. Ich wusste gar nicht, dass es solche Apps gibt. Seine Freundin weiß es sicher auch nicht. Auch er sammelt geile Fotos, die er regelmäßig von seiner Sexbekanntschaft, die ich ihm mal genauso wie Gerald vermittelt habe, bekommt. In seinem Fall habe ich aber kein Verständnis dafür, denn auch Jürgen ist seit Jahren in festen Händen und mir fehlt doch ein wenig das Verständnis fürs Fremdgehen, zumal ich ja seine Freundin auch recht gut leiden kann. Theresa und Marie Luise habe ich schon getroffen und wir hatten unverbindlichen Sex ohne weitere Verpflichtungen. Ines und Claudia schicken mir zwar nach wie vor auch geile Fotos, machen aber keine Anstalten, sich auch in real zu treffen. Damit kann ich leben und die unregelmäßige Korrespondenz mit all diesen Facebookgeschöpfen ist für mich ein netter, kurzweiliger Spaß. Ansonsten sehe ich diese soziale Medien ohnehin nur als Zeitvertreib, wenn ich zuhause gerade wirklich einmal nichts zu tun habe. Momentan befinde ich mich gerade in einer Partnerbörse, die ausschließlich zur Vermittlung von Sexkontakten besteht. Ich war neugierig wie diese Welt aussieht. Hier muss man nicht lange um den heißen Brei herumreden, sondern kommt gleich zur Sache. Man registriert sich und schon hat man Zugang zu Inseraten von paarungswilligen Hausfrauen und Hobbyschlampen. Finden kann man in solchen Foren alles – von privaten Hobbydominas bis zu verheirateten Frauen, die mit oder auch ohne Wissen ihres Gatten fremdficken. Auch viele Pärchen sind registriert und suchen meist eine zweite „Sie" oder ein weiteres Pärchen. Natürlich sind verhältnismäßig mehr Männer registriert, aber es gibt auch genügend Frauen, die zur Verfügung stehen. Einige davon sind auch sehr kreativ in ihrer Beschreibung und Namensfindung. So findet man ein Mädel mit dem Nicknamen „geile zwanzigjährige Energiesparschlampe" oder ein Frauenpärchen, das sich „Mutti & Tochter" nennt. Ganz schön krass wenn die beiden wirklich Mutter und Tochter sind. Fällt das nicht unter Inzest, wenn man die beiden gleichzeitig fickt und beide sich aber auch gegenseitig verwöhnen? Ich habe nicht die geringste Ahnung, aber gehe davon aus, dass das in Amerika bestimmt unter Strafe steht und beide deshalb ins Gefängnis wandern könnten, wenn Sie sich gegenseitig lecken würden. Auf ihren unter anderem recht freizügigen Fotos sehen sie alterstechnisch, optisch und gesichtsmäßig auch wirklich aus wie Mutter und Tochter, aber die beiden erspare ich mir. Das ist sogar mir zu grindig.

Sabine bietet an, sich um neunzehn Uhr hinter dem Lidl-Parkplatz zu treffen und jedem Mann, der dorthin kommt, einen zu blasen. Hoffentlich wissen die, dass der Lidl überall Kameras montiert hat, die auch am Wochenende laufen. Was für ein Spaß. Eine Anzeige reizt mich. Eine Schwangere namens Evelyn bietet an, sich ficken zu lassen.

Evelyn und Sabine

Ich schreibe Evelyn aus dem Fickforum an und bekomme wirklich zwei Tage später eine Antwort. Sie wäre promiskuitiv und weiß es auch. Ihr Freund wäre schon vor Monaten abgehauen, weil er nicht zu seiner Vaterschaft steht, aber sie möchte in diesen Monaten nicht auf Sex verzichten und trifft sich eben mit Herren, die Interesse haben. Ich müsste lediglich ein Hotelzimmer bezahlen, denn sie möchte nicht, dass ihre Nachbarn ständig fremde Männer bei ihr aus und eingehen sehen. Nun gut, wir haben im Dorf so viele günstige Absteigen. Ich reserviere im Ibis und bin erstaunt, als sie dann auch wirklich an der Tür klopft. Ich war mir nicht sicher, ob sie ein Fake ist und wirklich kommen würde, aber die fünfzig Euro fürs Zimmer habe ich einfach riskiert. Sie sieht wirklich gleich gut aus wie auf den Fotos. Aber, ihr lieben Kinder, der Bauch war gigantisch und ich glaube sie hatte nur noch Stunden bis zum Kalbungstermin. Ich habe höflich nachgefragt, ob das ihr Ernst ist und habe gemeint, dass sie es sich noch überlegen kann und ich nicht böse bin, wenn wir nur ein wenig tratschen. Sie zieht sich dennoch aus und geht mit mir Duschen, obwohl ich ja schon vorher war, wie ihr euch sicher schon gedacht habt. Aber gut, zweimal ist besser als einmal und zurück im Bett sehe ich sie mir genauer an. Sie hat schöne lockige Haare und wenn sie laut auflacht, sieht man, dass ihr seitlich ein Zahn fehlt. Ihre Figur ist Bombe und außer, dass sie trächtig ist wie eine Zuchtsau, hat sie perfekt geformte Beine vorzuweisen. Leider ist der Lack auf ihren Zehennägeln schon sehr abgesplittert. Eventuell kommt sie nicht mehr so leicht hinunter, um nach zu lackieren, weil ihr dabei der fette Wanst im Weg ist. Ihr Titten sind prall und ich massiere ihr die Brustwarzen. Die Milch spritzt einen halben Meter weit, als ich ihre Nippel drücke und sie leckt ihre Milch von meiner Brust. Ups, da habe ich mich aber angekleckert. Ich lecke sie nicht, sondern ziehe mir weiße Plastikhandschuhe an und massiere ihre Fotze. Sie wird völlig geil, nimmt mein Handgelenk und steckt sich meine Faust in ihre Vagina. Ich mache mir Sorgen, weil ich schon befürchte, ich massiere ihrem Nachwuchs die noch nicht zusammengewachsene kleine Babyschädeldecke, aber sie scheint überhaupt keine Gedanken daran zu verschwenden. Ich ziehe meine Faust mit einem Ruck heraus und sie spritzt zwei Meter weit über den Bettrand den Teppich voll. Sehr fein, auch dieses Fräulein kann also spritzen. Es ist sensationell, wie gelenkig Evelyn im neunten Monat noch ist. Nur zum Zehennägel lackieren reicht es wohl nicht mehr. Ich habe keine Lust, Evelyn zu lecken bzw. auf Fruchtwassergeschmack und massiere ihr mit meiner zweiten Hand noch ihr Arschloch. Sie möchte nicht, dass ich ihr meine Finger ins Arschloch stecke, aber ich schiebe ihr trotzdem meinen Zeigefinger zur Hälfte ein und sie wehrt sich nicht. Evelyn drückt an ihren Brustwarzen und aus den Drüsen spritzt die Milch ähnlich wie aus einer Gießkanne in alle Richtungen. Das sieht sehr geil aus und ich nuckle ein wenig daran. Schmeckt eigentlich nach Nichts. Dann lutscht mir Evelyn meinen Schwanz, den ich vorher noch mit einem Gummi überzogen habe und quetscht mir mit ihren Fingern meine Eier ab. Sehr gut, Evelyn scheint Ahnung zu haben. Ich mache mir während des ganzen Fickvorganges unheimliche Sorgen, dass ihr Nachwuchs aus ihren Eingeweiden flutscht, aber sie benimmt sich, als wäre alles normal. Sie reitet mich tief und hart und ohne Rücksicht auf Ihre Schwangerschaft. Dabei dreht sie sich mehrmals in alle Richtungen, hockt auf mir, sitzt auf mir, wetzt sich ihre wuchtigen, ausgeleierten Fotzenlappen auf meinem Tattoo, das ich über meinem Penis trage und verspritzt während der ganzen Zeit ihre Milch in ihr eigenes Gesicht oder in meines. Jetzt kommt sie. Ich spüre es an ihren Zuckungen, ihre Knie werden weich und sie gleitet seitlich von mir herunter. Ich höre wie sie nach Luft schnappt und keucht und sehe, wie sie noch an ihrer Fotze reibt. Am Leintuch bildet sich ein nasser Fleck mit einem Ausmaß von circa einem halben Quadratmeter, aber es ist zum Glück nicht die aufgeplatzte Fruchtblase, sondern sie rinnt einfach nur aus Geilheit aus. Leider hat sie auch ihren Schließmuskel nicht unter Kontrolle und es fährt ihr eine Stange Wurst aus dem Arschloch. Wo kommt diese so plötzlich her? Mein weißer Handschuh vorhin hatte noch überhaupt keinen Kotschmierer, aber ich war immerhin auch nicht ganz beziehungsweise tief oder vollständig in ihrem Arschloch. Egal. Ihr ist es superpeinlich und sie nimmt sich meine Handschuhe, die inzwischen schon am Boden liegen und entfernt mit diesen und einer ganzen Rolle Klopapier die Verunreinigung. Ich bin jetzt wirklich froh, dass ich an der Rezeption gar nicht meinen echten Namen genannt habe. Ich gebe mich immer als Obradovic aus, wenn ich keinen Ausweis vorzeigen muss. Die Scheiße im Bett war nicht so schlimm wie angenommen, denn die Wurst war hart und kompakt wie eine Salami und hat somit keine Spuren hinterlassen. Wir sind dann gleich duschen gegangen und sie hockte sich vor mir auf die Knie und ich habe mir im Stehen unter der Dusche einen runtergeholt und meinen ganzen Liebesnektar, den ich auch oft liebevoll Lendenhonig nenne, in ihr Fickmaul gespritzt. Evelyn hat alles geschluckt. Sie hat sich noch schätzungsweise hundert Mal für die Kackwurst entschuldigt, aber sie selbst war so nett und lustig, dass man ihr deswegen sowieso nicht böse sein konnte. Solche Dinge können immer passieren und es ist nur die Frage wie man damit umgeht. In einem kurzen Moment habe ich noch überlegt, ob ich eigentlich völlig zurechnungsfähig bin, mich mit einer hochschwangeren Fremden zum Ficken zu treffen. Vielleicht wollte ich das Erlebnis auch nur nachholen, zumal ich mich bei Nadine in ihrer Schwangerschaft nicht getraut habe, sie sexuell anzurühren und bei Evelyn, dieser Fremden, war es mir egal. Sie muss ja über ihren Körper Bescheid wissen und auch was man ihm noch zutrauen kann. Sie verrät mir, dass sie morgen und übermorgen ebenfalls schon einen Termin mit einem weiterem Fickpartner ausgemacht hat. Der Geburtstermin wäre übrigens in drei Tagen. Spätestens jetzt weiß ich, dass der Großteil der Personen in diesen

Foren definitiv gestört ist. Es gibt dort kein Maß und Ziel.

Ich hätte mich noch mit einem Mädchen treffen können, die mir erst kurz vor dem Treffen mitgeteilt hat, dass sie im Rollstuhl sitzt. Ihre Profilfotos zeigten das vorerst nicht, denn dort man sieht nur ihr hübsches Köpfchen. Wir haben auch sehr schmutzig hin- und hergeschrieben und jetzt, wo es tatsächlich zum Treffen kommt, findet sie den Zeitpunkt richtig, mich zu informieren. Sie sagt das allen erst kurz vor den Treffen. Zumal sie keinen Partner hat, aber alleine wohnt und ihre Mutter ihr den Haushalt macht, fehlt ihr eigentlich nur Sex. Sie hat sich auch schon mit fast hundert Personen aus diesem Forum getroffen und wurde auch von allen gefickt. Bei dieser Vorstellung bin ich dann aber doch in mich gegangen und habe das Treffen im letzten Moment abgesagt. Sie war vorerst auch sehr nett und lustig und meinte, es wäre kein Problem. Sie kommt vom Rollstuhl aus alleine ins Bett, kann ihre Hände gebrauchen und wäre auch nicht auf den Mund gefallen, wenn ich wüsste was sie damit meint. Ich könnte sie dann gerne wie eine Puppe gebrauchen, verbiegen oder mit ihr anstellen, was immer und wie immer ich es möchte. Ich habe aber keine Motivation jemanden zu ficken, der sich nicht rühren kann und behindert ist. Nicht, weil ich etwas gegen Behinderte habe, aber das war mir dann doch zu krank. Ich verstehe sowieso nicht, wieso Behinderte heutzutage übrigens nicht mehr Behinderte genannt werden dürfen oder sollen. Wieso soll ich sie als Menschen mit besonderen Bedürfnissen oder besonderen Fähigkeiten ansehen beziehungsweise anerkennen? Was soll das für eine besondere Fähigkeit sein, sich selbst in die Windeln scheißen zu müssen oder blind zu sein etc. Wenn ich das Wort behindert ausspreche, meine ich es nicht abwertend. Zu meiner Zeit als Kind war nicht einmal das Wort „Neger" abwertend gemeint. Dazu kam es erst viel später. Mich nervt es wie gesagt – genauso wie das mit diesem übertriebenen Genderwahn. Wenn ich in ein Gespräch diesbezüglich verwickelt werde oder mich jemand daran erinnert, auch die weibliche Form zu berücksichtigen, denke ich mir oft nur: Gendere mich nicht voll, du Idiot/Idiotin! Auch auf Facebook gibt es eine Seite mit dem Namen „Gendere mich nicht voll".

Zurück zu Sabine, der Rollstuhllady. Nach meiner neuerlichen Absage hat sie mich einen Tag später doch noch beschimpft und sich dann wieder dafür entschuldigt. Ich habe mich aus diesem Forum übrigens wieder gelöscht. Der Großteil dieser promiskuitiven Menschen, die sich in solchen Foren herumtreiben, sind mir einfach zu krank und schräg. Mir reichen schon die ganzen Vollpatientinnen, die ich in Lokalen oder Discos kennenlerne.

Ich habe Sabine übrigens einige Monate später in einem Einkaufszentrum getroffen. Wir liefen zufällig aneinander vorbei beziehungsweise ihre Mutter hat sie geschoben und wir haben uns beide wiedererkannt. Sie sah genauso aus wie auf dem Foto und wir haben uns beide unauffällig neben ihrer Mutter zugenickt und keiner von uns hat den anderen jemals wieder angeschrieben.

Carla

Die Eltern von Carla sind glaube ich aus Tschechien – zumindest hat sie das einmal erwähnt. Ob das ein typischer Name in Tschechien ist, weiß ich nicht, aber er klingt irgendwie ein wenig exotisch. Ich bin mir jetzt gar nicht sicher ob, man es nicht vielleicht sogar „Karla" schreibt, denn auf Facebook nennt sie sich nur nach einer exotischen Blumensorte. Ich werde nach meinem Urlaub mal nachfragen. Es ist ein Spaß mit Carla zu tippen, denn wenn ihr Freund auf Lkw-Tour ist, antwortet sie mir immer gleich, meist nur eine Minute später. Das ist allerdings auch kein Kunststück, da sie im Moment arbeitslos ist und somit genug Zeit hat.

Carla ist ständig geil und schickt mir oft tagelang laszive Fotos von sich und wenn sie sich tagelang nicht meldet, dann weiß ich, dass ihr Fernfahrerfreund gerade seine freien Tage hat und zuhause ist. Carla kommt mich ab und an besuchen. Auch wir haben uns über Facebook kennen gelernt und beim Chatten sind wir irgendwann ins Sexuelle abgedriftet. Dann wurden wir neugierig aufeinander und schon war der erste Besuch fixiert. Schwarze Haare, Stirnfransen, sie erinnert mich leicht an Tante Monika. Carla ist auch sehr dominant und trägt immer Heels und Nylonstrümpfe und ich mag es, wenn sie so an der Tür klingelt. Sie hat ein Intimpiercing, kennt sich ein wenig mit Bondage aus und hat mir gleich beim ersten Mal meine Eier abgebunden wie eine Profidomina. Es sah geil aus und jedes Ei war extra abgebunden. Carla ist extrem versaut und kennt kein Tabu. Da ist sie bei mir richtig. Sie hat mir noch gesagt, dass sie heute noch nicht scheißen konnte und auch keine Zeit für einen Einlauf hatte und es deshalb keinen Analsex gibt und das ist mir sehr recht. Herr Monk sagt „danke" für die Reinlichkeit. Carla reitet mich fast zum Krüppel und ich ficke sie im Stehen, im Liegen, von hinten, von vorne und auf den Knien. Ich trage sie an den Schenkeln festhaltend, fickend durch die Wohnung, während sie sich mit beiden Händen an meinem Nacken festhält, bis mir die Knie weichwerden und mich die Kraft verlässt. Wir haben sicherlich alle Kamasutrapositionen durch und als Carla mich abmelkt, lutscht und saugt sie mir noch brutal meine ohnehin schon blau angelaufenen Eier aus. Es macht wirklich Spaß. Wir sind total sexkompatibel. Die nächsten Male kommt sie mit ausgeputztem Arschloch und ich ficke sie brutal in beide Löcher. Meine Begeisterung ändert sich erst ein wenig, als mich Carla einige Wochen später einmal fragt, ob sie in ein, zwei Stunden zum Ficken kommen könnte. Ich bejahe natürlich erfreut und meine: „Sehr fein, ist dein Typ wieder auf Tour?" Sie verneint und antwortet, dass er eh zuhause wäre und sie auch eben gefickt haben, aber dass er jetzt noch mit Freunden ausgeht und sie noch immer so geil ist und es jetzt auch noch von mir in ihren Arsch haben möchte. Ich habe mich dann mit einer Ausrede um diesen Termin gebracht. Es ist für mich in Ordnung, wenn sie ihren Typen bescheißt – ich kenne ihn ja nicht und es ist ihr Leben. Aber ich habe keinen Bock, die noch frische, restliche Spucke oder das Sperma ihres Freundes, der sie nur so kurz zuvor vollgespritzt hat, mit auszuschlecken, wenn der letzte Geschlechtsverkehr so kurz davor war. Das ist mir dann doch zu grausig.

Ich werde ihr das nach meiner Urlaubsrückkehr direkt sagen beziehungsweise erklären. Ihr lieben Leser, wenn ich es mir aussuchen könnte, würde ich diese ganzen Sexerlebnisse sofort gegen eine fixe Freundin eintauschen. Auch wenn es für den Moment gut ist, könnte ich auf dieses kranke Zeug locker verzichten.

Lola und Mary

Das sind zwei Laufhaushuren, mit denen ich mich prächtig verstehe. Karin hat mir ja einmal einen Gutschein für ihre Kollegin und Freundin Mary gegeben. Nachdem Mary von Karin wusste, dass ich nicht irgendein Freier, sondern ein Arbeitskollege und zwischenzeitig guter Freund von ihr bin, war sie natürlich auch nicht so professionell und hat mich auch nicht nur abgefertigt, sondern wir hatten fast Girlfriendsex. Wir verstehen uns auch gut und tratschen nach dem Sex meist noch sehr lange. Mary macht alles was man sich vorstellen kann. KV geben und nehmen und auch NF (Naturfranzösisch, sprich Blasen ohne Gummi), das ich allerdings bei keinem Laufhausmädchen in Anspruch nehmen möchte. Des Weiteren bietet Mary an: Griechisch bei ihr und bei ihm, NS, Prostatamassage, Nadelungen, Hodenmassage, Käfig, Kammer, Lack/Leder/Latex, Facesitting, Erziehung, Fesselspiele, Algierfranzösisch, Fisting bei ihr und bei ihm, Deep Throat, Spanisch, Zungenküsse, Strap on, Öl-Massage, Lesbenshow mit der Zimmernachbarin, empfängt Paare, Gangbang mit bis zu fünf Männern, Fotoaufnahmen, Bestrafung, Rollenspiele, Wachsspiele, Transen Erziehung, Dufthöschen, Römisch und noch vieles mehr. Mary ist stolz, auch Nasenkaviar anzubieten und ich unterhalte mich oft prächtig mit ihr, weil sie mir ewig lustige Geschichten erzählt und diese Storys so aufregend neu und interessant für mich sind. Oft muss ich auch auflachen und manche Dinge sind schier unglaublich, aber definitiv Tatsache. Es gibt Typen, denen sie ihre Nase in den Mund steckt und dann schnäuzt sie ihnen eine volle Ladung ihres schleimigen Rotzes in den Rachen und die Kerle schlucken den Schleim hinunter, während sie sich dabei einen runterwixen. Sachen gibt's, die gibt es gar nicht, oder? Sie hat auch Fachkenntnisse der Anatomie und sticht so manchem, der es mag, auch gerne Nadeln durch die Hoden. Außerdem gibt es auch Zwangsentsamungen, bei denen sie Männer bis zu fünf, sechs Mal in kürzester Zeit hintereinander zum Spritzen bringt und die letzten Male passieren dann schon unter Schmerzen. Zuerst normal, dann elektrisch, mit Pumpen und auch mit Hilfe von Strom. Dinge die ich nicht ausprobieren muss. Ebenso Katheterlegung und Auspumpen des Urin aus dem Körper, wobei der Kunde seinen eigenen Harn gurgelt und er ihm danach wieder in seine Blase zurückgepumpt wird. Und das sind noch die harmlosen Dinge, aua! Mary verlangt siebzig Euro von mir, wenn ich sie besuche. Dafür kann ich meist über eine Stunde bleiben, weil wir uns recht gut verstehen und sympathisch sind, denn normalerweise ist das der Preis für eine halbe Stunde. Mary hat auch normale Kunden, die beim Orgasmus ins Kondom spritzen und es gar nicht mitbekommen, dass Mary diese nicht im Müllkorb entsorgt, sondern verknotet und während der Kunde duscht heimlich in den Kühlschrank gibt. Es gibt nämlich andere Spezialkunden, die genau dafür bezahlen. Sie lassen sich den Inhalt von zehn bis zwanzig verschiedener Kondome anderer Kunden von Mary in ein Glas schütten und trinken selbiges aus, während sie ihnen einen runterholt. Oft auch ohne Glas direkt aus den Gummis. Da trinken Männer das Sperma von anderen fremden Typen und geilen sich dabei noch auf. Ich habe so was noch nie vorher gehört, aber Mary versicherte mir, dass das mehr Leute machen als ich glauben möchte. Mary verdient übrigens zwischen fünfzehn und zwanzigtausend Euro im Monat und somit ist es ist wohl unangebracht, mit Huren aus dem Laufhaus Mitleid zu haben. Erstens machen sie ihren Job ohnehin freiwillig und zweitens gibt es in Laufhäusern keinen Zuhälter oder sonstigen Beschützer, sondern einen Securitydienst, der mit der Wochenmiete aller Damen mit bezahlt wird und im Büro hockt und nur wartet, dass eine der Damen die Notfalltaste drückt. Es geht ihnen finanziell zehnmal besser als dem durchschnittlichen Normalangestellten oder Arbeiter. Mary verdient in zwei Monaten mehr als mein ganzes Jahresgehalt beträgt. Gut, man muss diese Arbeit auch mögen, aber ich persönlich betrachte es als normalen Job. Sie machen ja nichts Illegales und es ist eine Dienstleistung wie Haare schneiden beim Frisör. Lola hingegen ist naturgeiler als Mary. Normalerweise haben Huren das Motto, bei keinem Gast ins Schwitzen zu kommen. Das gelingt ihnen bei mir aber nicht und beide ficken mich mit einer Begeisterung. Auch bei Lola bleibe ich meist noch eine Stunde länger im Zimmer und ich trinke Cola und sie Kaffee. Lola ist Kaffeefetischistin und braucht wohl an die zwei Liter am Tag. Meistens nehme ich ihr beziehungsweise für uns auch zwei Tortenstücke mit. Ich glaube ich bin ihnen beiden sympathisch und die Zeit, die sie mir schenken, geht ihnen auch nicht wirklich ab. Somit zahle ich bei beiden für eine halbe Stunde, bin aber meist eine ganze oder eineinhalb Stunden bei ihnen im Zimmer. Jetzt als Single schau ich schon mal bei den beiden Mädels vorbei und entrichte meinen Obolus von siebzig Euro für den Spaß. Das ist auch nicht mehr als zum Beispiel ein Raucher in der Woche für Zigaretten ausgibt oder ein anderer an einem Abend versauft. Ich habe auch schon herausgefunden, dass jedes dieser Mädchen jede Woche eine Blutuntersuchung, sowie eine Gesamtuntersuchung machen lassen muss, um ihren Arbeitsausweis zu bekommen. Darüber hinaus fickt keine dieser Huren ohne Gummi und ich bin inzwischen überzeugt, dass die Laufhausmädchen alle gesünder sind als die meisten Geschlechtspartnerinnen beziehungsweise „normalen" Frauen, die ich über Facebook oder in der Disco kennen gelernt habe. Ich möchte gar nicht wissen, wie viele dieser Girls Hepatitis, eine Pilzerkrankung oder Schlimmeres im Körper tragen und es oft gar nicht wissen. Den Laufhaushuren wird einmal wöchentlich Blut abgenommen, die komplette Muschiflora mit einem Abstrich untersucht und sollte irgendetwas sein, macht sich der Laufhausbesitzer sogar strafbar, wenn ein Mädchen ohne Genehmigung des Gesundheitsamtes dort arbeiten würde. Der Vorteil eines Laufhauses gegenüber einem Bordell ist auch noch, dass es keinen Konsumationszwang gibt. Du musst nicht irgendwelchen unansehnlichen, rumänischen Huren, die sich dauernd zu dir hocken wollen, irgendein Getränk oder einen Piccolo zahlen oder dir eine nette Ausrede für die Hässlichen ausdenken, um sie wegzuschicken. Du ersparst dir auch den teureren Preis eines Puffs und schlenderst einfach unkompliziert die Gänge und Stockwerke eines Laufhauses entlang, guckst dir die Poster an den Wänden an und läutest einfach. Sollte dir eine im Original dann doch nicht so gefallen, weil ihr Bild zu viel gephotoshopt wurde, dann schlenderst du einfach zur nächsten Tür weiter. Neunzig Prozent der Bilder entsprechen aber meist dem Originalaussehen und viele dieser Mädchen könnten auch locker als Model durch die Welt reisen. Vielleicht mache ich auch einmal einen Dreier mit Mary und Lola, aber ich weiß nicht, ob ich das überleben würde. Die beiden sind so naturgeil und ficken so extrem und bei den Einzelbesuchen habe ich ohnehin schon oft das Gefühl, kurz vor einem Herzinfarkt zu stehen. Einen Dreier mit zwei normalen Mädchen, die ich übers Internet kennengelernt hatte, habe ich auch schon er- beziehungsweise überlebt – aber das ist eine andere Geschichte.

Margit und Iris

Das waren sechsundsechzig Prozent des vorhin erwähnten Dreiers – der dritte Teil war ich. Dieses Erlebnis war jetzt weniger aufregend, als eher ein lustiges Erlebnis. Ich glaube, ich werde demnächst doch Lola & Mary für ein gemeinsames Pornoerlebnis besuchen. Ein Freund von mir lernte Margit über Parship kennen. Die beiden haben sich auch getroffen und Sex gehabt, aber mehr Gefühle kamen nicht auf. Eines Abends war ich bei einem Restaurantbesuch der beiden dabei und Margit hatte ihre Freundin Iris für mich mitgenommen. Die beiden und auch mein Freund Ludwig waren schon relativ angesoffen und wir hatten die tolle Idee, am selben Abend noch einen Vierer zu starten. Nun bin ich kein Orgienfan und wollte das eigentlich nicht, jedoch kam es anders beziehungsweise zu folgender Konstellation. Ludwig bekam Magenkrämpfe und Durchfall, hat sich entschuldigt und wollte nur schnell nach Hause. Ich schwöre, dass ich ihm nichts ins Getränk gemischt habe. Natürlich war es ihm auch megapeinlich und ich kenne das Gefühl, wenn man kurz davor ist, sich selbst in die Hose scheißen zu müssen. Wer von euch, liebe Freunde, hat das nicht schon einmal selbst erlebt. Wir haben den Vierer dann verschoben, aber als Ludwig weg war beziehungsweise wie von der Tarantel gestochen heimgefahren ist, schauten wir drei uns an und dachten nicht mehr an eine Vertagung, sondern fuhren gleich zu Iris nach Hause. Die beiden haben sich ausgezogen und ich bin gleich einmal dort unter die Dusche. Als ich wiederkam haben sich beide bereits nackt auf dem Bett geräkelt und geleckt. Iris hatte zum Glück auch eine Gummipackung zuhause und so habe ich abwechselnd beide Frauen beglückt. Lecken wollte ich keine der beiden, weil sie vorher nicht duschen wollten und da bin ich eben eigen. Hygienisch war es auch nicht sonderlich rein und in ihrer Wohnung sah es ansatzweise aus wie bei RTL-Messi-Reportagen. Mir war es eigentlich auch egal, dass es beide nicht gestört hat, dass ich sie abwechselnd gefickt habe, ohne dabei den Gummi zu wechseln. So etwas würden zum Beispiel Laufhaushuren nie machen. Jeder Muschiwechsel wäre auch ein Gummiwechsel, aber für mich war das kein Handicap. Es war ja nur Schleim der einen Fotze, den ich über mein Kondom in die andere transportierte. Der Dreier war jetzt nicht sonderlich geil, aber nachdem beim Gesamtgewicht von uns dreien eine Bettplanke durchgebrochen ist und ich dabei das Gleichgewicht verlor und mit meinem Arsch auf den Parkettboden gefallen bin, fing das Gelächter schon einmal an und sollte auch nicht mehr so schnell aufhören. Die Katze von Iris kam ins Zimmer und leckte den Schweißfleck meines Arsches vom Boden. Auch darüber haben wir uns köstlich amüsiert. Ich holte mir aus dem Kühlschrank ein Yoghurt und löffelte es genüsslich am Bettrand, während ich mir die Pornoshow der beiden ansah. Nach der kleinen Stärkung stieg ich wieder ins Geschehen ein und während Margit sich auf mich setzte und langsam und gemütlich ritt, schmierte sich Iris in der Küche ein

Leberstreichwurstbrötchen mit Zwiebeln. Als sie wieder zurück kam setzte sie sich aufs Bett neben uns und sah uns beim Ficken zu – so wie ich die beiden zuvor mit dem Joghurt beobachtet habe. Plötzlich musste sie laut rülpsen und Margit fragte sie in unfreundlichem Ton, wieso sie jetzt so etwas Übelriechendes wie ein Zwiebelbrot fressen muss. Das habe ich mich übrigens auch gefragt. Die beiden hatten dann zu streiten begonnen und konnten sich überhaupt nicht mehr beruhigen. Sehr passend war der Zwiebelgeruch im Schlafzimmer übrigens wirklich nicht. Iris meinte, sie könne bei ihr zuhause essen was sie möchte und wenn Margit es unpassend fände, könne sie ja nach Hause fahren. Für mich war es das perfekte Kino. Während Iris sich dann zum Pissen ins Klo verzogen hat, habe ich Margit meine Ladung in den Mund gespritzt. Sie hat die ganze Sauce aber nicht geschluckt, sondern über das restliche, noch verbliebene halbe Brötchen von Iris gespuckt, mit den Fingern über die Pastete verschmiert und mir zu verstehen gegeben, ich solle nichts verraten. Iris hat es schließlich noch genüsslich aufgegessen und hatte keine Ahnung, wieso Margit und ich fast vor Lachen gestorben wären. Ich habe die zwei nie wieder gesehen. Auch Ludwig hat sich mit Margit nur noch ein, zwei Mal getroffen – die beiden wurden kein Paar.

Christa

Christa ist Polizistin. Ich habe den Polizeiwagen neben mir völlig übersehen, sie mich allerdings beim Telefonieren im Auto nicht. Schuldig im Sinne der Anklage, denn ich hatte zu dem Zeitpunkt keine Freisprecheinrichtung und habe ständig während des Fahrens mit dem Handy telefoniert. Ihr Arbeitskollege blieb währenddessen im Auto sitzen und sie kam in ihrer Uniform an mein Fenster. Ich musste dann Pannendreieck, alle Ausweise usw. herzeigen und nachdem sie auch nicht allzu streng und oberlehrerhaft war, begann ich mit ihr zu flirten. Natürlich auf eine vorsichtige Art und Weise, denn sie war ja doch eine Beamtin im Dienst beziehungsweise ein Staatsorgan. Ich versicherte ihr, wie leid mir das täte und meinte, dass fünfzig Euro für mich viel Geld wäre. Sie erwiderte dann tatsächlich, mich jetzt mit einer Verwarnung nicht mehr weiterfahren lassen zu können, zumal sie schon begonnen hat, den Strafblock auszufüllen und mein Kennzeichen sei auch schon notiert beziehungsweise im System. Sie könnte allerdings anstatt des Bußgeldes für das Handytelefonieren am Steuer, ein Bußgeld für den nicht mitgeführten Führerschein ausstellen. Ich war erschrocken, denn ich hatte ihr den Führerschein ja gezeigt. Sie erklärte mir dann, dass es für Handy am Steuer eine Fünfzig-Euro-Strafe gibt und für das nicht Mitführen des Führerscheins nur dreißig Euro fällig sind. Das ist ja superlieb von ihr und ein wirklich nettes Entgegenkommen. Sie erspart mir tatsächlich zwanzig Euro einfach so und beim Zahlen und Verabschieden sage ich noch, falls wir uns mal irgendwo zufällig sehen sollten, gibt es als Danke ein Getränk. Sie meint darauf, dass wir uns sicherlich nie zufällig wo sehen werden, da sie nur sehr selten fortgeht. Schade eigentlich, denn mich hätte interessiert, wie Christa im Privatoutfit aussieht. Zwei Tage später läutet mein Handy und eine Stimme fragt, ob ich mich noch an den Strafzettel von vorgestern erinnern kann. Aufgrund des Kennzeichens und des Namens hätte sie meine Handynummer aus dem System. Sie fragt, ob ich gerade im Auto sitze und telefoniere, denn dies wäre ein Kontrollanruf. Ich muss lachen und sage, „nein, ich sitze gerade auf dem Klo und denke, da ist das Telefonieren erlaubt". Sie muss selber lachen und bittet mich niemanden zu verraten, dass sie meine Telefonnummer im System eruiert hat, aber sie fand mich einfach so nett. Da sie abends nicht fortgehen möchte, sich jedoch über ein Treffen mit mir freuen würde und es ja tagsüber am Wochenende sein könne, trafen wir uns Tage danach am späten Nachmittag zum Billardspielen. Ich hatte bis dahin noch nie Billard gespielt, aber um das ging es ohnehin nicht. Umso besser eingelocht habe ich dann bei ihr zuhause. Sie hat mich mit Handschellen an ihr Bett gefesselt und ein bisschen „good cop", „bad cop" gespielt. Trotzdem alles sehr fantasielos und die Story kam nicht so richtig rüber. Ihre schauspielerischen Fähigkeiten waren entsetzlich und der Sex war langweilig. Nachdem sie mir die Handschellen wieder aufgesperrt hat, packte ich sie und habe sie von hinten gefickt, während sie vor mir kniete. Nachdem sie sich fast nicht rührte und auch keinen Laut von sich gab, hat mich ihre Vampirblässe, die mir erst jetzt so richtig auffiel, dermaßen abgeturnt, dass mich ein Gefühl großer Lustlosigkeit überkam und ich einfach nur noch nach Hause wollte. Mir fiel in dem Moment nichts anderes ein, als meinen Speichel für ein, zwei Minuten nicht hinunterzuschlucken, sondern zu sammeln, bis sich ein größerer Batzen im Schlund befindet. Ich habe dann blitzartig meinen Schwanz aus ihrer Vagina gezogen, mir schnell den Gummi heruntergerissen und lautlos meinen ganzen Mundinhalt über ihren Rücken gespuckt. Danach meinte ich noch in bester schauspielerischer Qualität, sie wäre der geilste Fick meines Lebens gewesen und ich hätte noch nie jemanden so viel auf den Rücken gespritzt. Ich habe ihr dann das Fake-Sperma noch schnell abgewischt, damit der Schwindel nicht auffällt. Sie hat es nicht gecheckt, sich gefreut und ich bin dann schnell nach Hause, denn ich wollte mir noch bei einem ordentlichen Porno meinen Saft wirklich aus dem Schwanz treiben. Anschließend hab ich mir noch eine Pizza bestellt und mir einen gemütlichen DVD-Abend gemacht. Eine Freisprecheinrichtung habe ich mir dann auch zugelegt, damit es keinen Grund gibt, dass Christa mich noch einmal aufhalten muss.

Manuela

Manuela war ein Mädchen, das ich vom Weggehen her schon einige Jahre kannte, aber mehr als gegrüßt haben wir uns eigentlich nie. Sie gefiel mir immer schon sehr und nun habe ich erfahren, dass sie gerade Single ist und sich von ihrem langjährigem Freund getrennt hat. Natürlich habe ich sie angesprochen und wir haben uns kurz unterhalten. Sie erklärt mir, wie glücklich sie als Single wäre und im Moment auch gar niemanden braucht, weil sie sich selbst so sehr liebt. Schön für sie, aber ich habe keine Ahnung, warum manche Frauen das immer so betonen. Natürlich kann man sich auch alles schönreden, das ist schon klar. Ich fühle mich ja auch wohl als Single, aber ich bin ein Typ, der einfach vieles lieber zu zweit macht als alleine. Das gilt für Dinge des täglichen Lebens genauso wie wenn ich Urlaub machen will. Manuela verlässt die Disco mit einem mir ebenfalls vom Sehen her bekannten Typen und ruft mich natürlich nicht an, obwohl ich ihr meine Nummer gegeben habe und sie mir versprochen hat mich anzurufen. Zwei Monate später sehe ich sie zufällig wieder und sie erklärt mir, sie rufe natürlich nie Leute an, die ihr eine Telefonnummer geben, denn das hätte sie als Frau nicht nötig. Wie ich mich aber sonst mit ihr verabreden hätte können, konnte sie mir dann allerdings auch nicht erklären. Auf jeden Fall macht sie mir gleich klar, dass sie eine Frau ist, die sich für keinen Mann verbiegt und sehr selbstbewusst ist, womit viele Männer überfordert wären. Ich meine, dass ich erstens nicht weiß, was sie mit verbiegen meint, denn ich würde ohnehin höchstens ihren Luxuskörper im Bett ein bisschen verbiegen wollen und ansonsten könne sie gerne so bleiben wie sie ist und zweitens habe ich auch kein Problem mit selbstbewussten Frauen. Zum ersten Mal lächelt sie jetzt. Was für eine schwere Geburt, aber das Eis ist gebrochen. Manuela und ich wurden dann zwei, drei Wochen später ein Paar und es war anfangs wirklich schön. Wir schienen ähnliche Interessen und Ansichten zu haben, hatten denselben Humor und waren im Bett auch gleich ab dem zweiten beziehungsweise dritten Mal kompatibel. Manuela war eine Sau und sie liebte es, mich in der Dusche anzupissen. Grundsätzlich pisste sie überhaupt immer beim Duschen, aber das mache ich ja auch schon jahrelang so. Es ist einfach praktisch und läuft auch irgendwie von selbst so dahin. Manuela schluckte leidenschaftlich gern und war in der Früh immer geil. Ich als Langschläfer bin eher der Typ für Abendsex oder am Nachmittag oder egal wann am Tag, aber zumindest nicht in aller Früh. Manuela jedoch brauchte es in der Früh dringend und so kam es täglich dazu, dass sie sich an meiner Morgenlatte bediente, mir lustvoll den Schwanz lutschte und schließlich darauf setzte und schon auf mir ritt, noch bevor ich meine Äuglein aufmachen konnte. Mir gefiel das aber auch sehr gut, denn es war besser als jeder Radiowecker und so kam es täglich zu diesem Ritual. Nach der Dusche danach waren wir beide auch immer total munter und der Arbeitstag begann so eigentlich mehr als perfekt. Sie freute sich noch, dass ich in der Früh immer so schön mitspiele, denn ihr Exfreund wollte immer schlafen und hat sie morgens unfreundlich abgewimmelt, weil er seine Ruhe wollte. So hat sie sich meist neben ihm nur einen abmassiert, damit sie zu ihrem Morgenorgasmus kommen konnte. Ihr Exfreund hat ihr übrigens auch die Küchentür eingetreten und auch eine Kommode ist in einem zersplitterten, nicht reparierten Zustand. Scheint ein grober Typ gewesen zu sein. Vom Sehen her kenne ich ihn ja ebenfalls. Natürlich gab es Sex auch täglich am Abend, wenn wir uns nach der Arbeit wiedergesehen haben. Sie fickte intensiv und war dabei auch sehr kreativ. Sie liebte es auch hart und brutal in ihren Arschkanal. Wir wohnten wochentags meist bei ihr und die Wochenenden verbrachten wir bei mir zuhause. Anfangs wusste ich ihre Wutausbrüche noch nicht zu deuten und dachte, sie verwechselt mich eventuell mit ihrem Exfreund, wenn sie mich anschrie. Mit der Zeit allerdings merkte ich, dass sie überhaupt oft Auszucker zu haben scheint. Eines Tages setzt sie sich in der Früh auf meinen Schwanz, muschimäßig, als fixe Partnerin natürlich wie immer ohne Kondom und sie blutet mich und das ganze Bett voll. Ich bin erschrocken und frage, ob sie nicht wusste, dass sie heute die Regel bekommt. Sie meinte, natürlich wisse sie das ganz genau und fragte, was mich jetzt genau an der Situation störe. Eigentlich fragt sie mich das nicht, sondern schreit mich aggressiv an. Ich wäre kein ganzer Mann, wenn ich nicht mit diesem Blut zurecht käme. Es wäre die natürlichste Sache der Welt, während der Regel zu ficken und sie sei in dieser einwöchigen Phase auch immer besonders geil. Es war mir einfach zuviel und mehr als unhygienisch. Es sah aus wie beim Sauabstechen. Ich meinte noch, wir könnten, wenn sie die Regel hat, ja auch auf ihr zweites Fickloch ausweichen oder zumindest ein Kondom benutzen. Sie hat mir daraufhin nur meine Anziehsachen vor die Füße geworfen und gemeint, ich solle verschwinden. So einen Loser, den es vor Blut ekelt, bräuchte sie nicht. Den ganzen darauffolgenden Tag hat sie nicht auf meine Anrufe reagiert, sondern mir nur eine SMS mit folgendem Inhalt geschickt: „Du Arschloch!" Eines Abends sind wir schön zum Essen ausgegangen und die Kellnerin fragt uns höflich nach unserer Bestellung. Ich ordere und lächle dabei die Bedienung freundlich an. Da schreit mich Manuela vor den anderen Gästen und direkt vor der Kellnerin zusammen, ob ich nicht gleich hier am Tisch und vor allen Leuten die Serviererin ficken möchte. Sie erkennt nämlich genau, wie geil ich ständig auf fremden Frauen wäre. Ich bin total entsetzt und verstehe die Szenerie nicht ganz und die anderen Gäste schütteln den Kopf beziehungsweise schmunzeln. Manuela hatte einen Eifersuchtsanfall und deutet ein freundliches Bestellen als Flirtversuch. Mir war das ganze natürlich total peinlich und ich war froh, als wir aus dem Lokal wieder draußen waren. Manuela hat während der ganzen Zeit des Essens kein Wort mit mir gesprochen und auch jeder Versuch, das zu klären oder dieses Missverständnis gut zu machen, ging ins Leere. Solche Dinge häuften sich leider. Nach wunderschönen Tagen, an denen überhaupt nichts Negatives in dieser Richtung vorfiel, gab es Tage, an denen ich zum

Handkuss kam, ohne zu wissen, um was es überhaupt geht. Zum Beispiel bei einem Ausflug in die Shoppingcity sieht sich Manuela in der Auslage Stöckelschuhe an und fragt mich, ob mir diese gefallen. Ich bejahe natürlich, weil mir High Heels sehr zusagen und ich mir nichts Böses dabei denke, da Manuela ja auch einige zuhause hat und diese auch manchmal im Bett oder im Büro trägt. Prompt erfahre ich einen Schreikrampf ihrerseits. Ich solle mir doch eine Schlampe suchen, die mit solchen Schuhen herumläuft, wenn es mich so aufgeilt. Ich gebe ihr zu verstehen, dass ich ja nur auf ihre Frage normal geantwortet habe und ich niemanden brauche, der ständig in Stöckelschuhen an meiner Seite herumläuft. Ich gehöre mit meiner Größe von ein Meter vierundsiebzig ja ohnehin eher zur Gattung der Hobbits und fast jede Frau, die Stöckelschuhe trägt, ist größer als ich. Da ich selbstbewusst genug bin, habe ich damit auch überhaupt kein Problem. Manuela trägt meistens Ballerinas, weil sie selbst total auf dieses flache Schuhmodell steht. Ich finde sie an Manuela auch supersexy, da sie einfach so perfekt zu ihrem Typ und ihren immer ausgefallenen, tollen Outfits passen. Auf meine Frage hin, ob sie noch nicht bemerkt hätte, dass ich sie noch nie aufgefordert habe, beim Ausgehen extra für mich High Heels anzuziehen, beruhigt sie sich wieder ein wenig. Allerdings nur, um fünf Auslagen später bei einem Damenunterwäschegeschäft zu fragen, ob mir eigentlich große oder kleine Titten bei Frauen besser gefallen. Ich bin mir nun schon nicht mehr sicher, was ich antworten soll und entscheide mich für die Brustgröße, die Manuela hat. Sie hat mittelgroße und natürlich war die Antwort falsch. Jetzt attackiert sie mich lautstark, dass ich keine feige Sau zu sein bräuchte und ruhig zugeben kann, dass ich auf große Titten abfahre. Die Leute schauen schon und mir ist das wieder megapeinlich. In diesen Situationen merkt Manuela die Anwesenheit von anderen Menschen gar nicht oder blendet sie aus. Auf jeden Fall schreit sie mich an, ich solle mir dann doch ein Weib mit großen Titten suchen und läuft wütend davon. Natürlich hebt sie am Handy wieder nicht ab. Tatsache ist aber, dass Manuela wirklich einen tollen, mittelgroßen Busen hat, den ich liebe und der perfekt zu ihrem Körper passt. Ich bin ja ohnehin Fußfetischist und deshalb ist es mir auch egal, ob eine Frau kleine Titten, Riesentitten beziehungsweise drei, vier oder fünfeckige Titten hat. Nach zwei Tagen sehen wir uns wieder und Manuela entschuldigt sich für den Ausraster, aber nur um mich eine Woche später in einem Lokal zu fragen, ob ich lieber große oder kleine Brüste habe. Wahrscheinlich, weil ihr auch aufgefallen ist, dass eine ältere Frau gegenüber einen weiten Ausschnitt trägt und wirklich einen Atombusen hat. Hat sie vergessen, woran wir in der Woche zuvor schon gescheitert sind? In meinem Kopf rattert es... Was soll ich antworten? „Klein" ist schon mal falsch – das glaubt sie mir nicht – und bei der Antwort „mittelgroß" weiß ich schon, wie sie reagieren würde und „groß" ist wahrscheinlich auch falsch, denn dann kann ich mir wieder anhören, mir eine andere mit großen Titten zu suchen. So antworte ich einfach, ob wir als Erwachsene solche unpassenden beziehungsweise sinnlosen Fragen nicht einfach weglassen. Daraufhin beschimpft sie mich mit so netten Ausdrücken wie „feige Sau" und ich soll ruhig dazu stehen und sie wüsste ohnehin genau, dass ich auf Silikontitten stehe. Es erscheint in solchen Momenten so sinnlos, aber ich weiß, dass ich Manuela liebe und so verzeihe ich ihr ständig alle Ausraster und versöhne mich immer wieder mit ihr. Eigentlich müsste ich sagen „immer und immer wieder". Ich kann mir auch ständig anhören, wie arm sie ist, denn ihre Mutter hätte von klein auf ihre Schwester lieber gehabt und bevorzugt und alles und alle verschwören sich ständig gegen sie. Ihre Arbeitskollegen sind allesamt unfähig und sie bedauert sich ständig selbst. Sie ist immer öfters destruktiv und alle anderen Menschen sind sowieso Arschlöcher. Manuela ist auch auf jeden und vieles neidisch. Ich bin überhaupt kein neidiger Mensch und kann mich auch für andere freuen. Ich borge Manuela ständig Geld, weil sie immer knapp bei Kasse ist, aber dauernd nur shoppen geht, wenn sie allein oder mit ihrer besten Freundin unterwegs ist. Zur Urlaubszeit hat sie keine Idee, wohin wir fahren könnten und auch kein Geld dafür. So fahre ich mit ihr einfach für ein paar Tage nach Italien, weil es eine günstige und schnelle, aber ohnehin auch schöne Variante ist. Den Urlaub bezahle ich ihr natürlich vollständig, da sie am zehnten des Monats schon wieder pleite ist. Anstatt es sich dort gemeinsam gut gehen zu lassen, muss ich mir schon am zweiten Tag anhören, mit ihr nur nach Italien gefahren zu sein, weil ich mit meiner Ex auch immer dort war. Daraufhin spricht Manuela den halben Tag nicht mehr mit mir, sondern bockt nur herum. Am ersten Tag war aber noch alles schön und romantisch und sie war froh, am Meer zu sein. Ja, wenn es nach dem ginge, dürfte ich auch nie mehr zu Aldi einkaufen gehen, denn so unglaublich es klingt, ich war auch dort einmal mit meiner Exfreundin einkaufen. Ihr Lieben Leser, manchmal möchte ich einfach nur den Hut auf alles werfen, meine Nerven spielen oft nicht mehr mit. Jedoch habe ich Manuela so irrsinnig lieb und denke mir nur, irgendwann muss sie ja checken, dass sie sich irrt beziehungsweise ihre Reaktionen völlig überzogen und ungerecht sind. Ich habe inzwischen erfahren, dass auch ihr Exfreund immer diese sinnlosen Streitereien mit ihr hatte und es deswegen auch zu Handgreiflichkeiten und unter anderem zu der kaputten Wohnungseinrichtung gekommen ist. Wobei ich mir mittlerweile nicht mehr so sicher bin, ob die Möbel von ihm oder nicht sogar von Manuela selbst während eines Streitgespräches beziehungsweise ihren Wutausbrüchen zertrümmert wurden. Soweit will ich es nicht kommen lassen, denn ich bin verliebt und deshalb biete ich Manuela an, gemeinsam zu einer Paarberatung zu gehen. Wenn ich nämlich etwas möchte, ist es, dass diese sinnlosen Streitereien ein Ende haben und wir so harmonisch wie im ersten Monat miteinander umgehen – mit Liebe, Respekt und ohne den anderen ständig verbal anzugreifen. Ich kann und will nicht glauben, dass Manuela so viel Wut und Böses in sich trägt und mich oft dort absichtlich treffen möchte, wo ich am verletzbarsten bin. Nachdem sie zuerst wieder einmal ausrastet und mich fragt, ob ich denn glaube, dass sie geisteskrank wäre, erkläre ich ihr, dass es ja vielleicht auch an mir liegt und ich auch etwas an meinem Verhalten ihr gegenüber ändern könnte und deshalb gemeinsam zu einem Fachmann gehen möchte. Ich will diese Beziehung nicht aufgeben, aber mit diesen mittlerweile wöchentlichen Streits, die so viel Kraft und Energie kosten, kann es auch nicht weitergehen. Manuela ist einverstanden und im Internet haben wir dann einen Paartherapeuten gefunden. Im gemeinsamen Gespräch, in dem jeder sagen sollte, was er am anderen mag und was einen stört und es vielleicht bis dato noch nicht angesprochen hat, wurde Manuela aber auch im Beisein des Therapeuten so aggressiv, dass er mich einmal vor die Türe schickte und meinte, es wäre sinnvoller, einmal mit ihr alleine zu sprechen. Dreißig Minuten später kam sie vor die Tür, knallte diese wutentbrannt zu und rannte bei mir vorbei ins Freie. Ich konnte sie nicht aufhalten und musste natürlich ebenfalls noch einmal ins Zimmer, unter anderem auch um die Sitzung zu bezahlen. Dort erfuhr ich, dass er uns nicht helfen könne, zumal Manuela seiner Meinung nach Borderlinerin ist und verweist mich an eine andere, dafür kompetentere Stelle. Na, ihr lieben Freunde und Mitleser, da habe ich mal geschluckt. Manuela war natürlich nicht zuhause, sondern ist in ihre Wohnung gefahren. Sie hebt jedoch wieder einmal nicht ab, wenn ich sie anrufe und ignoriert auch mein Läuten an der Tür. Ich lese in der Zwischenzeit auf Wikipedia alles über das Borderline-Syndrom und fahre dann mit einem Blumenstrauß zu ihr, um die Situation wieder zu beruhigen. Es ist sinnlos und ich wäre ohnehin nur ein „Arschloch" und „Negerficker". Das habe ich also davon, dass ich erwähnt habe, mich einmal in ein schwarzes Mädchen verliebt zu haben. Mit so jemand wie mir wolle sie ohnehin keine Beziehung, wir passen sowieso gar nicht zusammen und alles wäre Scheiße.

Seit Monaten bekomme ich in regelmäßigen Abständen verbale Ohrfeigen von Manuela. Wieso lasse ich mir ständig beleidigende Bemerkungen gefallen und versuche auch noch zu beschwichtigen? Es wäre logischer auf Gegenangriff überzugehen, aber das will ich nicht und tue die Beleidigungen damit ab, dass sie von Manuela ja möglicherweise doch nicht so gemeint sind. Immer wenn es einige Tage harmonisch war, folgte darauf der nächste Beziehungsvandalismus ihrerseits – wie ein heftiges, reinigendes Gewitter, das oft nach einem schönen, heißen Sommertag entsteht. Ich habe Manuela weder betrogen, noch je angelogen. Ich lasse sie erst einmal in Ruhe, denn sie hebt das Telefon ohnehin wie üblich nicht ab und reagiert auch nicht auf meine Nachrichten. Es ist mittlerweile normal, dass wir uns oft zwei, drei Tage nach einem Streit nicht mehr sehen und uns dann erst zusammentelefonieren. Zwei Wochen später denke ich, dass sich die Angelegenheit beruhigt und auch erledigt hat und fahre abermals mit Blumen zu Manuela. Diesmal jedoch in die Firma, in der sie arbeitet und es scheint ihr peinlich zu sein. Wir gehen in den Hof und ich bitte sie, alles nochmals zu überdenken und meine, dass wir es vielleicht doch gemeinsam schaffen könnten, wenn wir es wollten, denn ich will und ich liebe sie. Manuela will aber nicht und ich fahre traurig nach Hause und weine.

Sie mag einfach nicht mehr und hatte auch kein Interesse an einem klärendes Gespräch. Für sie gäbe es nichts mehr zu besprechen. Ich hingegen hätte es so gebraucht, denn ich habe trotz aller Gemeinheiten ihrerseits nie aufgegeben, an ein gemeinsames „Uns" zu glauben – und sie wirft einfach alles hin.

Später erfahre ich noch über gemeinsame Freunde, was ich für ein Arschloch wäre und es gäbe überhaupt nichts Gutes, das Manuela in diesen gemeinsamen zwei Jahren an mir beziehungsweise unserer Beziehung gesehen hätte. So sehr sie mich oft idealisiert hat, nun bin ich einfach nur der Böse für sie. Wenn ich sie heute noch ab und zu sehe, rede ich kein Wort mit ihr und sie ist tatsächlich der einzige Mensch, den ich nicht einmal grüßen möchte.

Ich bin gestern größtenteils im Zimmer gewesen und habe nur getippt. Ich war weder beim Frühstück, noch beim Mittag- oder Abendessen. Wettermäßig war es ganz schlecht, aber ich bin für drei, vier Stunden mit dem Taxi ins Stadtcenter gefahren. Es war Markttag und ich musste mir unter anderem eine knallgelbe, gefakte Adidas-Jogginghose, die einfach nur retro und total genial aussieht, um fünf Euro kaufen. Das Gelb tut schon fast weh und damit ihr euch etwas darunter vorstellen könnt – es ist dasselbe Gelb wie dieser Leuchtstift, mit dem man wichtige Stellen in seiner Diplomarbeit oder auch nur im Playboy markieren kann. Von Annemarie habe ich auf WhatsApp nichts Neues bekommen, aber dafür wieder einige Nacktfotos von Carla und mit Herrn O. und Samira kommuniziere ich ohnehin ständig. Auch mit Soraya, die gerade in Málaga als Übersetzerin tätig ist, chatte ich im Moment unregelmäßig. Sie schreibt auch gerade an ihrer Masterarbeit und ich bin neugierig, ob wir uns in einigen Monaten, wenn sie retour ist, wirklich einmal treffen werden. Seitdem wir miteinander mailen wächst allerdings meine Befürchtung, dass sie ähnlich gestrickt ist wie Mia und für Egoisten und kaltherzige Menschen habe ich in meinem Leben eigentlich keinen Platz mehr. Wenn das stimmt, was mir Mia früher von der Freundin ihres Bruders erzählt hat, sind sie sich eigentlich sehr ähnlich und auf das würde ich gerne verzichten. Ich dachte mir schon beim Kennenlernen, wie viel dieses Mädchen eigentlich mit Mia gemeinsam hatte, obwohl ich sie da noch gar nicht kannte und auch nicht wusste, wer sie ist. Da hat sich Mias Bruder eine eins zu eins Kopie seiner Schwester geangelt was den Humor, das Aussehen, die Figur und die Art angeht. Ich hoffe erst mal trotzdem, dass ich mich bei Soraya täusche und werde versuchen, sie erst einmal auf eine nette Art und Weise per Mail besser kennen zu lernen. Wenn sie dann aus Málaga retour ist, möchte ich sie gerne auch persönlich treffen, sofern sie das dann ebenfalls möchte. Ich finde sie einfach cool und extrem lustig und locker und sie gefällt mir sehr. Sie ist ein wirklich hübsches, lässiges Mädchen und so erfrischend natürlich im Vergleich zu diesen ganzen Tussis, die sonst so herumlaufen.

Gestern Abend hat mich eine Familie angesprochen, ob ich alleine hier wäre und im Gespräch waren sie dann neugierig, ob ich auch schon Kinder hätte, was ich verneinen musste. Ich habe mir im Foyer die Klavierspielerin angehört, die täglich wunderbare, klassische Stücke zum Besten gibt – wirklich schön. Leider konnte ich die musikalische Darbietung nicht richtig genießen, denn die beiden Eltern wollten ständig mit mir quatschen und mir dann noch erklären, wie wunderbar es ist, ein Kind zu haben und dass dies ja das Schönste auf der Welt wäre. Das ist halt immer Ansichtssache, wenn man mit seinem Partner und sich selbst nichts mehr anzufangen weiß, kann man natürlich ein Kind in die Welt setzen, um seinem Leben wieder einen Sinn zu geben. Für viele ist das ja auch der ganze Inhalt ihres Daseins. Für mich hingegen ist die Bedeutung des Lebens maximal, seiner Existenz Sinn zu geben, egal um was es sich dabei handelt oder auch etwas völlig anderes. Es ist mir völlig gleich, wieso wir auf der Welt sind und ich bin kein Philosoph und klinke mich bei solchen Diskussionen lieber aus. Auch auf Facebook vermeide ich es, mich an politischen oder religiösen Diskussionen zu beteiligen. Es ist einfach zu mühsam, mit so vielen intoleranten Idioten zu diskutieren und führt zu nichts. Davon abgesehen gibt es ohnehin Millionen von Einträgen und intelligenten Sprüchen, die uns suggerieren sollen, um was es eigentlich im Leben ginge. Aber all die schlauen Sprücheklopfer sind sowieso die Menschen, die selber alles anders beziehungsweise falsch machen und mit ihren Mitmenschen ebenfalls nicht korrekt umgehen. Um mir zu beweisen wie schön das Elterngefühl wohl sein könnte, wollte mir die Frau tatsächlich ihr Baby in die Hand drücken. Ich hatte im Moment überhaupt keine Lust, ein fremdes Kind in den Arm zu nehmen und ihnen irgendein „ach, wie süß" vorzugaukeln und habe höflich abgelehnt. Jetzt mischt sich auch noch ihr Mann ein und meint, ich solle es doch einmal versuchen, um auch dieses wunderbare Gefühl zu verspüren, ein kleines Menschenwesen zu halten. Ja, ich habe schon öfters ein Baby im Arm gehabt und es war bis auf die Situation, sein eigenes „fremdproduziertes" Kind im Arm zu halten, auch immer schön. Ich erinnere mich an meine lieben Freundinnen Karin und Gabi, die ich bei der Geburt ihrer Babys im Spital besuchte und deren Neugeborene ich gerne liebevoll in den Arm nahm und es war ein schönes Gefühl diese zu halten. Aber spätestens jetzt reicht es mir auch wirklich mit dieser nervigen Ossi-Familie mit ihrem furchtbaren Regina Zindler-Dialekt. Ich sage, dass es für mich das gleiche Gefühl wäre, wenn ich beim Metzger zwei Kilo Fleisch bestelle und im Arm halten würde, nur mit dem Unterschied, dass mich das Fleisch nicht vollsabbert. Liebe Freunde, ihr könnt euch die bösen Blicke gar nicht vorstellen und die beiden waren schneller weg, als ich „Pfiat di" und „Gott zum Gruß" sagen konnte.

Ich bin ja nicht abgeneigt eventuell einmal Vater zu werden, nur im Moment verspüre ich diesen Drang eben nicht unbedingt. Außerdem ist gerade für dieses wichtige Ereignis auch die richtige Partnerin nötig. Unglaublich, dass manche Paare nach dem Kennenlernen schon oft Wochen oder nur Monate später heiraten und dann auch gleich mit der Nachwuchsplanung anfangen - mit der unüberlegten wohlgemerkt, denn nicht umsonst gibt es so viele Patchworkfamilien. Mit einigen meiner Freundinnen hätte ich es mir vorstellen können und mit vielen anderen wiederum nicht. Solche Dinge beziehungsweise Ansichten ändern sich jedoch auch ständig, so wie man sich selbst beziehungsweise seine Einstellung eben auch mit der Zeit, dem Alter und seiner jeweiligen Reife wandelt. Veränderung ist ja auch nichts Schlechtes. Wichtig ist es nur ein guter Mensch zu bleiben und das ist mein Ziel – heute ein besserer Mensch zu sein, als ich es gestern war.

Es ist Mitternacht, ich bin müde und mir tun die Handgelenke schon weh. Der Sessel und die Ablage, auf der mein Laptop steht, sind auch nicht in optimaler Höhe für langes Schreiben, aber allzu viel fehlt auch nicht mehr und ich habe es geschafft. Ob dieses Buch dann wirklich einen Verleger findet sei dahingestellt. Falls ihr das hier gerade in den Händen hält oder lesen könnt, hat es funktioniert und ich kann euch meine Geschichte erzählen – mein Leben mit all seinen Höhen und Tiefen, private und vielleicht auch peinliche Einblicke in das Leben eines normalen Menschen. Jemand der kein berühmter Tennisspieler oder sonstiger Prominenter ist, der seine Memoiren über einen angemieteten Ghostwriter zum Besten gibt. Ich bin lediglich jemand wie ihr, ein Durchschnittsmann mit mäßigem Einkommen und ein Typ mit großem Herzen. Ich teile mit euch manche meiner Erlebnisse und erzähle von meinen Träumen. Ich bin oft gefallen und immer wieder aufgestanden. Ich bin vierzig Jahre alt und mehr als die Hälfte meines Lebens ist schon vorbei. Ich gebe die Hoffnung nicht auf, auch jetzt noch mein passendes Gegenstück in dieser Welt zu finden und das dürft ihr auch nicht. Es geht immer weiter, auch wenn es manchmal nicht so aussieht.

Mia

Zwischen Manuela und Mia vergingen zwei Jahre, die ich mit einigen ONS-Erlebnissen und Besuchen bei Speeddating-Veranstaltungen überbrückt habe. Speeddating ist wirklich lustig. Am Anfang traute ich mich nicht wirklich hinzugehen, aber es ist unkompliziert. Du datest innerhalb kürzester Zeit bis zu zehn Frauen und nur wenn diese auf ihrem Datingzetteln ankreuzen, dich wiedersehen zu wollen und du dich auch für sie entschieden hast, bekommst du vom Veranstalter am Tag darauf deren Kontaktdaten. Von hässlichen, fetten Weibern bis zu modelmäßigen, jungen, orgasmusspendenden Kätzchen ist dort alles vertreten. Auch die Männer sind eine Mischkulanz zwischen Atze Schröder und Chippendale-Mitgliedern. Somit ist meistens für jeden etwas dabei und manchmal halt eben auch nichts.

In fünf Speeddating-Events konnte ich drei Frauen dazu gewinnen, mich mit ihnen zum Sex zu treffen beziehungsweise zu verabreden. Zwei davon waren ohnehin wieder einmal vergeben und die dritte wollte auch nur jemanden für eine Sexbeziehung und die große Liebe beim Speeddating zu treffen, daran glaubt sie nicht. Wobei es bei anderen sicherlich auch schon funktioniert hat und ich sage immer: es ist alles genauso möglich, wie es unmöglich ist. Egal, zurück zu Mia.

Mia lernte ich über gemeinsame Bekannte auf einer Silvesterfeier kennen. Sie saß abseits und ich habe mich dazugesellt. Sie war mehr als abweisend, aber irgendwie haben wir begonnen uns zu unterhalten und sind dann noch gemeinsam auf ein Silvesterclubbing gegangen. Ihre Telefonnummer hat sie mir auch gegeben und wir haben die Tage darauf ein wenig hin- und hergesimst. Ein erstes Treffen wurde von ihr auf drei Wochen verschoben, da sie momentan keine Zeit und natürlich auch kein Interesse hätte, jemanden kennen zu lernen. Sie hat sich in den letzten Jahren selbst lieben gelernt und ist glücklicher Single. Schön für sie, nur für mich wirken solche Sprüche eher desillusioniert und frustriert. Nur einen Tag nach Silvester lernte ich auch zufällig ein Mädchen namens Andrea kennen, die sich gleich mit mir treffen konnte beziehungsweise wollte. Andrea war wirklich nett und auch sehr lustig und sie machte mir nach dem ersten Treffen auch gleich klar, dass sie sich mit mir nur weiterhin für Sex verabreden möchte und kein Interesse an einer fixeren Beziehung hätte. Das fand ich sehr schade, denn zu diesem Zeitpunkt wollte sich Mia mit mir ohnehin nicht treffen, da sie täglich mit Sport eingedeckt war und für mich laut eigener Aussage kein Zeitfenster übrig hatte. Was für ein toll gewählter Satz ihrerseits übrigens. Der Sex mit Andrea war sensationell gut und obwohl sie erst knappe zwanzig Jahre war, fickte sie wie eine erfahrene Vierzigjährige. Sie weiß genau, was sie braucht, nimmt es sich auch und beherrscht es, es dem Partner ebenfalls so richtig zu besorgen. Andrea mochte es in den Arsch und sie schluckte auch gleich beim ersten Mal. Wir trafen uns drei Wochen lang und hatten einige Male Sex. Nachdem sie jedoch sogar im Bett direkt neben mir beim Kuscheln danach ständig nur auf ihrem Handy mit anderen Typen korrespondierte und flirtete, war auch mir klar, dass hier nicht mehr möglich wäre. Eigentlich schade, denn ich mochte sie gern, aber sie hatte einfach völlig andere Interessen und Ansichten von einer Beziehung. Nun war auch endlich der Zeitpunkt gekommen, an dem Mia mich einmal treffen wollte. Wir waren bei unserem ersten Date Billardspielen und etwas trinken. Es war total lustig mit ihr und ich kann nicht sagen, dass es bei mir Liebe auf den ersten Blick war, aber es war auf jeden Fall absolute Begeisterung auf den ersten Blick. Mia erzählte mir von ihrer furchtbaren Vorbeziehung und sie hatte mit ihrem Freund dieselben beziehungsweise ähnliche Dinge erlebt, wie ich mit Manuela. Auch ihr Freund war übertrieben eifersüchtig und hat sie oft in der Öffentlichkeit zur Sau gemacht, nur weil sie zum Beispiel nett zu einem Angestellten war oder auch einfach mal jemanden im Zuge eines Gespräches an der Schulter berührte. Mia war die Juniorchefin eines mittelgroßen Hotels bei uns im Dorf und ihr Exfreund war der Koch des Hauses und ist es immer noch. Warum sollte sie ihn auch kündigen, nur weil er jetzt ihr Expartner ist. Er macht seine Arbeit ausgezeichnet und kocht wunderbar, wie ich selbst einmal feststellen konnte. Leider ist er auch ein Wichtigtuer und Geschichtenerzähler. Als Typ uncool, nur Gott der Allmächtige beziehungsweise der gute alte Allah wissen, was Mia an dem gefressen hat. Ein Blender eben, der sich gut verkaufen und ausdrücken kann. Mir fehlt dieses Talent. Mia ist ein fleißiges Mädchen, äußerst intelligent, wirklich cool und so witzig. Nachdem sich herausstellte, dass ich Mia nun öfters treffen konnte, habe ich den Kontakt mit Andrea komplett abgebrochen, denn ich wollte mir um nichts auf der Welt das nähere Kennenlernen mit Mia vermasseln. Mia und ich trafen uns anfangs nur alle zwei Wochen und irgendwann verabredeten wir uns auch bei mir zuhause zum gemütlichen DVD schauen. Ich habe uns etwas Feines gekocht und so kamen wir uns ein wenig näher und landeten zum Kuscheln auch im Bett. Vorerst noch alles ohne Sex und mir gefiel dieser langsame Start sehr gut. Endlich eine Frau die so anders war. Mittlerweile denke ich aber, dass Mia zu diesem Zeitpunkt ohnehin andere Sexbeziehungen laufen hatte und es deshalb nicht so eilig mit dem Sex mit mir hatte. In dieser Zeit hörten wir beim Kuscheln stets die tollen Songs aus der Sunny-Side-up-CD-Reihe und weil ich das Kuscheln ohne Sex mit Mia schon so genossen habe und wir diese Musik beide mochten, nannte ich diese Serie seit unserer ersten Kuschelzeit SaMi-Side up Musik. SaMi steht wie ihr ja bereits wisst für Sascha & Mia und so wie man sich als Jugendlicher Mixtapes machte, habe ich begonnen, all diese Lieder zu sammeln und Mia zwischendurch eine SaMi-CD zu brennen. Viel von den meist englischen Texten habe ich ohnehin nie verstanden, aber es war die Melodie und die Musik selbst, die mich berührten und Gefühle auslösten.

Die Kombination Musik und Mia im Arm zu halten empfand ich einfach als wunderbar und ich fühlte mich so wohl in ihrer Nähe. Nachdem wir ja kein Paar waren, konnte zu dem Zeitpunkt ohnehin jeder tun was er wollte. Allerdings wollte ich gar niemanden anderen mehr, nicht einmal nur fürs Bett. Mia hingegen erklärte mir an den darauffolgenden Tagen, dass sie sich zwar auch gern mit mir trifft, aber ich nicht glauben bräuchte, eine Monopolstellung bei ihr zu haben und sie auch für andere Männer verfügbar sein möchte. Sie ließ aber offen, ob dies datemäßig oder nur freundschaftsmäßig gemeint war. Mia ist überzeugter Mingle. Laut Internet ist „Mingle" eine Wortschöpfung aus „mixed" und „Single" und bedeutet, dass man offiziell Single ist, aber gleichzeitig temporär einen beziehungsähnlichen Zustand hat. Mia bevorzugt im Moment diese Art von Halbbeziehung und möchte weiterhin auch verfügbar sein, falls sich etwas Besseres ergibt. Mit dem einen unternimmt man dies und das und mit dem anderen schläft man. Unklar wer von beiden ich sein werde und wie viele andere es noch gibt. Vielen Dank moderne Welt, nur weil Frauen sich nicht festlegen wollen, muss ich jetzt diese Art von Beziehung führen. Es ist ein immer häufiger werdender Beziehungsstatus und entspricht leider dem heutigem Zeitgeist. Das hat mich natürlich nicht sonderlich gefreut, denn ich wollte zu diesem Zeitpunkt nur noch eines: Mia näher und besser kennenzulernen und mein Wunsch war es mit ihr zusammenzukommen.

Ich dachte wir hätten so viel gemeinsam, verstanden uns gut und auch die Geschichte unserer gemeinsamen Expartner würde uns zeigen, was wir beide im Leben nie mehr möchten und was wir gemeinsam besser machen könnten. Mia hatte ihre fixen Tage: montags Yoga, dienstags Power Plate, mittwochs Mädchenabend, donnerstags war auch meist besetzt und freitags wieder Power Plate und am Wochenende ging sie lieber mit ihrem Bruder auf die Piste als mit mir. Es war schwer, Termine mit ihr zu finden und die ersten sechs bis acht Wochen trafen wir uns ohnehin nur einmal die Woche und dann auch erst immer abends ab zwanzig Uhr. Da lässt sich auch nicht mehr allzu viel machen, dennoch nutzte ich die Zeit, um uns kuschelmäßig näher zu kommen. Ich bin da so anders. Hätte ich fünf Termine in der Woche, lasse ich doch locker einfach einen oder auch mehrere sausen, um mich mit Mia treffen zu können. Umgekehrt war ich ihr anscheinend nicht wichtig genug, auch nur einen einzigen ihrer Sporttermine für mich zu verschieben. Auch der Sex, zu dem es dann zwangsläufig kam, war zu Beginn eher gewöhnungsbedürftig. Anfangs lag sie oft nur da wie ein toter Fisch. Obwohl Mia eine selbstbewusste, toll aussehende Frau war, hatte sie keine Ahnung, wie man einen Schwanz richtig abmassiert und bearbeitet und wollte es auch überhaupt nicht in den Arsch. Sie hat mir dann aber klargemacht, dass sie eigentlich sehr auf Arschficken stünde, sich aber aus Reinlichkeitsgründen kurz vorher immer einen Einlauf machen möchte. Das war sie auch von früher immer so gewohnt und das wäre am Anfang unserer Beziehung zu umständlich. Ist es natürlich überhaupt nicht, denn es ist ja auch in meinem Interesse. Nachdem sie sich dann vor dem Sex bei mir oder ihr zuhause leergeschissen und ihren Einlauf gemacht hat, ohne dass dies jemanden peinlich sein musste, war es ein Offenbarung, Mia in ihren Arschkanal zu ficken. Sie ging dabei so richtig ab, wuchtete sich mein bestes Stück bis zum Anschlag in ihr Loch und zappelte wie ein Fischlein im Trockenen, wenn sie kommen musste. Keine Spur mehr von tot und es war geil anzusehen, wenn sie ihre nicht zu kontrollierenden Spasmen hatte – ähnlich wie bei mir, denn mein rechtes Bein zuckt auch von selbst, wenn ich komme. Zum ersten Mal bekam ich auch einmal ein Kompliment beziehungsweise nette Worte von ihr. Sie hätte ja schon viel in ihrem Leben gefickt und dachte auch, sie würde mit ihren bisherigen Sexpartnern schon gute Ficks erlebt haben, aber seit dem Sex mit mir weiß sie nun endlich, was es heißt so richtig geil abzuficken beziehungsweise was ein Sexabenteuer wirklich ist. Ich bedanke mich, kann allerdings das Kompliment leider nicht zurückgeben. Ich dachte mir ja, nachdem sie schon so viele Ex- beziehungsweise Fickfreunde gehabt hat, dass sie wesentlich geiler wäre beziehungsweise mehr Ahnung vom Schwanzlutschen und richtig schmutzig, geilem Sex hätte. Es wurde aber noch wirklich sehr lustig mit uns. Mein Opa war im Krieg Stuka-Pilot, was sicher weniger lustig war und er hatte unserer Familie quasi eine alte Nazi-Ausgehuniform vererbt, die mir perfekt passte. Kennen gelernt habe ich ihn nie, denn den Vater meiner Mutter haben sich kurz vor Kriegsende damals noch die Russen geholt, aber die Uniform lag schon ewig bei uns zuhause herum. Den Totenkopf und das Swastika-Symbol habe ich mit einem Micky

Mouse Sticker abgeklebt und Mia fand es geil, dass ich sie als Sexsklavin in dieser Uniform so richtig durchgefickt habe. Dabei ist sie richtig aufgeblüht und Rollenspiele wie „Nazi-Scherge vergewaltigt Judenmädchen" haben sie richtig heißgemacht. Jedes Mal bekam sie einen anderen schönen jüdischen Namen, Hannah, Esther, Sarah und Rachel und alle bestanden sie darauf, dass ich es ihnen im Keller brutal in ihr Arschloch besorge. Zum besseren Verständnis wie das abgelaufen ist, empfehle ich, die Vergewaltigungsszene in der Unterführung im Film „Irreversible" mit Monica Bellucci anzusehen.

Natürlich wurde die Nazidrecksau vom Judenmädchen ebenfalls nach Belieben missbraucht und es war herrlich so zu switchen. Mias bisheriger Sex musste mehr als langweilig und einfallslos gewesen sein und sie blühte dabei richtig auf. Ich musste mich anfangs konzentrieren, überhaupt einen Ständer zu bekommen, weil ich bei Blowjobs ihrerseits nicht einmal richtig ihre Lippen an meinem Schwanz spürte und sie auch relativ steif im Bett herumlag. Das alles war aber völlig egal. Ich habe mich in sie verschaut und jeder ist aufgrund seiner Vorerfahrungen auch auf einem anderen Sexlevel. Jedermann kann den Partner sexuell in eine Richtung führen, die für beide akzeptabel ist. Langsam erforscht man sich und den anderen und plötzlich beziehungsweise nach zwei, drei Versuchen passt es auch sexmäßig meistens. Der Sex mit Mia sollte sich dann noch abartig geil entwickeln, obwohl er für mich ohnehin nur zweitrangig war, denn ich wollte Mia überhaupt näherkommen und war nicht nur auf das Körperliche aus. Ich habe mich in sie verliebt. Eines Abends nach dem Sex fragte ich sie, ob wir es denn nicht miteinander probieren möchten. Fix also, aber sie antwortet nur mit einem knappen „nein" und fliegt erst einmal eine Woche mit ihrer besten Freundin in den Urlaub. Wir trafen uns dann auch weiterhin und wenn wir gemeinsam in die Stadt oder in die Disco gingen, war es ihr immer wichtig, dass wir getrennt voneinander spazieren. Ein Händchenhalten, so gab sie mir zu verstehen, war nicht gewünscht und oft hat sie sich ihre Hände auch in die Hosentaschen gesteckt, um mir zu zeigen, dass es gar keinen Sinn hat, wenn ich ihr eines meiner Patschhändchen reichen würde. Noch abweisender ging es eigentlich gar nicht mehr. An Wochenenden an denen ich alleine fortgegangen bin, weil sie beispielsweise noch gar nicht wusste, was sie machen wollte und sich aber trotzdem sicher war, für mich keine Zeit zu haben, traf ich sie oft, aber eben auch zufällig mit ihrem Bruder in derselben Disco. Sie machte jedoch keine Anstalten, mich auch nur irgendwie zu begrüßen und ich habe ihren Wunsch akzeptiert, dort alleine zu bleiben und mit anderen Typen oder ihrem Bruder zu tanzen. Ich wollte eben nicht lästig sein oder ihr vermitteln, dass ich irgendwelche Besitzansprüche hätte. Ich fand es allerdings superlustig, wenn wir gemeinsam zum Shaken ausgingen. Sie hat nämlich ständig mit ihrem Handy die geilen Ärsche von anderen Frauen oder Gogotänzerinnen in Großaufnahme fotografiert und ihrem Bruder geschickt. Er stünde genauso auf geile, knackige Frauenärsche wie sie selbst und diesbezüglich wollte sie ihm etwas Gutes tun. Hätte er als Mann fremde Frauenärsche fotografiert, wäre er natürlich sofort aus jeder Disco geworfen worden und so war das seit langem schon ihr Job. Hätte ich meine Schwester um so etwas gebeten, hätte sie sicherlich nur den Kopf geschüttelt. Schön, Mia mochte also auch das weibliche Geschlecht und liebte ihren Bruder wohl sehr, nachdem sie ihn mit unzähligen solcher Fotos verwöhnte. Ich hoffe nur die Liebe ist eine andere als im Song „Geschwisterliebe" von den Ärzten. Ich habe jetzt schon seit drei Monaten eine Art „Freundschaft plus"-Beziehung mit Mia und noch immer war ihr nicht einmal meine Meinung irgendetwas wert. Einmal wollte sie sich neue Boots kaufen, hat diese im Shop fotografiert und das Pic ihrem Bruder gemailt. Sie wollte wissen, was er dazu sagt und als sein „Okay" zurückkam, hat sie die Stiefel gekauft. Gut, warum sollte sie auch mich direkt vor Ort im Shop fragen, ob sie denn auch mir gefielen? Selbst wenn sie mir missfallen hätten, hätte sie die Boots ja trotzdem gekauft. Außerdem hatten wir ohnehin den gleichen Geschmack, aber ich fühlte mich aufgrund solcher Aktionen doch stets ein wenig ausgeschlossen, denn immerhin war ich auch ihr Begleiter und Vertrauter. Ich glaube das war allerdings eher Absicht, um mir zu zeigen, wie wenig ihr meine Meinung wert ist. Gerade diesbezüglich ihren Bruder zu konsultieren empfand ich sowieso als einen Witz, denn dieser rannte ohnehin nur in Turnschuhen, Kapuzensweatern und Baggyhosen herum und hatte von Mode wie Mia und ich sie trugen überhaupt keine Ahnung. Genausogut hätte sie einen neunzigjährigen Regenwurmzüchter am anderen Ende der Welt fragen können, was in unserem Dorf gerade „in" ist. Egal. Nun übernachtete Mia auch schon einige Male bei mir und auch ich durfte bei ihr schlafen. Wenn ich spontan das Gefühl verspürte zu ihr fahren zu wollen, um sie zu drücken oder eventuell kurz zu besuchen, musste ich natürlich vorher anrufen und oft hatte dann sie keine Zeit. Entweder hatte sie anderen Fick-Besuch oder war ohnehin aufgrund ihrer vielen Freizeitbeschäftigungen und anderer Freunde eingedeckt. Ich nahm das alles in Kauf und dachte mir nur, ich gebe ihr alle Zeit der Welt. Sie soll sehen, dass wir eigentlich soviel gemeinsam haben und uns so gut verstehen und vielleicht ändert sie ihre Meinung mich betreffend ja doch noch. Ich war ja nicht so eingebildet um anzunehmen, Mia müsste sich doch einmal in mich verlieben, weil ich so ein toller Typ bin. Nein, aber ich habe ehrlich gesagt gehofft, dass sie sich in mich verschaut beziehungsweise mich mag, weil ich so bin wie ich bin, mit all meinen Vorzügen und auch Fehlern und dass sie mich meines Wesens wegen mag. Dass ich nicht perfekt bin ist mir natürlich klar. Streit hatten wir in all den Monaten keinen einzigen. Mia hatte eine große Familie, den Bruder und eine Schwester, die schon zwei Kinder hatte und sie war von klein auf jahrelang mit ihrer ganzen Familie überall auf der Welt beziehungsweise dem Meer unterwegs, bis der Vater sich mit ihrer Mutter zerstritten hat. Ich habe mir das wunderschön vorgestellt, wie in einer Sendung über Ernst Klaar, die ich einmal gesehen habe. Dieser Kerl fuhr monatelang mit seiner Frau und drei oder vier kleinen Kindern in einem Segelschiff auf den Weltmeeren herum. Gemeinsam als Familie tauchten sie nach alten Schätzen und haben auch viele Wracks gefunden und abenteuermäßig erforscht. Dabei haben sie auch so manche jahrhundertealte Silberdublone und sogar auch antike Schiffskanonen gefunden und geborgen. Für die zwischen fünf und zehn Jahre alten Kinder musste das ein Erlebnis gewesen sein. Damals war das von der UNESCO wohl auch noch nicht verboten, privat auf Schatzsuche zu gehen. Mia hatte aber in letzter Zeit immer öfter Stress mit ihrem Vater und wenn sie mir davon erzählte, wurde ich auch oft traurig, weil ich Mia schon so gerne hatte. Sie tat mir leid, wenn sie sich deswegen aufregte oder deprimiert war. Ich fand es auch einfach nicht fair, dass ihr Vater ihr ständig vorwarf, mit ihren vierzig Jahren noch nichts erreicht zu haben, kinderlos zu sein, nicht einmal einen Partner zu haben, nur ständig auf Partys abzuhängen und auch noch Drogen zu konsumieren. Das alles war Blödsinn, denn Mia leitete den riesigen Betrieb mit Unterstützung ihrer Mutter völlig allein, koordinierte alles und das Hotel lief unter ihrer Führung wahnsinnig gut. Ich kannte überhaupt keinen einzigen Menschen, der so fleißig und kompetent war wie Mia. Für mich hätte sie den Titel „Geschäftsfrau des Jahres" verdient. Zu gern nur hätte ich ihrem Vater, den ich nie kennen gelernt habe, gesagt, er solle anstatt ständig zu meckern lieber stolz auf seine Tochter sein. Was hat er schon vorzuweisen, außer seiner Kinder, einer wunderbaren Exfrau und die Firmengründung vor vierzig Jahren? Kinder und einen

Betrieb haben andere Menschen auch. Gut, ich nicht, aber egal. Zu seiner Ex Frau ist er gemein und ungerecht und seinen Kindern gegenüber oft ein Tyrann. Menschlich und charakterlich braucht er auch nicht stolz auf sich zu sein. Er hat sich unter anderem zwei Nebenfrauen gehalten, diese auch noch geschwängert und sich damit noch großspurig und eitel präsentiert. Wie mag sich seine Frau dabei fühlen? Und dann gibt so ein Typ auch noch Ratschläge zu perfekten Partnerschaften – das erinnert mich wieder an den hundertzwanzig Kilo schweren, fetten Fitnesstrainer. Da kommt irgendwie mein Beschützerinstinkt zum Vorschein, nur andererseits laufe ich in Mias Leben ja nicht einmal unter ferner liefen und vielleicht ist es auch besser, ihren Vater somit nie kennen gelernt und ihm die Meinung gesagt zu haben. Ihre Mutter ist eine wunderbare Frau. Ich habe sie bis zu diesem Zeitpunkt einmal gesehen und ich mochte diesen herzlichen und lieben Menschen. Mia fliegt mit ihrem Bruder nach Griechenland und ich freue mich, wenn sie wieder zurück ist und mache ihr den Vorschlag, sich drei Monate lang zu überlegen, ob wir es nicht als fixes Pärchen miteinander probieren möchten. Ich glaube, dass Mia Angst hat, sich eventuell wieder mit einem eifersüchtigen Irren einzulassen, der ihr alles verbietet und Wutausbrüche bekommt wie ihr Exfreund. Dieser hat ihr nichts erlaubt und wollte ihr auch verbieten, alleine auf Urlaub zu fahren. Ich habe ja auch noch die Erlebnisse von Manuela im Kopf. Da ich aber genau weiß, dass Mia ihre Freiheit liebt und ihr das sehr wichtig ist, verspreche ich ihr, dass ich kein Problem damit habe, wenn sie auch weiterhin mit ihren Freundinnen auf Urlaub fahren möchte. Sie könne natürlich auch weiterhin mit ihrem Bruder oder wem auch immer alleine fortgehen und ich vertraue ihr in allen Dingen. So sind die Monate vergangen und es ist geschehen.

Wir machen ein wenig mehr miteinander, doch Händchenhalten in der Öffentlichkeit gibt es weiterhin nicht wirklich. Ich akzeptiere das und mache keinen Stress. Mich stören auch die vielen Wochenenden nicht, an denen Mia nichts mit mir unternimmt, sondern nur mit ihren anderen Freunden oder Freundinnen und wir uns auch tagelang gar nicht sehen. Traurig ist es zwar, wenn ich sie anfangs der Woche frage, ob wir am Wochenende dieses oder jenes machen und die Antwort immer dieselbe ist:„schauen wir mal". In ihrer Rosinenpickerart wartet sie meist noch auf weitere Anfragen und Dinge, die sie mit anderen Leuten bevorzugt und nur wenn sich sonst nichts ergibt beziehungsweise keine ihrer Freundinnen Zeit hat, erklärt sie mir meist donnerstags oder spätestens freitags „ja, können wir machen". Ich freue mich dann immer sehr, weil ich einfach gern Dinge mit ihr unternehme und der leichte bittere Beigeschmack, dass ich wahrscheinlich wieder nur die Notlösung für sie war, verfliegt dann relativ schnell durch meine Begeisterung, Zeit mit ihr verbringen zu können. Der Sex wird immer besser und wir harmonieren nun perfekt. Mia, die als Kind mit ihren damals noch glücklichen Eltern ebenfalls viel Zeit auf einem Segelschiff verbracht hat, beherrscht viele

Seemannsknoten. Eines Tages hängt sie mich mit Stricken an den Dachbalken ihrer Dachgeschosswohnung auf und fesselt mich, sodass nur noch meine Fußspitzen den Boden berühren. Sie geht ins Schlafzimmer, zieht sich um und überrascht mich mit geilen Heels und tollen Strümpfen, bläst mir meinen Schwanz, bespuckt mich und drückt ihren geilen Arsch über meinen Schwanz, der tief in ihr Fotzenloch eindringt. Ich habe so einen dermaßen harten Ständer und ihr rinnt der warme Mösensaft schon die Oberschenkel hinab. Ihre Beine glänzen dadurch wunderbar. Sie lockert die Seile und drückt meinen Kopf zwischen ihre geilen Beine. Ich lecke an ihrer rasierten Fotze und sie fordert mich auf, sie in ihren Arsch zu ficken. Das mache ich natürlich sehr gerne! Sie schlüpft aber schnell wieder von meinem Schwanz und bindet mir mit einem Schuhband meine Eier ab, jedes extra. Dann hockt sie sich auf den Esstisch und raucht sich eine Zigarette an. Während ich noch immer fixiert an der Decke hänge, massiert sie sich mit einer Hand ihr Arschloch und lässt mich dabei zusehen, während sie in der anderen Hand die Zigarette raucht und sich diese kurz in die Muschi steckt. Ich glaube, ich habe durch unsere bisherigen Sexspiele, die anfangs für Mia zwar befremdlich waren, inzwischen die Sexbestie in Mia befreit und bin mir auch sicher, dass ich sie in den nächsten Monaten auch noch zum Spritzen gebracht hätte. Ich bin mir sicher sie kann es und weiß es nur noch nicht beziehungsweise kontrolliert es noch zu sehr. Ich spürte immer den Druck in ihrer Vagina, wenn ich sie innerlich massiert habe. Das alles ist ein Anblick für Götter und ich bitte sie, mich loszubinden und wir gehen ins Schlafzimmer. Dort haben wir im Voraus schon mit einer Malerfolie, die es im Baumarkt zu kaufen gibt, das Bett überzogen, denn wir wussten vorher schon, dass es diesmal sehr feucht wird. Mia ist inzwischen sexuell so kreativ, dass es eine Freude ist und dass sie vorhatte, mich davor noch aufzuhängen, hat sie mir nicht verraten. Mia bläst meinen Schwanz mit Eiswürfeln in ihrem Mund. Dass ihr das nicht zu kalt an den Zähnen wurde, ist für mich ein Rätsel, denn sie machte es ohne Unterbrechung bis diese völlig geschmolzen waren. Ich jedenfalls spürte diese Kälte schon sehr und ich glaube meine Eichel war schon narkotisiert beziehungsweise kurz vor der Schockfrostung. Sie fettet sich ihre Füße mit Massageöl ein und wixt mit ihren geilen Zehen meinen Schwanz. Sie weiß, dass mir das gefällt, ihre rotlackierten Füße an meinem Körper zu spüren. Währenddessen lecke ich nun an ihrer Rosette und stecke ihr auch vier bis fünf Eiswürfel in ihr Arschloch. Sie zuckt zusammen, denn damit hat sie nicht gerechnet, aber findet die Idee sehr geil. Ich sage, „keine Angst Baby, es wird gleich heiß" und stecke ihr meinen natürlich mittlerweile wieder neu gummierten Schwanz in ihren Analkrater. Ich spüre die kalten Eiswürfel an meinem Eichelende und wie sie ihren Darm massieren und immer weiter in ihr Innenleben verschoben wurden. Sie selbst massiert sich nun noch ihre Fotze und ich weiß, dass Mia stets nur einige, wenige Minuten braucht, um ihre multiplen Orgasmen zu bekommen. Wenn ich sie hart durchficke schafft sie es auch in Sekunden, aber ich lasse mir Zeit. Ein wenig später treten die Spasmen auch schon ein. Ihr ganzer Körper vibriert, sie zuckt, als würde man sie mit einem Elektroschocker bearbeiten und sie schreit wie am Spieß. In dieser Zeit darf ich sie nie anrühren, denn jede Berührung löst nur wiederum unkontrolliertes Zucken aus. Ich halte mich aber oft nicht daran und verlängere quasi damit ihren Anfall. Sie sieht mich dabei immer böse an, doch ich weiß, dass sie es in einem gewissen Ausmaß ohnehin will. Nach einer kurzen Pause lässt sie das Ganze, inzwischen aufgetaute Eiswasser aus ihrem Arschloch rinnen. Es ist noch immer so klar und rein, als wäre es direkt aus der Wasserleitung oder einem bayrischen Gebirgssee, weil es auch noch relativ kalt war. Sie ist beruhigt. Wie gut, sich vorher wieder ordentlich ausgeschissen und gereinigt zu haben. Ich stecke ihr einen riesigen Buttplug in ihren After und sie ist entsetzt. Den habe ich am Vortag erst heimlich gekauft und so eine Größe hatte sie noch nie probiert. Er gleitet allerdings problemlos in sie hinein und Mia windet sich und stöhnt vor Wollust. Meinen Schwanz stecke ich ihr dann noch in die Fotze und jetzt muss es sich für sie anfühlen wie aufgespießt. Alles ist so eng und sie schreit, steckt sich ihre Finger tief in ihren Mund, spielt mit ihrer Zunge, leckt sich ihre Finger, spuckt und röchelt. Ihre Fotze ist immer noch triefend nass und sie hockt sich auf mich und reitet mich in dieser Doppelbestückung. Kurz darauf zieht sie sich mit der anderen Hand noch den Buttplug aus dem Arsch und kommt in genau diesem Moment noch einmal. Sie legt sich nun mit ihrer nassen, heißen, abgefickten Möse auf meinen Bauch und wir küssen uns. Sie zittert am ganzen Leib. Sie dreht sich um, setzt sich auf mein Gesicht, reißt mir den Gummi vom Schwanz und steckt ihn sich tief in ihren Mund. Meine immer noch abgebundenen Eier würgt sie brutal und drückt sie noch weiter nach unten beziehungsweise zieht sie in die Länge. Sie weiß, dass auch ich bei dieser Spezialbehandlung immer schnell kommen muss. Sie schiebt mir jetzt noch drei Finger ihrer anderen Hand in mein Arschloch und ich spritze ihr alles in ihren Mund. Sie schluckt es aber nicht, sondern spuckt es mir auf die Brust. Dann legt sie sich noch auf mich und wir atmen laut und erschöpft. Natürlich bindet sie mir vorher noch die Eier los, denn noch einige Minuten mehr und sie wären mir glaube ich aufgrund der brutalen Verschnürung abgestorben. Sie waren schon dunkelblau bis violett. Nach diesem geilen Fick empfinde ich es trotzdem eher als ein Gefühl zwar schon sehr geil gefickt, aber doch gleichzeitig auch mit Mia geschlafen zu haben, denn wir konnten uns beide fallen lassen und trotz all dieses Rough Sex war auch sehr viel Emotion dabei, auch wenn es aus der Beschreibung vielleicht nicht so hervorgeht. Normalerweise ist mit jemanden zu schlafen ja etwas anderes, als jemanden zu ficken. Doch mit Mia war das ein einziges Gefühl und wunderschön.

Ich glaube, dass sie sich mittlerweile ausschließlich nur noch mit mir trifft, aber die Sicherheit dafür gibt sie mir nicht. Sie lädt mich zwar bereits zum Essen am

Wochenende zu ihr nach Hause ein, ich bringe ihr und ihrer Mutter Torte in die Firma und koche ebenfalls für sie bei mir. In Discos oder wenn wir auf Freunde von ihr treffen, stellt sie mich jedoch noch nicht einmal vor. Ich erfahre, dass auch ihr Bruder eine Fickfreundin hat, die sich nicht sonderlich für ihn interessieren zu scheint und Mia mit ihm so Mitleid hätte, da er sie abgöttisch liebt. Sie fährt aber ständig ohne ihn auf Urlaub, macht auch sonst lieber alles alleine und hat noch andere Dinge beziehungsweise Typen nebenbei laufen. Damit er sie öfters sehen kann, reist er ihr sogar in den Urlaub nach, weil sie diesen sonst auch vorzugsweise alleine verbringt. Ich finde die Story merkwürdig, denn das erinnert mich eigentlich eher ein wenig an uns selbst und ich sage ihr, „schön, dass du so mit deinem Bruder mitfühlst, dann kannst du vielleicht auch verstehen wie es mir oft mit dir geht – nämlich gleich wie deinem Bruder mit seiner Freundin." Aber sie meint, das wären zwei verschiedene Dinge und die könne man nicht vergleichen. War ja klar. Der Name Soraya wurde damals nie erwähnt und inzwischen habe ich sie ja, wie ihr bereits wisst, durch Zufall in der Disco kennengelernt. Leider kann Mia so wunderbar argumentieren, nachdem sie als Hotelchefin viele Rhetorikseminare besucht hat. Sie muss auch ihre Angestellten manchmal zurechtweisen und deshalb weiß sie immer eine passende Antwort, die sie mir an den Kopf wirft und worauf ich nichts mehr zu sagen vermag. Ich bin leider nicht so schlagfertig wie sie und erst auf dem Heimweg fallen mir dann oft passende

Antworten ein, mit denen ich ihr den Wind aus den Segeln nehmen hätte können.

Wenn das alles stimmt, was Mia über die Beziehung ihres Bruders erzählt, dann wird irgendwann der Tag kommen, an dem dieser auch nicht mehr kann. Es ist ein Leiden mit anzusehen, wie ein geliebter Mensch einfach alles unternimmt, um nicht fix mit jemanden zusammen zu sein, sprich das Gemeinsame oder einen Beziehungsversuch boykottiert und stattdessen lieber seinen Egotrip forciert. Vielleicht schon in zwei Wochen oder erst in einem Jahr, aber auch er wird sich einmal zurückziehen und den Kontakt mit Soraya komplett abbrechen, um nicht länger mit ansehen zu müssen, wie sie alles Mögliche mit anderen Typen unternimmt und er nur ein Teil ihrer Freizeitgestaltung ist. Er wird dies mit großem Bedauern und unter Tränen tun müssen und vielleicht wird spätestens dann Mia auch einmal sehen beziehungsweise erkennen, dass ich und ihr Bruder eigentlich mehr gemeinsam haben, als sie glaubt beziehungsweise es ihr lieb ist. Mitleid mit ihrem Bruder kennt sie ja. Wir leiden, weil wir beide verliebt sind und wir lieben einen Menschen, der uns nur als Freizeit oder Fick-Partner sieht und als Selbstschutz haben wir gar keine andere Möglichkeit als uns zurückzuziehen. Weil es so unglaublich weh tut zu erkennen, dass man jemanden nichts bedeutet, obwohl genau dieser Mensch für uns die Welt ist.

Mia hat zwei Katzen namens Max und Moritz. Max ist eigentlich eine Sie und heißt mit vollem Namen Maximiliane, aber als Kurzform sind Max und Moritz natürlich superkreativ. Ich habe ihre Katzen geliebt und war glücklich, wenn ich bei ihr zuhause sein konnte, mit den beiden Katzen auf meinem Bauch und mit Mia neben mir. Ich liebte Mia mittlerweile total und ich war ihr verfallen und obwohl ihre Katzen ein Überbleibsel ihrer Exbeziehung waren, liebte ich die beiden auch. Wir haben nun auch spontan einen Urlaub gebucht und waren für dreihundertneunundreißig Euro restplatzmäßig in Ägypten. Auf ausdrücklichen Wunsch von Mia nur als Freunde und nicht als Pärchen und auch nur, weil sie gerade Urlaub nötig hatte und sie wusste, dass ich natürlich sofort dabei bin. Für mich war es wunderschön und ich war glücklich mit ihr dort sein zu dürfen beziehungsweise zu können. Wir haben geschnorchelt und es uns in der Sonne gut gehen lassen, aber selbst im Urlaub gab es keine großartige Annäherung ihrerseits. Irgendwie hatte ich auch den Eindruck, sie fühlte sich gar nicht so recht wohl mit mir. Nie zuvor habe ich so ein schönes Meer gesehen. Hunderte bunte Fische schwammen um uns herum. Wir schnorchelten und ich war so stolz auf „mein Mädchen".

Ich war aber nur Urlaubspartner, weil sie gerade Urlaub nötig hatte und sonst niemand Zeit gehabt hat. Sie war wunderschön anzusehen mit ihrer Taucherbrille und ihrem tollen knappen Bikini. Jedes Bondgirl wäre neidisch geworden. Natürlich hat sie in ihrer Seefahrerkindheit und ihren vielen Urlauben vor mir schon sehr viel mehr von der Welt gesehen und sicher auch noch schönere, tollere Orte. Für mich war es auf jeden Fall – auch weil ich mit ihr dort sein konnte – der schönste Urlaub, an den ich mich erinnern kann. Das Ende des Urlaubes war für Mia jedoch nicht so toll, denn am vorletzten Tag wurde sie in Ufernähe von einem Fisch verletzt. Schuld daran war ich, denn ich habe sie auf den Fisch aufmerksam gemacht und meinte, sie solle ihn sich einmal aus der Nähe anschauen. Mich selbst hat der Fisch ständig umkreist und mich nur ein bisschen angestupst und ich dachte der will doch nur spielen. Mia hingegen wurde von ihm sofort attackiert. Das Wasser färbte sich rot, sie schrie auf und wir erschreckten uns beide. Wir dachten zuerst natürlich beide, dass sie gebissen wurde. Ich habe sie schnell aus dem Wasser getragen und beim Hotelarzt stellte sich heraus, dass ein sogenannter Doktorfisch, der seitlich messerscharfe Skalpelle trägt und wohl nur sein Revier verteidigen wollte, sie attackiert und aufgeritzt hat. Mir tut das unendlich leid, da ich sie ja überredet habe, sich auch von diesem Fisch „stupsen" zu lassen und ich habe während des ärztlichen Eingriffes ihre Hand gehalten, mitgezittert und mich vergewissert, dass der Arzt in diesem provisorischen Arztraum alles aus sterilen Verpackungen genommen hat. Sie war so tapfer, zehn Stiche! Die Wunde an ihrem Fuß eiterte noch ungefähr ein Jahr lang und kein Arzt bei uns zuhause konnte ihr eine schnellere Heilung verschaffen. Wir haben uns dann im Internet auch noch schlaugelesen. Diese Art Fisch trägt auf seinen Skalpellen Proteine und Gifte beziehungsweise seine Flossen sind von einer Schicht überzogen, die eine Heilung des menschlichen Gewebes bei Kontakt hinauszögern und erschweren kann. Ihr Lieben Leser, googlet einmal den Doktorfisch. Ich habe zuvor noch nie von diesem farbenfrohen Tier gehört beziehungsweise gelesen. Andere Fische, die er damit schneidet beziehungsweise verletzt, sterben durch das Gift und bei Menschen kommt es eben zu monatelangen Vereiterungen, da sich die Wunde ständig neu entzündet.

Mia war mir nicht böse, doch mir selbst tat das noch monatelang leid und ich habe mir damals gewünscht, dass es mir anstelle von ihr passiert wäre.

Mia fuhr ein MG Cabrio F1,8 in diesem typischen, alten Jaguargrün und Herr O. meinte noch, als ich ihm zum ersten Mal von Mia erzählte, solche Frauen sind zum vergessen. Frauen die so ein Auto fahren sind alle nur Egoschweine, aber ich wollte es ihm damals nicht glauben und habe sie verteidigt. Sie stünde eben auf schnelle Autos. Was wäre da schon dabei? Er meinte noch, ich werde schon sehen was ich davon habe und solche Frauen ändern sich und ihre Gewohnheiten nie.

Ein LKW beziehungsweise eine Vorrangverletzung ihrerseits hat aus dem Zweisitzer Monate später jedoch einen Totalschaden gemacht und als ich davon erfahren habe, machte ich mir unheimliche Sorgen. Mir wurde kalt und warm, mein Herz klopfte und da merkte ich, wie viel ich bereits für sie empfinde. Ich holte sie ab und bin mit ihr ins Spital gefahren. Zum Glück war sie nicht schlimmer verletzt und was den

Sachschaden betroffen hat – Geld spielte für Mia ohnehin keine Rolle.

Die drei Probemonate vergingen und ich habe Mia gezeigt beziehungsweise bewiesen, dass ich weder eifersüchtig noch besitzergreifend bin. Ich machte keinen Stress, falls wir uns tagelang nicht gesehen haben und habe mich gefreut, wenn sie sich ab und an auch mehr Zeit für mich genommen hat. Nach diesen drei Monaten habe ich sie gefragt, ob sie sich denn nun vorstellen könne, dass wir es quasi offiziell miteinander probieren. Ich hatte bis zu diesem Tag auch ein Verbot, sie zum Beispiel nur ansatzweise auf Facebook zu verlinken oder sie überhaupt anzugeben und auch ansonsten hat sie mich noch keinem ihrer Freunde näher vorgestellt, geschweige mich auf Partys ihren Freunden und Bekannten gegenüber erwähnt. Nicht einmal ihr Bruder, den ich schon öfters getroffen habe, hat meine Facebook- Freundschaftsanfrage angenommen, sondern sie dezent ignoriert. Ich fand das zwar merkwürdig, aber es war mir irgendwie egal. Oft fragten mich am Ende einer Party Freunde von ihr, woher ich Mia überhaupt kenne beziehungsweise mit wem ich denn eigentlich auf die Feier gekommen wäre, obwohl Mia und ich gemeinsam hier waren. Das war mir immer ein wenig unangenehm und ich fühlte mich nicht gut, quasi verheimlicht zu werden. Mia meinte auch noch, es wäre nicht notwendig, mich ihren Freunden vorstellen zu müssen und das empfand ich dann doch ein wenig demütigend.

Mia gibt mir nur knapp zu verstehen, dass sie auch nach diesen drei Probemonaten weiterhin kein

Interesse hätte, die Sache mit mir zu vertiefen, denn zuerst wäre es mein Wunsch mit ihr fix liiert zu sein und dann kämen die restlichen Forderungen meinerseits und auf das könne sie verzichten. Sie kenne das bereits von allen ihren Exfreunden und außerdem wäre sie auch immer noch nicht in mich verliebt, sondern betrachtet mich als eine Art Bekannten und ich müsse sie so nehmen, wie sie ist. Ich wusste überhaupt nicht, was sie meint. Mein einziger Wunsch seit sechs Monaten war es, mit dieser Frau lediglich zusammen zu sein und uns eventuell ein gemeinsames Leben aufzubauen, das nächste Silvester gemeinsam zu verbringen und miteinander alt oder zumindest älter zu werden. Der einzige der bisher Forderungen stellte war ohnehin sie. Ich akzeptierte sie als Mensch so wie sie war und auch nicht so wie ich sie gerne gehabt hätte und ich mochte alles an ihr, aber ich habe es nicht verstanden, dass sie jede Veränderung ablehnt und überhaupt keine Kompromisse eingehen möchte. Ich bemühe mich auf mein Gegenüber einzugehen, doch ihr Satz „du musst mich nehmen, wie ich bin" ist wohl das dämlichste und egoistischste, was es gibt. Sich selbst als Opfer und als zu gut für die Männerwelt hinzustellen, erinnert mich an den Songtext „Mutter Theresa" von dieser schwindligen Band SadoSato. In Beziehungen, aber auch in Freundschaften, sollte man sich auch bemühen und auf sein Gegenüber eingehen. Ich habe eine gewisse Anpassungsfähigkeit sowie Kompromissbereitschaft und ich hätte auch weiterhin alles getan, damit Mia mit mir glücklich wäre.

Allerdings scheint sie Angst vor festeren Gewohnheiten zu haben oder davor, sich auch ein wenig zu verpflichten. Meine Gefühle waren ihr anscheinend egal, während ich bereit war, Verantwortung zu übernehmen. Ich konnte mir ein gemeinsames Leben vorstellen, welches natürlich nicht in einem gemeinsamen Haushalt hätte stattfinden müssen. Mir hätte es gereicht, wenn wir uns nicht täglich gesehen hätten, weil ich ja wusste, dass sie ihre Freiheiten braucht und ich hätte sie ihr auch alle gelassen. Aber ich wünschte mir mit Mia eine gemeinsame Vergangenheit und vor allem eine Zukunft und nicht nur eine unverbindliche Gegenwart. Ich war traurig und musste neben ihr weinen. Sie hat mich nur angesehen und gemeint, ich müsste das eben akzeptieren oder gehen. Fix zusammen sein möchte sie mit mir nicht. Eine klare Aussage und ich war ihr nicht böse, jedoch sehr traurig und ich bin heimgefahren. Ich habe dann aufgehört, sie zu idealisieren und habe erkannt, wer sie wirklich ist. Sie ist kein Mensch, der Angst hat verletzt zu werden oder eine Mauer aus Selbstschutz aufgebaut hat, wie sie es gerne suggeriert. Nein, sie ist nur ein Egoist mit einer brutalen und kalten Art ihren Weg zu gehen.

In diesem Moment glaubte ich nicht mehr an die Liebe, Ehrlichkeit und Geborgenheit, die sich jeder Mensch wünscht. Alles was passiert ist hat mich verändert und ich war selten so traurig und allein in meinem Leben. Ich habe sie geliebt und so unheimlich vermisst, aber ich konnte sie auch nicht anrufen oder treffen, weil ich wusste, dass sie mich wieder nicht glücklich machen konnte, ich nicht mit ihr wachsen kann und immer um unser gemeinsamen Glück hätte kämpfen müssen.

Ich habe am gleichen Abend dafür aber noch Andrea angerufen und gefragt, warum wir uns eigentlich schon ein halbes Jahr nicht mehr gesehen haben. Ich wäre ja ohnehin Single, was ja auch stimmte, und wir könnten uns doch wieder treffen. Andrea freute sich. Ich habe sie damals auch auf ein, zwei Partys, auf denen ich mit Mia war, gesehen, aber dort nie mit ihr gesprochen. Ich habe aber aus den Augenwinkeln bemerkt, dass sie mich und Mia stets beobachtet und gemustert hat. Andrea hat mir gesagt, es hätte ihr im Nachhinein leid getan, dass sie damals nur eine Sexbeziehung wollte und sie könne sich mit mir mittlerweile auch mehr vorstellen als nur unverbindliche Treffen. In der Zwischenzeit hatte sie nämlich nur Idioten kennen gelernt. Natürlich war mein Herz noch total bei Mia, aber wir haben trotzdem für die kommenden Wochen ein Treffen ausgemacht. Mia meldete sich ebenfalls eine Woche nicht bei mir. Dann trafen wir uns für unsere geilen Bauhaus-Sexabenteuer zwei, dreimal bei ihr und Mia war ganz erstaunt, dass ich nach dem Sex nicht zum Fernsehkuscheln blieb, sondern einfach wieder heimgefahren bin. Was sollte ich auch bei ihr? Im Grunde wollte sie nie mehr und dass sie sich eben nicht in mich verliebt hat, dafür konnte ich ihr keinen Vorwurf machen.

Bevor ich mich das erste Mal mit Andrea treffen konnte, rief mich Mia an und wollte mit mir sprechen. Sie merkte wohl, dass ich mich zurückgezogen habe beziehungsweise mich ein wenig von ihr entfernte und sie schweren Herzens nun auch eher nur noch als „Freundschaft plus" sah. Bei ihr angekommen erklärte sie mir, es sich überlegt zu haben und sie möchte nun doch fix mit mir zusammen sein. Als Zeichen, dass sie es ernst meint, würde sie sogar auf Facebook ihren Beziehungsstatus auf „vergeben" ändern. Ich war total erfreut und mehr als glücklich. Allerdings nicht wegen dem Internetstatus, sondern dass Mia es mit mir als Partner versuchen wollte. Ich war der glücklichste Mensch der Welt und habe Andrea gleich informiert, dass ich mich doch nicht mit ihr treffen kann, weil ich ja wusste worauf das Treffen hinauslaufen würde. Niemals würde ich eine Frau, mit der ich zusammen bin, betrügen. Ich weiß seit Nadine wie weh so etwas tut und solch einen Schmerz wie ich ihn am eigenen Leib erfahren musste, möchte ich keinem Menschen auf dieser Welt zufügen. Immerhin wusste ich, dass Mia zusätzlich zu den Wutausbrüchen ihres Expartners noch als Draufgabe von ihm betrogen wurde, eine Meisterleistung des Kochs. Ich beginne jetzt sicher nicht zweigleisig zu fahren und eventuell Mia mit ebenso einem Ereignis zu enttäuschen. Auch wenn sie es nie erfahren hätte, aber so etwas hätte ich nicht mit meinem Gewissen vereinbaren können und Mia auch niemals antun wollen. Sie als Mensch sowie dieser jetzige Beginn einer echten Partnerschaft waren mir zu wertvoll. Andrea war beleidigt und auch traurig, dass ich mich nun doch wieder nicht treffen wollte, doch das war mir egal. Für mich war es nur wichtig, mit Mia alles richtig zu machen und dazu gehörte es eben auch, den Kontakt mit Andrea sofort abzubrechen, zumal Andrea entweder mit mir ficken oder mit mir zusammenkommen wollte. Am Anfang steht immer das Kaffeetrinken. Mia und ich gingen samstags darauf mit den zwei Kindern ihrer Schwester ins Freibad und hatten ein schönes Wochenende. Es war für mich ein traumhafter Tag mit einer tollen Familie, die ich nie hatte. Es war superlustig mit den Kleinen im Wasser zu spielen, mich von allen dreien tauchen zu lassen und dabei ihr Lachen zu hören, die Kinderchen fürsorglich mit dem Handtuch abzutrocknen und gemeinsam Eis zu schlabbern. Auch zu viert Hand in Hand im Freibad herumzumarschieren war für mich ein neues und schönes Gefühl. Vielleicht war es sogar einer der besten Tage seit langem. Nachdem mir Mia einmal erzählt hatte, dass sie gerne einmal nach Ibiza wollte und das auch schon lange mein Wunschziel ist, habe ich ihr vorgeschlagen, irgendwann gemeinsam nach Ibiza zu fliegen. Uns würde so ein erster gemeinsamer Urlaub als Pärchen vielleicht ganz gut tun, um unsere neue Beziehung ein wenig zu intensivieren, denn in Ägypten hat sie mich ohnehin nur wie einen Kumpel behandelt. Sie erzählte mir daraufhin, dass sie ohnehin in zwei Wochen mit ihren Singlefreundinnen nach Ibiza fliegt. Ich war erstaunt. Wann hätte sie mir das sagen wollen? Sie meinte aber, es wäre ihr Recht gewesen, in der Zeit wo wir ohnehin „nicht zusammenwaren", einen Urlaub zu planen und sie müsse mich auch nicht um Erlaubnis fragen, wenn sie eine Reise bucht. Da wollte ich dann auch nicht widersprechen und meinte dann nur „gut, dann können wir ja das nächste Jahr nach Fuerte Ventura", wo sie mit ihrem Bruder im Vorjahr einen Kite-Surfkurs gemacht hat, denn auch mich würde so etwas interessieren. Doch auch darauf meinte sie, dass sie auf Fuerte Ventura nur wieder mit ihrem Bruder fliegt, weil sie möchte und muss ihn unbedingt dabei beobachten, wie er sich beim Kite-Surfen verbessert. So eine blöde Ausrede beziehungsweise dumme Begründung und zum ersten Mal bin ich richtig enttäuscht, dass ihr nichts Besseres eingefallen ist. Als ob ihr erwachsener, fast gleichaltriger Bruder nicht lieber mit seiner eigenen Freundin wohin fliegen möchte. Außerdem würde sie auch nächstes Jahr wieder mit ihren Singlefreundinnen nach Ibiza fahren und wieder nicht mit mir, das wäre mit allen schon vereinbart. Bis zu vier Wochen Urlaub im Jahr wären jährlich fix für ihren Bruder beziehungsweise für ihre Singlefreundinnen reserviert. Das ist ihr wieder wichtiger, als ein Urlaub mit mir. Gerade jetzt, wo uns und unserer Beziehung ein gemeinsamer Urlaub zum richtigen Kennenlernen und Zusammenfinden wirklich gut tun würde. So stellt sie sich also ein fixes, gemeinsames Zusammensein vor. Oder will sie mich jetzt wieder aufs Neue vergraulen, weil sie sich wieder unsicher ist beziehungsweise es zu fix wird? Reicht es ihr nicht, dass sie jedes Jahr ohnehin drei Wochen ohne mich auf Urlaub fahren kann mit wem sie möchte? So haben wir es ja vor unserem Neustart besprochen – und jetzt auch noch eine vierte? Von einer gemeinsamen Bekannten habe ich schon gehört, dass sie am liebsten allein oder mit ihrem Bruder

Urlaub machen will. Wahrscheinlich möchte sie nur ihren Surflehrer wiedersehen und da würde ich natürlich dabei stören. Mia ist leider so ein Typ, der Surflehrer und irgendwelche ähnlichen Loser, die ein wenig nach Keanu Reeves aussehen, cool findet. Ich glaube sie fühlt sich zu solchen vermeintlich lässigen Kerlen hingezogen und natürlich möchte man Single sein beziehungsweise sich als Single ausgeben und sich als coole, anhanglose Bachelorette fühlen, wenn man am Strand chillige Partys feiert. Unter dem Motto „was auf Fuerte oder Ibiza passiert, bleibt auf Fuerte beziehungsweise Ibiza". Solche Sprüche waren mir immer schon suspekt. Dass diese Typen bei allen Touristinnen ohnehin nur auf ein Abenteuer aus sind, um während der Saison möglichst viele Weiber zu ficken, ist ja eine andere Geschichte. Sie ist einfach ein Typ der Angst hat, irgendetwas im Leben zu versäumen. Mia will überall dabei sein, was hip oder trendy ist und ist auch ständig auf der Suche nach etwas Neuem – leider auch Männer betreffend wie es aussieht. Wenn irgendwo ein interessant aussehender Typ mit Beanie und heraus gezupften Rastahaaransatz oder Dreitagebart in der Nähe steht, wird sie auch schon ganz kribbelig und findet ihn ja so cool. Außerdem macht sie mir klar, dass sie auch weiterhin ihr Leben hat, ich meines haben solle und wenn es ihr in den Kram passt, wir natürlich für zum Beispiel ein Wochenende mal auch ein gemeinsames haben können. Darüber hinaus möchte sie nicht, dass es ihr einmal so gehen soll wie es ihrer Mutter mit ihrem Vater ergangen ist. Die Story kenne ich schon. Ich beginne leider wieder mal zu weinen und flehe sie an, sich mir gegenüber nicht so abfällig und hart bzw. hartherzig zu verhalten. Dafür gibt es gar keinen Grund und ich bin auch keiner ihrer Mitarbeiter, die so einen groben Ton vielleicht verdienen. Ich sehe keinen Grund, warum ich für die ganzen Verfehlungen ihres Exfreundes büßen muss. Ich habe kein Problem mit ihrem Freiheitsdrang und akzeptiere es, wenn sie drei Wochen im Jahr nicht mit mir auf Urlaub fahren möchte. Ich würde ihr ja vertrauen, aber sie meinte ohnehin noch, ich hätte nicht genug Geld, um immer mit ihr mitfliegen zu können. Da hat sie nicht unrecht und meint auch, alleine schon deswegen müsste sie sowieso mehr mit ihren anderen Freunden beziehungsweise Freundinnen verreisen. Gut, ich würde es anders handhaben, wenn ich zwei- bis dreimal so viel verdienen würde wie meine Partnerin. Es wäre es für mich das Schönste, sie auf den einen oder anderen Urlaub einzuladen oder mitzunehmen, aber das brauche ich umgekehrt eh nicht. Viel wichtiger ist die Frage, warum sie mir auch dieses Gefühl partout nicht vermitteln möchte, dass wir zusammengehören. Das Problem läge eindeutig bei mir und meinem Selbstbewusstsein meinte sie dann und erklärt mir auch gleich, doch nicht vorzuhaben ihren Beziehungsstatus auf Facebook zu ändern, obwohl sie mir das zuvor versprochen hat. Wenn ich etwas nicht mag sind das Menschen, die ihre Versprechen nicht halten. Mir geht es auch schon auf den Nerv, dass mich ständig Girls anschreiben und fragen, ob ich Single bin und ich mich mit ihnen treffen möchte. Ich wäre stolz sagen zu können, „sorry, nein ich bin glücklich vergeben, wir können uns nicht treffen etc.". Ich denke bei Mia ist es umgekehrt – für sie wäre es schlimm, wenn Typen sehen würden, dass sie vergeben wäre. Mia braucht diese Endlosanfragen und ständigen Firts und Dates einfach und möchte deshalb wohl für alle als Single erkennbar sein beziehungsweise auf dem Markt als verfügbar aufscheinen. Ich traue mich fast zu wetten, dass sie auch auf der einen oder anderen Partnerbörse registriert ist und sich da einen runtertaugt mit all den ganzen Bewerbern. Sie will nur ihre eigenen Bedürfnisse abdecken und meine werden völlig ignoriert. Jeder Mensch kann nur eine gewisse Anzahl von Traumata ertragen und bei mir ist der Krug jetzt dann auch mal voll. Mia möchte nicht, dass irgendjemand weiß, dass sie einen fixen Partner hat. Das verletzt mich sehr, denn immerhin habe ich jede ihrer Forderungen erfüllt, die sie an mich gestellt hat und ihr gezeigt, dass sie mir mehr als vertrauen kann. Ich bekomme auch keine Eifersuchtsanfälle wie ihr Exfreund, verbiete ihr auch nichts beziehungsweise sperre sie auch nicht ein oder dergleichen. Ich lasse ihr alle Freiheiten, die sie braucht, um glücklich zu sein und sich wohl zu fühlen. Jetzt aber beginne ich erst vieles zu begreifen. Wenn ich mich bemüht habe, hat mir Mia immer die kalte Schulter gezeigt beziehungsweise mich abblitzen lassen und kaum habe ich mich deswegen zurückgezogen, hat sie das ganze wieder gelockert, um mich nicht ganz zu verlieren. Hinter all ihren Handlungen steckt eine Taktik, jedoch wirft sie mir vor, taktisch zu handeln, wenn ich traurig bin und weinen muss – und das ist ja unglaublich dreist. Ich bin halt ein sensibles Kerlchen und in mir steckt wohl noch viel Traurigkeit aus meiner früheren Beziehung. Vielleicht bin ich deshalb bei Mia oft so weinerlich. Ihr fehlt eben komplett das Feingefühl. Sie stellt mir ständig Forderungen und stellt Regeln auf, an die ich mich ebenfalls halte, weil ich kein Problem damit habe beziehungsweise sie eben liebe und ich das alles für ein gemeinsames Uns in Kauf nehme. Nun, wo ich aber mit allem einverstanden bin, ist es ihr wieder nicht recht und sie ergänzt dieses noch mit weiteren Auflagen beziehungsweise Aktionen, als ob sie es darauf anlegt, dass ich irgendwann den Hut werfe. Wenn ich nicht mehr kann und aufgebe, kann sie zumindest wieder behaupten, Opfer gewesen zu sein, weil der böse Mann ja mit ihr Schluss gemacht hat. Wobei, wenn man gar nicht zusammen ist, kann man gar nicht Schluss machen. Es ist auch völlig egal, wie sehr ich kämpfe. Es ist unmöglich, ihr etwas recht zu machen. Zeige ich ihr meine Liebe, blockt sie mich und ziehe ich mich zurück, bemüht sie sich wieder mehr. Aus diesem Kreislauf habe ich mich mittlerweile jedoch schon lange befreit und mache solche Spielchen nicht mehr mit. Ich habe lediglich zu spät gecheckt, dass sie mit mir und meinen Gefühlen nur spielt. Ich knie mich vor sie hin und weine aus ganzem Herzen. Sie sieht mich nur von oben herab an und macht keine Anstalten, mich in den Arm zu nehmen oder irgendwie zu trösten oder zu drücken. Warum ist sie so hart zu mir? Ich kann es nicht verstehen. Nach einer Weinattacke von gefühlten dreißig Minuten, in denen sie mich nur verdutzt anschaut, anstatt mich irgendwie in den Arm zu nehmen, stehe ich auf und fahre nach Hause, um die Angelegenheit zu überschlafen und am nächsten Tag nochmals mit ihr reden zu können. Wenn jemand schon am Boden liegt, so wie ich eben, muss man nicht mehr auf ihm herumtreten. Das ist keine Liebe, denn Liebe kennt auch Milde und Mitgefühl und ich frage mich, was sie sich dabei denkt beziehungsweise in ihrem Kopf gerade vorgeht. Zumindest weiß ich, was in ihrem Herzen vorgeht. Nämlich genau nichts und all ihre Worte sind so leer wie ihre Seele. An Mia perlt alles ab – sie ist das Teflonmädchen unserer Stadt. Ich glaube mittlerweile auch, dass ihr Exfreund ihr gar nie verboten hat, alleine auf Urlaub zu fahren und sie nicht deswegen ständig gestritten haben, sondern weil es ihm wahrscheinlich nur zu viel war, dass sie auch immer ohne ihn beziehungsweise mit ihren ganzen Freundinnen alleine verreisen wollte. Der viele Streit und das sich voneinander entfernen verführt dann eben zum Fremdgehen und das hat der Koch dann auch gemacht. Jetzt hat sie mit mir einen Partner, der deswegen keinen Stress macht, nie fremdgehen würde und trotzdem übertreibt sie es maßlos und weiß das nicht zu schätzen. Inzwischen und weil ich ohnehin nicht einschlafen kann, telefoniere ich mit Samira und erzähle ihr die Geschichte. Samira wusste von einer gemeinsamen Bekannten, die auch Mia gut kennt, dass der Ibiza-Urlaub ohnehin schon Monate zuvor hinter meinem Rücken von Mia geplant wurde. Sie hat es mir nur verheimlicht beziehungsweise findet es einfach nicht wichtig, mich über ihre Pläne zu informieren. Da fällt mir nun auch ein, dass Mia mich auch vor einigen Tagen darauf hingewiesen hat, dass es heuer zwei Festivals mit je einer Dauer von drei Tagen gibt, die sie mit ihren Freundinnen besuchen wird – ebenfalls ohne mich. Diese Veranstaltungen -hoffentlich ohne IS-Bombenmörder- sind sogar in unserem Dorf und auch ich hätte die vielen, tollen Bands gerne live gesehen. Natürlich kann ich auch allein oder mit meinen Freunden hingehen, aber Mia hätte mich ruhig auf eines oder den einen oder anderen Tag mitnehmen beziehungsweise zumindest fragen können. Was kann ich denn dann überhaupt mit Mia als Pärchen erleben, wenn sie all die tollen Dinge, die mir auch gefallen, ständig nur mit anderen Leuten erleben möchte? Wenn ich selbst auch auf das Festival gehe und sie dort treffe – muss ich mich dann wieder ihr gegenüber neben ihren Freundinnen u. anderen Freunden wie ein Fremder verhalten? Keine herzliche Begrüßung und kein Kuss oder etwas dergleichen. Alleine zuhause sieht ihr Umgang mit mir ganz anders aus, aber da sieht uns auch keiner. Mir wird jetzt klar, dass Mia mich nicht aus Selbstschutz nie in ihr Leben lassen wollte und auch nicht, weil sie nicht will, dass es ihr einmal wie ihrer Mutter gehen sollte, die vom Vater betrogen und verlassen wurde. Nein, so weit, dass sie leiden müsste, wird es ohnehin nie kommen, denn Mia ist wie ihr Vater. Sie hat leider weniger das große und gütige Herz ihrer Mutter, sondern eher seine Eigenschaften geerbt – u.a. ein Herz so kalt wie Stein. Sie ist wie er und weiß beziehungsweise merkt es gar nicht. Sie ist jene Person, die immer Menschen verletzen wird, die sie lieben und wird Menschen lieben, die sie verletzen. Ein guter Satz, den auch Prinz Pi schon in einen Song eingebaut hat. Siehe ihr Exfreund, den sie jetzt noch bewundert. Gelernt hat sie daraus anscheinend nichts, ich jedoch durch meine Erlebnisse mit Manuela schon. Sie möchte all die tollen Dinge, die es im Leben gibt, vorzugsweise immer mit anderen Menschen aus ihrem Bekanntenkreis und nicht mit ihrem Partner teilen. Wenn eine Beziehung in eine falsche Richtung geht und einer leidet, ist es notwendig, sich davon zu befreien. Im Moment, in dem ich vor ihr so bitterlich geweint habe und sie nur den Kopf schüttelte, anstatt mir eine Hand zu reichen, wurde aus meiner Verzweiflung Erbärmlichkeit. Wie soll ich mich nach dieser Situation jemals wieder respektieren und wie kann Mia nach meinem Heulkrampf jemals wieder Achtung vor mir haben?

Jetzt weiß ich, was Mia ständig damit meinte, als sie sagte, dass man sich selbst mehr lieben muss und auch nicht ständig sein Licht unter den Scheffel stellen darf und dass auch ich mehr wert bin, als ich manchmal selbst glaube. Wertschätzung bekam ich von ihr nie und Zuneigung nur in kleinen Dosen, um mich bei Laune zu halten.

Danke Mia, aus Liebe zu mir selbst und auch, weil ich mir das nicht weiter antun und zumuten möchte, respektiere ich mich im Moment zumindest selbst genug, um vor dem davonzulaufen, was mir nicht gut tut oder mich nicht glücklich macht. Ich habe mir so gewünscht, dass ich ihr etwas bedeute und nicht nur zum Vögeln da bin. Ich suche jemanden zum gemeinsamen Erleben und mir ist es wichtig mit jemanden die Zeit zu teilen, der sie auch zu schätzen weiß. Angenommen zu werden ist einfach eine Ursehnsucht in jeder Beziehung. Ich habe kein Rezept gegen ihre Gleichgültigkeit und ihren Egoismus, außer ihr zu zeigen, dass sie mir wichtig ist. Jeder, sogar sie, könnte wenn sie wollte durch eine kleine Veränderung eine große Veränderung für sich selbst bewirken.

In dieser Nacht, in der ich ohnehin kein Auge zubekam, gingen mir tausend Dinge durch den Kopf.

Mia ging die Wochenenden gerne wandern und ich habe sie sicherlich zehn Mal gefragt, ob sie mich einmal auf den Berg mitnehmen möchte, aber sie wollte nie. Ich wusste Mia läuft mehrmals wöchentlich und ich bin schon jahrelang nicht mehr gelaufen. Im Zuge eines Ausfluges wollte ich sie dann überraschen und habe heimlich ihre und meine Laufschuhe eingepackt und wir waren gemeinsam joggen. Dass ich vier Wochen vorher schon heimlich dafür trainiert habe, um mit ihr mithalten zu können, habe ich ihr nie verraten. Ich hoffte dadurch, dass sie vielleicht auch mich ein wenig in ihr Sportprogramm aufnehmen möchte, denn ich hätte gern mehr Freizeit mir ihr verbracht und sei es nur beim gemeinsamen Sport. Ich musste dann schmunzeln, denn ich hatte an diesem Tag fast eine ähnlich gute Kondition wie sie und konnte eigentlich ganz einwandfrei mitziehen. Sie wollte trotzdem nie mit mir gemeinsam Sport machen und es blieb auch bei diesem einem Mal.

Mia musste einmal auf eine Tourismuskonferenz in die Hauptstadt und weil sie alleine und ohne einen ihrer Angestellten dorthin musste und ich an diesem Wochenende unbedingt bei ihr sein wollte, bin ich nur um sie dort vor Ort eine halbe Stunde sehen zu können, rund fünfhundert Kilometer gefahren. Ich habe sie dann in der Mittagspause besucht und war glücklich. Ich glaube das ist Liebe. Ich denke auch, dass sie sich damals gefreut hat. Die ganze Woche darauf hatte sie allerdings wieder keinen einzigen Tag Zeit für mich beziehungsweise wie sie es so wunderschön ausdrückte: „kein Zeitfenster für mich frei". Ich meine, so etwas kann man seinem Mitarbeiter sagen und Sätze, wie „ich habe keine freien Kapazitäten für dich" könnte man sich sparen oder zumindest nur für völlig fremde Menschen verwenden.

Mich verletzte so sehr, dass sie mich von Anfang an bis zum Schluss in so vielen Dingen belogen und schlecht behandelt hat. Ich habe eben alles abbekommen, was eigentlich ihre Exfreunde verdient hätten, nämlich diese Härte, Unnahbarkeit und Gefühlskälte. Obwohl, sie hat auch kein einziges Mal behauptet, sie würde mich lieben – insofern war sie diesbezüglich wenigstens immer ehrlich und ich kann ihr deshalb absolut keinen Vorwurf machen. Wenn man sich nicht verliebt, dann ist es eben so. Das ist zu respektieren und das tue ich. Sie hätte dann aber auch nie mehr zulassen dürfen als lediglich eine Fickfreundschaft. Ich beschließe sie sein zu lassen und wenn sie möchte beziehungsweise wie sie sich es ja anscheinend seit Monaten wünscht, für sie nur noch eine weitere Freizeitaktivität zu sein. Als mehr hat sie mich nie gesehen und wenn ich mich schon bei so nichtigen Dingen nicht auf sie beziehungsweise ihr Wort verlassen kann, dann erst recht nicht bei wichtigen Themen und Angelegenheiten im Leben. Wenn es einmal um etwas Ernstes geht, ist einfach kein Verlass auf diese Frau als Partnerin. Sie sah mich nie als Weggefährten oder als gleichwertigen Menschen mit Gefühlen, sondern nur als Notnagel für ihre Freizeitbeschäftigungen, wenn sonst keiner ihrer Freunde Zeit hatte. Ich fahre am nächsten Tag noch vor der Arbeit um sechs Uhr früh zu ihr und packe meine ohnehin nur vier, fünf Sachen, die ich bei ihr aufbewahren durfte. Ich erwähne noch, dass ich mich zurückziehe, weil ich ihre Gefühlskälte und Gleichgültigkeit mir gegenüber nicht länger ertrage. Wir waren ja nicht zusammen, also kann ich nicht einmal Schluss machen. Ich finde es total antisozial von ihr, wenn sie mich absichtlich kränkt und sich davon völlig ungerührt zeigt. Ich will nicht länger das Gefühl vermittelt bekommen, nichts beziehungsweise nichts für sie wert zu sein. Sie knallt noch die Tür hinter mir zu und hat sich nie wieder gemeldet.

Eigentlich gingen wir ja nicht im Streit auseinander und es gab auch kein einziges böses Wort von mir. Sie liebte mich nicht und ich habe mich nur zurückgezogen, weil es sonst noch mehr weh getan hätte. Ich habe mir gewünscht, dass sie mich vermisst, aber sie hat sich nie gemeldet. Hätte sie mich ein klein wenig geliebt, wäre es keine Frage ihres Stolzes gewesen, mir ein Lebenszeichen von sich zu geben, denn ich habe mich im Gegenzug ja auch über ein halbes Jahr lang um sie bemüht und dabei gegen Windmühlen gekämpft und auch meinen Stolz oft hinten angestellt, nur um in ihrer Nähe sein zu können. Ein Jahr nach dem Aus habe ich ihr zum Geburtstag eine Eintrittskarte für ein Fiva-Konzert geschenkt beziehungsweise mit der Post nach Hause geschickt und wollte mich mit ihr treffen. Ich hätte sie einfach nur so gerne wiedergesehen und ein wenig mit ihr getratscht. Nicht einmal über unser Vergangenheit, nein einfach nur, weil sie mir doch noch irgendwie sehr fehlte. Ihre Antwort war, dass sie erst in drei Wochen Zeit hätte und ich mich später wieder melden soll. Nach diesen drei Wochen mache ich mich abermals bemerkbar und sie verschiebt das Treffen per SMS wieder um ein, zwei Wochen. Ich melde mich erneut und sie verschiebt es auf ein darauffolgendes Wochenende, nur um mir dann mitzuteilen, dass sie im Hotel im Moment viel zu tun hätte und es erst in zwei Wochen ginge. Nach diesen zwei Wochen simse ich sie nochmalig an und sie verschiebt wiederum mit der Begründung keine Zeit zu haben. Meine Anrufe ignorierte sie und insgesamt vergingen von meiner ersten Anfrage bis zu einem Wiedersehen beziehungsweise Treffen bereits fast drei Monate und plötzlich bekomme ich ein von ihr an mich gerichtetes Zitat zu lesen: „Keine Zeit gibt es nicht, nur andere Prioritäten." Sehr nett! Ich Idiot dachte wirklich, sie wäre so im Stress und antwortete auch noch ständig nett und verständnisvoll auf ihr ständiges Aufschieben.

Wenn sie gleich bei meinem ersten SMS geantwortet hätte, sie habe kein Interesse oder sie hat jetzt einen fixen Partner, sie fickt wieder den Koch oder sie möchte sich einfach so nicht treffen, weil es sie nicht interessiert mich wiederzusehen – mit jeder dieser Antworten hätte ich gut leben können und wäre nicht böse gewesen. Mich allerdings auf so eine schäbige Art zu verarschen, das habe ich sicherlich nicht verdient, denn ich habe sie immer gut und mit Respekt behandelt. Noch dazu, wo ich auch schon absolut entzückende Vorbereitungen für unser Wiedersehen getroffen habe. Es macht mich aber nicht wütend, sondern nur traurig. Wenn es ihr Ziel war mich traurig zu machen, hat sie es geschafft, aber ob man darauf stolz sein kann ist eine andere Frage. Sie ist nett zu Exfreunden, die sie beschissen haben und kränkt andere, die sich so ehrlich und aufrichtig um sie bemüht haben. Das alles, obwohl sie sie genau weiß, wie sensibel ich bin. Ich bin so nah am Wasser gebaut, dass ich zu weinen anfange, wenn ich im Fernsehen eine Doku über mongoloide Kinder sehe oder auch nur unabsichtlich einen Vogel überfahre. Ich denke zu so einem Menschen muss und darf man nicht garstig sein. Wenn sie nicht mit mir reden will, hätte sie es gleich sagen können, anstatt mich auf so eine bösartige Art zu verarschen. Dieses Erlebnis hat mich erst bewogen, dieses beziehungsweise überhaupt ein Buch zu schreiben, um all das Geschehene sowie auch meine Enttäuschung abzustreifen. Ich würde auf keinen Fall jemanden absichtlich verletzen wollen und offenbar stimmt der Spruch, dass sich der wahre Charakter eines

Menschen nicht während einer Beziehung offenbart, sondern erst danach zeigt. Mittlerweile denke ich, ihr Autounfall und das Missgeschick mit dem Fisch, der mich verschont, aber sie so verletzt hat, war dann wohl doch Karma und ich bin mir sicher, das Schicksal hält für Mia aufgrund ihrer letzten Gemeinheit mir gegenüber noch eine weitere Überraschung bereit. Jede schlechte Tat wird gesühnt, es ist alles nur eine Zeitfrage.

Auf das Konzert kam sie übrigens nicht, aber dafür tauchte ihr Bruder bei diesem Gig auf, der mir ohne mit der Wimper zu zucken ins Gesicht gelogen hat, er hätte die Eintrittskarte vor Tagen gekauft. Ich weiß allerdings, dass es mein Geschenk an Mia war, denn das Konzert war bereits Monate vorher ausverkauft. Ich selbst habe das Ticket schon drei Monate vorher besorgt. Hätte er gesagt, er hat die Karte von seiner Schwester bekommen, weil sie selber nicht kommen wollte, wäre das für mich völlig okay gewesen. Ich habe sie ihr immerhin geschenkt und sie kann damit machen was sie will und sie natürlich auch weiterschenken wem Sie möchte. So ist die Karte wenigstens nicht verfallen und ihr Bruder hat Spaß auf dem Konzert. Das freut mich ja, aber warum ich genau angelogen werde, ist mir völlig unklar. Dafür wurde mir umso bewusster, was man von solchen Menschen halten soll: nichts!

Aus Liebe habe ich in ihr einen Menschen gesehen, der sie gar nicht war. Im Nachhinein kann ich mir jetzt noch anhören, wegen gekränktem Stolz gegangen zu sein. Wie kann das möglich sein? Wir waren doch niemals ein Paar. Ich habe mich außerdem nicht aus gekränktem Stolz zurückgezogen – auch wenn sie mit diesem Satz gut dastehen will – sondern habe es einfach aufgegeben und keine Kraft mehr gehabt um jemanden zu kämpfen, der in mir ohnehin nie mehr als einen Freizeitpartner gesehen und mich so oft herablassend und lieblos behandelt hat.

Was ist passiert, ihr lieben Leser? Etwas, das leider sicher auch schon jedem von euch einmal passiert ist. Ich habe mein Herz geöffnet und bin wieder einmal verletzt worden. Typisch, aber es sollte halt nicht sein. Andererseits hat es auch keinen Sinn, sich nicht in eine neue Beziehung hineinzusteigern nur aus Angst verletzt zu werden, denn mit dieser Einstellung kann man bloß scheitern. In diesem Fall war es halt sinnlos, weil ich mich um eine Frau bemüht habe, die schon lange vorher aus Mangel an Selbstliebe zur Egoistin geworden ist. Mia, mögest du das Licht deiner Seele wiederfinden, auf dass es dich aus der Dunkelheit wieder auf den richtigen Weg bringt. So wie du dich als Mensch verhältst, hat deine Mutter keinen Grund stolz auf dich zu sein. Streif deinen Panzer ab, dann bist du eine schöne Frau und offen für das Glück mit dem nächsten Partner. Es hat keinen Sinn, Mauern um sich zu bauen, es macht nur Sinn Mauern einzureißen.

Wenn die Liebe dir winkt, folge ihr, sind ihre Wege auch schwer und steil. Und wenn ihre Flügel dich umhüllen, gib dich ihr hin, auch wenn das unterm Gefieder versteckte Schwert dich verwunden kann. Khalil Gibran

Nun muss ich noch eines dieser unzähligen Zitate loswerden. Khalil Gibran sagt ebenfalls: Besser ist es, ein Opfer menschlicher Schwäche zu werden, als zu den Starken und Unterdrückern zu gehören, welche die Blumen des Lebens mit ihren Füßen zertreten.

So ist es mir passiert und damit kann ich mich identifizieren.

Später erfahre ich noch, dass sie sich ein neues Auto gekauft hat. Wieder ein Zweisitzer Cabrio. Mazda MX5, Jaguar grün und er sieht optisch fast genauso aus wie ihr alter MG. Herr O. scheint Hellseher zu sein.

Heute klopft es an der Tür. Es ist zwanzig Uhr und der Hotelmanager wollte sich vergewissern, ob bei mir alles in Ordnung wäre. Ein aufmerksamer Hotelgast gegenüber hätte bemerkt, dass bei mir schon zwei Tage das Bitte-nicht-Stören-Schild am Türknauf hängt und man hat mich auch lange nicht gesehen, hört allerdings doch ständig den Fernseher oder Radio laufen. Sehr lieb, da macht sich jemand Sorgen, ob ich im Zimmer verstorben bin. Ich beruhige ihn diesbezüglich. Es regnet ohnehin seit zwei Tagen und ich habe im Zimmer zu arbeiten und zeige für ihn zum besseren Verständnis auf meinen laufenden Laptop, auf dem ich zehn Minuten später diese Zeilen tippen werde. Eigentlich wollte ich mir eben einen Porno ansehen, aber hier sind alle Sexseiten gesperrt beziehungsweise lassen sich nicht öffnen. Verdammte Türkei und verdammter Erdogan – wo ist denn jetzt die Demokratie und wo bleiben die Freiheiten für das Volk? Ach, du verdammter türkischer Hotelserver! Gäbe es wohl bei geglücktem Putsch Pornos für alle? Zufrieden zieht der Hotelmanager wieder ab und mir fällt auf, dass ich wirklich wieder einmal etwas außerhalb des Zimmers machen könnte. Hallenbad oder Yoga kann zur Abwechslung nicht schaden und so beschließe ich, morgen wieder ein wenig mehr Wellnessurlaub zu genießen. Ich fühle mich schon fast wie ein richtiger Schriftsteller, der sich irgendwo einsam in einer Blockhütte in Kanada zurückzieht, um sein Werk zu vollenden und der nur zwischendurch mit Lebensmitteln versorgt wird. Das Abendessen läuft noch eine Stunde. Ich werde mich mal frisch machen, rasieren und mir etwas Gutes an der Futterstelle unten aussuchen. Dann habe ich heute zumindest doch noch einmal das Zimmer verlassen und kann behaupten, unter Menschen gewesen zu sein.

Stefanie TS

Stefanie TS ist eine Transsexuelle, die im Laufhaus von Lola arbeitet. Ich habe ja im Kapitel zuvor kurz erwähnt, dass Mia auch Frauen zugetan war. Immerhin hatte sie auch viele große Plakate von weiblichen Unterwäschemodels in ihrer Wohnung hängen. Wir hatten einmal ein Gespräch, in dem wir beide feststellten, niemals in einen Swingerclub gehen zu wollen und auch sonst – wenn wir ein Paar wären, was wir dann aber letztlich nie waren – keine Dreier praktizieren zu wollen, da wir keinen anderen Mann und keine andere Frau mit uns teilen wollten. Einen Dreier hatten wir vor unserem Kennenlernen eh beide schon und brauchten dieses Erlebnis somit nicht mehr. Wir waren uns aber unschlüssig wie es wäre, wenn es sich um eine Transsexuelle handeln würde. Es wäre dann zwar ein Mann, der sich umoperiert hat und mit weiblichen Aussehen und geilen Brüsten gesegnet wäre, aber auch noch seinen Schwanz hätte und somit ja weder Frau noch Mann ist, sich aber als Frau fühlt. Wir kamen jedenfalls zum Schluss, dass wir ein Sexerlebnis mit so einer Person gerne ausprobieren möchten. Hier wäre dann auch keiner von uns benachteiligt und niemand hätte einen Grund eifersüchtig zu sein. Nun bin ich ja mit Mia schon länger getrennt und verabrede mich nach einer längeren Durststrecke ohne Sexpartnerin mit Eva, einer Frau, die auch eine bisexuelle Ader hat. Eva möchte mit mir in einen Swingerclub, aber ich habe keine Lust und erzähle ihr von meinem damaligen Gespräch mit

Mia diesbezüglich. Sie ist sofort Feuer und Flamme und möchte mit mir einen Laufhausbesuch bei einer Transe machen. Auch Eva sieht sich gerne sexy Frauen an. Sex hatte ich mit ihr noch keinen. Wir haben lediglich über Facebook einige Schweinereien ausgetauscht. Via Internet suchten wir in Laufhäusern nach gutaussehenden Transen und ich rief heimlich Lola an und fragte sie, ob sie mir eine empfehlen kann und sie verweist mich auf Stefanie. Ich musste den Link natürlich sofort an Eva schicken und auch Eva war ganz hin und weg. Stefanie war optisch wie ein Topmodel, hatte die Figur eines Fitnessmodels und Titten wie ein amerikanischer Pornostar, lange blonde Haare, wulstige Lippen und ein wunderschönes Gesicht. In ihrer Reizwäsche, den Heels und den zwischen die Oberschenkel eingeklemmten Schwanz schien sie eine Frau zu sein, die perfekter nicht sein konnte. Ich war mir nicht sicher, ob Eva wirklich kommt und wir haben uns auf dem Cineplexxparkplatz getroffen und sind dann gemeinsam mit einem Auto ins Laufhaus weitergefahren. An der Tür von Stefanie stand uns dann auch beiden gleich der Mund offen. Sie war zufällig frei und bat uns herein. Wir sagten ihr, was wir gerne hätten und dass wir in Sachen Sex mit Transsexuellen beide Anfänger sind. Stefanie erklärte uns in gutem Deutsch (sie war Holländerin und beherrschte sieben Sprachen), dass wir beide bei ihr gut aufgehoben wären. Wir entrichteten beide unser Fickgeld und gingen duschen. Im Bett bestand Stefanie darauf, dass ich ihr einen blasen soll, doch ich weigerte mich. Das war mir dann doch zu schwul und ich wollte ihr bestes Stück auch nicht einmal angreifen und habe es auch die ganze Stunde über nie berührt. Eva hingegen nahm mir diese Arbeit mehr als gerne ab und während Eva Stefanies Schwanz hart blies, hat mir Stefanie meine Eier gelutscht und mir einen geblasen. Natürlich mit Gummi. Es war der Wahnsinn, so einen brutal geilen Blowjob muss man schon sehr lange suchen und es dauerte nicht lange, da war auch mein bestes Stück steinhart. Ich sah ohnehin nur den weiblichen, oberen Teil von Stefanie, denn Eva verdeckte ihre untere Hälfte. Stefanie hatte sicherlich eine fünfhundert Gramm oder noch größere Füllung pro Seite und ihre Titten erschienen riesig, passten aber zu diesem pornösen, stahlharten, durchtrainierten, aber trotzdem absolut weiblichen Körper. Nun packt sich Stefanie Eva, zieht sie grob über das Bett und schiebt ihr den Riesenschwanz in ihre Fotze ein. Eva sieht mich ängstlich an und ich lache und sage nur „Schwanz ist Schwanz, was hast du denn?“ Eva und Stefanie lachen und dann wird Eva von Stefanie brutal durchgefickt. Stefanie ist sehr dominant. Da kommt anscheinend doch noch ein wenig das Testosteron durch. Ich bin im Moment mehr Zuseher und nun hockt sich Stefanie vor mich und bittet mich, meinen Prügel in ihren Arsch zu schieben. Leicht zögernd mache ich es und mein Schwanz gleitet richtig leicht in ihr Arschloch. Eva lutscht indessen noch an Stefanies Latte und dann drückt mich Stefanie nach hinten und hockt nun verkehrt auf mir und reitet mich. Von hinten sieht es aus, als würde mich Miss Fitness 2025 zureiten. Ihr Körper ist noch durchtrainierter als jener von Svenja und trotzdem erinnert auf den ersten Blick nichts daran, dass Stefanie ursprünglich ein Mann war beziehungsweise noch ist und als Frau in einem Männerkörper geboren wurde. Sie sieht aus wie ein Katalogmodel und ihre glatte Haut ist so wunderbar gebräunt und einfach perfekt. Hockend und noch immer High Heels tragend dreht sie sich während des Reitens um und ich sehe, wie ihr halbharter Schwanz bei jeder Auf- und Abbewegung auf meinen Bauch klatscht. Ein verstörender Anblick, der mich nicht erfreut. Ich bemühe mich, nur in das hübsche und stöhnende Gesicht von ihr zu blicken und ihren Schwanz auszublenden, während sie mich zureitet und ich gebe zu, dass ich diesen Ritt optisch sehr geil finde. Sie ist darüber hinaus auch sehr nett und lacht ständig, um der Situation auch eine gute Atmosphäre zu geben. Jetzt möchte sie, dass ich mich auf den Rücken lege und sie mich in meinen Arsch ficken kann. Aber Eva kommt ihr zuvor und schreit „ich, ich" und Stefanie fickt erst einmal Eva, die nun auf dem Rücken liegt und stöhnt. Ich knie mich hinter Stefanie und schiebe ihr meinen Schwanz noch einmal in ihr Arschloch. So sind wir im Moment alle drei miteinander verbunden – Stefanie in Eva und ich in Stefanie. Ich denke kurz an den Film „the human Centipede" und grinse. Ich komme kurz darauf, spritze alles in den Gummi, springe auf und werfe diesen gleich in die Toilette. Falls Stefanie auch eine Spermasammlerin ist, kann sie mit meinem Saft zumindest nichts mehr anfangen. Eva bläst Stefanies Schwanz noch, bis diese auch kommt. Dann gehen wir alle drei hintereinander duschen und die beiden rauchen noch eine, während ich von beiden die Beine streichle. Stefanies Beine sind übrigens wesentlich schöner und wohl proportionierter als jene von Eva. Stefanie erklärt uns noch, den Job noch einige Jahre machen zu wollen und sich Geld anzusparen, um sich dann komplett umoperieren und aus ihrem Schwanz eine Vagina formen zu lassen. Ich habe Eva noch beim Cineplexxparkplatz abgeliefert und wir waren der einstimmigen Meinung, dass dies eben ein saugeiles Erlebnis gewesen ist. Alleine hätte ich so einen Besuch sicherlich nie durchgeführt. Ich bin mir absolut sicher, dass ich niemals im Leben mit einem Typen ein sexuelles Erlebnis haben möchte, denn dazu bin ich einfach zu hetero. Damit meine ich Transvestiten, die sich nur als Frau verkleiden oder Typen wie diesen Sänger Conchita Wurst aus dem Ösiland, der mit seinen Weiberklamotten und seinem Bart als Markenzeichen seine Karriere bestreitet, darüber hinaus allerdings nur ein normaler schwuler Typ ist, ein Schwertschlucker eben. Ich habe auch keine Vorurteile gegen Homos und der Typ singt ja auch gut, aber mit einer umoperierten Transe, egal ob noch mit oder ohne Schwanz, ist das eine ganz eigene und vor allem andere Geschichte.

Eva und ich haben uns seitdem weder geschrieben, gehört noch gesehen. Es ist, als wäre diese Sache nie passiert.

Mary

Einen Monat nach diesem Erlebnis und einer momentanen Frauenflaute besuchte ich Mary. Ungerecht manchmal zwei, drei Mädchen verfügbar zu haben und dann gibt es Zeiten, in denen ergibt sich wieder gar nichts. Aber für diese Flauten gibt es ja Laufhäuser. Sie freut sich über meinen Besuch und auch ich freue mich sie wiederzusehen, weil wir uns ja schon länger nicht mehr gesehen haben. Wenn ich in das Laufhaus einkehre, gehe ich hauptsächlich zu Lola, auch Torte gibt es übrigens nur für Lola. Mary raucht noch eine bevor wir duschen gehen und ich bekomme ihre letzte Dose Cola. Da sage ich spontan zu ihr, „Mary, heute mach mit mir einfach auf was du Lust hast, überrasch mich." Mary weiß, dass ich nicht auf Schmerzen oder allzu Brutales stehe und meint, sie hätte etwas Stranges und ich solle mich ihr einfach hingeben. Sie wird mit mir nichts anstellen, das allzu wild und schon gar nicht schmerzvoll sein wird. Wir duschen und danach knotet mich Mary mit beiden Händen an die Eisenpfosten des Bettes und spreizt mir auch meine Beine und macht diese ebenfalls fest. Dann bindet sie mir in gewohnter Manier mit ihren Strümpfen meine Eier ab. Ganz sicher bin ich mir nun nicht mehr, denn Mary grinst sich einen ab. Normalerweise würde mich Mary jetzt zureiten und sie macht es auch. Sie spittet mich von oben bis unten voll, fickt mich in allen möglichen Positionen die ihr möglich sind – ich selbst kann mich ja nicht bewegen – und beschimpft mich dabei ständig. Dirty Talking kann auch ganz schön anturnen. Zwischendurch setzt sie sich auch mit ihrem Arschloch auf meinen Schwanz und fingerlt mein Loch mit ihren langen Fingern, mit denen sie zuvor in ein Kondom schlüpft oder auch diese dünnen Chirurgenplastikhandschuhe anzieht. Sie lutscht so brutal an meinen Eiern und zieht sie mir so extrem in die Länge, dass es schon eine Mischung zwischen Lust und Schmerz wird und das ganze wiederholt sich in etwa eine halbe Stunde. Sie verdreht ein Handtuch, umwickelt damit meinen Hals und schnürt mir die Luft ab. Mir ist zwischendurch bereits auch schon, als würde ich kleine Sternchen sehen, aber Mary ist Profi und bevor mich wirklich die Ohnmacht überkommt, lockert sie rechtzeitig den Druck jeweils und grinst mich an. Plötzlich springt sie von mir ab und trippelt in ihren High Heels zur Kommode, zaubert einen durchsichtigen Plastiksack aus der Lade hervor und stülpt ihn mir über den Kopf. Sie setzt sich wieder mit ihrem Arsch auf meinen Schwanz und ich sehe ein wenig verschwommener, aber immer noch recht gut durch das Plastik hindurch. Sie steckt sich ihre ganze Hand inklusive Daumen in den Mund, es reckt sie und plötzlich schießt ihr die Kotze aus dem Maul. Sie spuckt mir über meinen ganzen Kopf und ich spüre die übelriechende, säuerliche Brühe durch das Plastik. Ich bekomme selbst kaum Luft und es fühlt sich ganz warm an. Sie übergibt sich noch zwei, drei weitere Male über mich und reitet währenddessen immer noch meinen Schwanz. Ich spüre, dass sich bei jedem Kotzausbruch auch ihr Arschmuskel anspannt und verengt. Dann lacht sie, zieht mir den Sack vom

Gesicht ab und sagt, „na zufrieden?" Ich bin viel zu verdutzt, um darauf etwas Passendes sagen zu können. Sie setzt sich nun zwischen meine Beine und melkt mich ab bis ich spritze. Dann bindet sie mich los und ich weiß noch immer gar nicht, was ich sagen soll. Sie erzählt mir, dass sich das, was wir eben praktiziert haben, „römische Dusche" nennt und sie dies bei ihren anderen Kunden normalerweise ohne Plastiksack praktiziert. Denen kotzt sie ins blanke Gesicht beziehungsweise zwingt sie dazu, den Mund aufzureißen und spuckt ihnen alles direkt ins Maul. Sie wusste aber, dass für mich nur diese Light-Variante in Frage kommt und irgendwie kennt Mary mich echt gut. Ich fand es geil, aber ihre Kotze direkt abzubekommen oder gar schlucken zu müssen, hätte ich auf keinen Fall wollen. Beim Duschen merke ich, dass ohnehin einige ihrer halbverdauten Essensreste an meinem Hals hängen und an mir in den Ausfluss der Duschtrasse hinunterrinnen.

Ich nehme mir eine Red Bull Dose aus ihrem Kühlschrank und lache, weil sie wieder frischen grünen Spargel eingekauft hat. Von früheren Besuchen weiß ich, dass sie einen Stammkunden hat, dem sie öfters ins Maul pisst und er diesen Saft leidenschaftlich gerne schluckt. Eine Stunde vor ihrem Termin mit diesem Typen brät sie sich dann immer den Spargel in der Pfanne an und schmaust ihn, weil es ihn anturnt, wenn ihre Pisse so richtig penetrant und scharf riecht, wie es eben nach Spargelverzehr üblich ist.

Mit Mia habe ich Monate zuvor den Film „2 Girls 1 Cup" im Internet angesehen. Wir suchten uns spaßhalber Extremvideos, zumal wir oft eine halbe Stunde für den Einlauf überbrücken mussten und in dieser „Wartezeit" haben wir eben das Internet nach allen möglichen Pornos oder Abartigem durchforstet und uns schon mal geil gemacht. Auch dort haben zwei Mädchen abwechselnd in eine Schüssel gekotzt und dann auch noch dazugeschissen und die Brühe dann noch gemeinsam ausgetrunken. Der Film ist auch schon knappe zehn Jahre alt und auch Charlotte Roche beschreibt in ihrem Büchlein eine ähnliche Szene, in der sie das ähnlich praktiziert haben will. Ich frage mich, wie die Zukunft des Pornos aussieht. Ihr lieben Freunde, es ist unglaublich, hängt euch mal in die Pornohomepage eures Vertrauens oder geht auch einfach nur auf die Seite www.xnxx.com und gebt als Suchbegriff das Wort „Prolapse" ein. Unglaublich oder? Analficken war gestern. Mädchen und Frauen jedes Alters stülpen sich hier das Innenleben ihres Darms aus dem Arschloch, teilweise bis zu fünfundzwanzig Zentimeter weit, während andere Girls daran lutschen oder Typen diese dunkelrote und fleischig wirkende Arschgeburt dann auch noch außerhalb des Körpers ficken. Mary scheißt und pisst ja bekanntlich vielen ihrer Kunden auch ins Gesicht beziehungsweise zwingt diese dann, dieses warme wohlduftende Kotze-Scheiße-Gemisch zu schlucken. Das wäre mir aber zu krank. Ihren eigenen Darm auszustülpen beziehungsweise ins Freie zu befördern, habe ich aber auch noch bei niemanden live gesehen. Wie gesagt, ich bin ja für vieles offen, nur alles was mit Tieren, Kindern oder Scheiße und Blut beziehungsweise Schmerzen zu tun hat, ist dann sexmäßig doch nichts für mich.

Gut, jetzt habe ich die römische Dusche also auch einmal erlebt. Stunden später und bereits zuhause bilde ich mir immer noch ein, diesen säuerlichen Geruch in der Nase zu tragen und tatsächlich, hinter meinem Ohr war noch ein Stückchen Kotze, das sich dem Duschen bei Mary wohl standhaft widersetzt hat. Es könnte im vorigen Leben einmal ein Stückchen Wurst gewesen sein, aber so genau untersuche ich es dann doch nicht. Es ekelt mich und ich dusche zuhause noch ungefähr eine halbe Stunde nonstop, bis ich mich endlich ganz sauber fühle.

Denise

Denise ist eine Discobekanntschaft. Ich bin total nüchtern wie immer und Denise ein wenig angetrunken. Sie erzählt mir, dass ihre Tochter am Wochenende beim Ex-Mann ist und ich noch auf ein Getränk zu ihr nach Hause mitkommen kann. Irgendetwas wird sich schon für mich im Kühlschrank finden lassen und ich fahre mit ihr in ihre Bruchbude. Ich freue mich für das Kind, dass es beim Vater sein kann, denn schlimmer als in der Wohnung von Denise kann es eigentlich nirgends mehr aussehen. Für einen Moment überlege ich auch, ob das hier ein Fall für die Jugendfürsorge wäre. Der Boden ist voll mit Kleidern, es sieht aus als hätte es vorher einen Streit gegeben und alles wäre in der Wohnung herumgeworfen worden, aber bei genauerem Betrachten war es dann doch relativ sauber, wenn auch spärlich eingerichtet. Es war einfach extrem unordentlich, aber nicht dreckig. Denise wollte sich ins Bad waschen gehen und das machte sie mir schon einmal sympathisch. Wir duschten völlig normal ohne uns anzupissen oder großartig auszugreifen und gingen ins Bett. Dort fragte mich Denise erst mal, ob ich oder eine meiner Ex-Bekanntschaften mir schon einmal etwas in meine Harnröhre gesteckt habe. Ich verneinte und habe es auch abgelehnt, mir von Denise einen kleinen Minimaiskolben aus dem Einmachglas in meinen Penis einschieben zu lassen. Ihr Lieben Leute, ich kennt doch diese kleinen Minigurken und auch diese nur circa fingerlangen Maiskölbchen. Auf die Idee, sich so einen einzuschieben, muss man erst einmal kommen. Ihr Exmann mochte es übrigens und als sie es ihm eines Tages zu wild aus- und eingeschoben hat, brach der Teil dann auch ab und er musste ins Spital, um sich den Rest rausholen zu lassen. Das wollte ich mir gleich ersparen. Sehr aufmerksam, dass mir Denise diese Geschichte gleich erzählt hat. Sexgeschichten, die im Spital enden, sind tunlichst zu vermeiden, auch wenn es oft harmlos zustande kommt. Doris hatte einmal die Regel und hatte sich einen Soft-Tampon in Herzchenform eingeschoben, weil sie einfach geil war und Sex wollte. Wir fickten dann auch problemlos und auch völlig blutlos. Ich bemerkte wirklich nicht, dass dieser Schwamm in ihr steckte und das Gefühl war wie immer. Allerdings war das Teil so tief in ihr drin, dass weder sie noch ich ihn wieder herausbekamen. So weit kam ich mit meinen Fingern einfach nicht in sie hinein und auch ihr gelang es nicht. Mir fiel dann ebenfalls die Story aus „Feuchtgebiete" ein, bei er sich das Fräulein Roche denselben Schwamm mit einer Grillzange selbst rausgeholt hat. Wir bevorzugten jedoch die Fahrt ins Spital und dort war es ein Auftrag von einer Minute, auch wenn wir zwei Stunden dafür warten mussten, bis wir aufgerufen wurden. Vom Peinlichkeitsfaktor für Doris gar nicht zu sprechen, denn der Arzt erwies sich als alter Schulkollege von ihr. Ja, das ist eben so, wenn man in einem Dorf wohnt. Zurück zu Denise. Sie nennt mich wegen meiner Harnröhrenverwöhn-Absage einen Langweiler und wir liegen im Bett. Denise sitzt auf mir und schreit mich an, sie härter zu ficken. Ich befürchtete schon, ich müsste wie bei Kezia wieder zu einem Fickroboter mutieren, aber Denise ging es nur darum grob zu sein. Ich hatte aber zu diesem Zeitpunkt überhaupt keine Lust auf Rough-Sex. Plötzlich schlägt mir Denise unerwartet und heftig mit der Faust ins Gesicht, sodass meine Zähne schepperten. Ich sagte „bitte lass das" und noch bevor ich diese drei Wörter ausgesprochen habe, zerkratzte mir Denise mit ihren langen, künstlichen Fingernägeln meinen ganzen Rücken. Es ist ein höllischer Schmerz und da sie zu diesem Zeitpunkt auf mir sitzt, stoße ich sie reflexartig von mir. Ich schwöre euch, es war völlig unabsichtlich und wirklich nur eine Abwehr beziehungsweise Reflexbewegung, aber sie donnert dabei mit ihrem Kopf mit voller Wucht gegen die Wand. Es kracht mit einer Lautstärke, dass alle anderen Hausbewohner aufgewacht sein mussten. Immerhin war es vier Uhr Früh und es hörte sich für mich an, als wäre ein Auto in die Hausmauer gefahren. Mir tut das unheimlich leid und ich packe ihren Kopf, den sie mit beiden Händen hält und befürchte schon das Schlimmste. Es rinnt auch schon ein kleiner Blutstrom ihren Hals hinab und auf der Wand sind auch einige Spritzer, Dexter lässt grüßen. Verdammt, eine Platzwunde. Ich entschuldige mich und sie löst die Hände von ihrem Kopf und sagt ganz ruhig zu mir: „Endlich wirst du einmal geil!" Das war ihre ganze Reaktion auf diese Fast-Gehirnerschütterung samt Schädelbruch! Nachdem mir mein ganzer Rücken brennt, mir diese Art von Sex und auch der bisherige Verlauf doch nicht gefiel und ich auch ein komisches Gefühl bei der ganzen Sache hatte, weil sie das Blut in ihren Händen auf meiner Brust verschmierte, bin ich aufgestanden, habe mich schnell angezogen und bin abgehauen. So ein primitives Weib. Zuhause bei der Musterung vor dem Spiegel erkenne ich offene Hautfurchen und blutende Streifen in einer Länge von fast fünfzig Zentimetern auf meinem Rücken. Es dauerte zwei Wochen, bis dieses Massaker komplett verheilt war und nicht mehr geschmerzt hat. Wie gut, dass ich kein Impfgegner bin und somit so ziemlich alles intus habe, was es gibt beziehungsweise man so braucht – auch Tetanus.

Gestern Abend war ich noch in der Hoteldisco und sie war mehr als spärlich besucht. Die fleißigen Heinzelmännchen haben übrigens über Nacht das ganze Hotel weihnachtlich geschmückt. Sehr fein, also doch keine Christenhasser hier und auch die IS-Armee ist noch nicht soweit vorgedrungen auch wenn es vor Monaten hier am Flughafen schon gekracht hat. Es sieht aus wie Zuhause mit Rudolf, dem Schlitten, tonnenweise Watte als Schnee-Ersatz und überall blinkt es. Auch hunderte Jahresendflügelfiguren hängen in der Lobby und Santa Claus ist zigfach anwesend. Ein herrlicher Mischmasch und für einen kurzen Momente dachte ich auch schemenhaft E.T mitten in dieser Szenerie gesehen zu haben. Es war allerdings nur eine kleine Gamudi-Frau, die offensichtlich unter ihrem nudefarbenen Kopftuch einen relativ großen Dutt oder vielleicht auch einen fetten Pferdeschwanz trägt und deswegen so hinterkopfausgebeult wirkt. Sie hat nur inmitten der Weihnachtsdekoration etwas arrangiert. Überhaupt laufen hier fast keine Kopftuch-Gamudis herum – weder auf dem Markt, im Hotel, noch in Belek selbst. Die Tradition wird offensichtlich nur von bei uns Zuhause im Dorf wohnenden Türken zelebriert und ausgereizt. Hier scheinen dagegen alle recht locker und westlich zu sein. Wer im Moment jedoch weniger locker und entspannt wirkt ist Kristina, die Fitnesstrainerin aus Russland. Alberto und sie sind bereits Geschichte, denn eine Kellnerin hat ihr geflüstert, dass Alberto ohnehin schon vergeben ist und als sie ihn darauf angesprochen hat, gab er das auch zu. Da er saisonmäßig ja Wochen von seiner Freundin getrennt ist und nicht regelmäßig nach Hause fährt, wollte er eben zumindest hier in der Anlage seinen Spaß haben. Kristina scheint hier hingegen eher die große Liebe zu suchen. Mir ist allerdings ohnehin schleierhaft, was sie sich von einem türkischen Animateur erwartet hat. Was man in einer Disco nicht alles erfährt – Betrunkene sind so redefreudig. Nachdem Kristina und ich beim Yoga meist nur noch zu zweit sind und relativ gut miteinander können, hat sie sich mir an der Discobar anvertraut. Ein wenig mühsam war es auf jeden Fall, mit meinen spärlichen Englischkenntnissen der Geschichte und ihrem schnellem Geplapper zu folgen.

Kristina tut mir sogar ein wenig leid, denn ich kann mich ein wenig in sie hinein fühlen. Spätestens in der Hauptsaison hätte er sie ohnehin gegen interessantere Touristinnen oder eine der Trainerinnen nach ihr eingetauscht. Ich verstehe überhaupt nicht, wieso um diese Jahreszeit überhaupt so viele Animateure angestellt sind, aber üblicherweise haben alle einen Vertrag von März bis März des Folgejahres. Auch die beiden Klavierspielerinnen musizieren meist vor leeren Stühlen in der Lobby. Für Kristina aus Russland ist es ihr erstes Engagement als Fitnesstrainerin in einem Urlaubsland. Sie ersetzt erst seit kurzem jemanden, der krank geworden ist und macht nun ihre ersten Erfahrungen als Animateurin. Ich kann ihr nicht einmal sagen, dass man aus Schaden klug wird – das stimmt ja oft auch nicht beziehungsweise hat ja bei mir auch noch nie zugetroffen.

Ich habe von den gestrigen Yogaübungen einen ziemlichen Muskelkater und nachdem ich ja auch nicht mehr der Jüngste bin, verzichte ich deshalb heute auf Yoga mit Kristina und werde eher saunieren, ein wenig im Hallenbad relaxen beziehungsweise gemütlich einige Kilometer schwimmen. Okay, das war gelogen, aber einige Längen auf jeden Fall. Ich denke, dass ich heute noch mit dem letzten Kapitel beginnen werde, denn ich liege gut in der Zeit. Mein Abflug beziehungsweise die Rückreise ist nicht mehr weit. Auch wenn diese ganze Geschichte niemals jemand lesen wird, bin ich trotzdem stolz auf mich das durchgezogen und auf die letzten zwanzig Jahre zurückgeblickt zu haben – für mich selbst. Noch nie habe ich so genau über alles nachgedacht, über meine Fehler und Verfehlungen. Aber ich habe auch festgestellt, dass ich gütig bin, verzeihen kann und im Großen und Ganzen sagen kann, dass ich zu den Guten gehöre. Selbst wenn die eine oder andere Geschichte ausgelassen wurde und ich auch sicherlich einiges schon wieder vergessen habe, ist es doch ein Einblick in meine persönliche kleine Welt. Es gibt einige, nicht niedergeschriebene Geschichten wie die von Brigitte, einer älteren Dame, die mich in einer Pizzeria angesprochen, zu sich nach Hause eingeladen und mir dreihundert Euro angeboten hat, damit ich auf ihren Glastisch scheiße, während sie darunter liegt, das Szenario beobachtet und sich dabei ihre Fotze massiert. Jetzt fällt mir auch die Story ein, in der sich ein mir komplett unbekanntes Mädchen in der Disco auf mein Knie setzte und sich solang daran rieb, bis sie kam und auf mir ausgeronnen ist. Leider hat das eine Kellnerin beobachtet und uns dann mit Hilfe des Türstehers aus dem Lokal verwiesen. Vor der Disco stieg sie dann auf ein Rad und fuhr wort- und grußlos davon und ich habe bis heute keine Ahnung, wer dieses gestörte Mädchen war. Oder die Geschichte von der Sechzehnjährigen, die das Gesicht von Adolf Hitler als Tätowierung auf ihrem Rücken trägt und mich unbedingt ficken wollte. Ist das rechtlich eigentlich erlaubt, sich den Kopf vom Adolf tätowieren zu lassen – noch dazu von den Schultern bis zu den Hüften in Übergröße? Welcher Tätowierer macht so etwas überhaupt und kann die damit auf Urlaub fahren oder im Sommer baden gehen, ohne gelyncht zu werden? Sie meinte, in den neuen Bundesländern wäre das kein Problem, da es dort „in" ist rechts zu sein und Urlaub im fremdsprachigen Ausland bräuchte sie eh nicht. Sie war aus Sachsen-Anhalt und machte Urlaub bei uns im Dorf. Ich hatte allerdings keine Lust, sie von hinten zu nehmen und dabei in Adis dämliche Visage zu glotzen. Obwohl ich ihm ganz gerne auf seine Fresse gespritzt hätte, habe ich das Beischlafangebot dann aber doch dankend mit der Begründung abgelehnt, dass ich ja ohnehin zu alt für sie wäre und mich auch nicht strafbar machen will. Wobei, ich glaube vom Alter her wäre es gesetzlich okay gewesen, als Vierzigjähriger eine Sechzehnjährige zu ficken, nur sicher bin ich mir nicht. Hätte ich das Scheißtattoo schon in der Disco beim Kennenlernen gesehen, hätte ich sie gar nicht mit heimgenommen. Da gäbe es noch einige Storys, die ausführlicher erzählt werden könnten – vielleicht mal in einer Fortsetzung. Dies alles niederzuschreiben war und ist für mich wie eine kleine Aufarbeitung, ein Rückblick auf tolle Augenblicke, aber auch auf Momente des Scheiterns. Wie oft bin ich gefallen und wieder aufgestanden, wie viele lustige und leider aber auch traurige Ereignisse habe ich erlebt. Es ist wie eine Häutung, bei der man sich die kaputte Schicht abstreift und erneuert, wie ein Wiederaufstehen nach dem Fallen oder die Reset-Taste auf dem Computer zu drücken. Ein Neubeginn eben, ohne nach hinten zu blicken, sondern nur mehr nach vorne. Viele andere Menschen gehen den Jakobsweg oder verfallen einer Sekte oder anderen ähnlichen esoterischen Richtungen, aber das ist alles nichts für mich. Auch dem Yoga entnehme ich keine Weisheiten des Lebens und mache es hauptsächlich aus praktischen Gründen um fit und gelenkig zu bleiben. Ewig lange zu wandern ist mir ebenfalls zu blöd und über den eigenen persönlichen Jakobsweg haben ohnehin schon Paulo Coelho und geschätzte siebzehntausend andere Menschen ein Buch geschrieben. Mit dem Satz „ich musste mich selbst erst finden" kann ich auch nichts anfangen, denn ich weiß ja ohnehin wo ich wohne und mich notfalls finde.

Auf diesen ganzen Esoterikpseudoquatsch und Dinge wie Kristallbettsitzungen, Power-Healing, Transformations-Abende oder Channeling und ähnlichen Rotz habe ich einfach keinen Bock. Heutzutage bieten Menschen ihre heilenden Kräfte an, nachdem sie dafür gerade einmal einen Drei-Stunden-

Kurs an der Volkshochschule besucht haben und bezeichnen sich dann als Schamane oder Lebensberater etc. und offerieren ihre besonderen Fähigkeiten und Kräfte in Zeitschriften, um den Leuten zu helfen. Selbstverständlich viel günstiger als die fähigere Konkurrenz. So ein Schmarrn, das ist für mich genauso glaubwürdig wie der hundertzwanzig Kilo schwere, fette Fitnesstrainer, der mir die Geräte im Studio erklären will oder der Ehetherapeut, der selbst schon drei Mal geschieden ist und vier Kinder von vier verschiedenen Frauen hat. Nein danke, dann lieber so ein kleiner Wellnessurlaub mit Laptop und der Idee, sein Leben zu reflektieren beziehungsweise alles ehrlich und auch ein wenig selbstironisch niederzuschreiben.

So oft habe ich von Freunden beziehungsweise Freundinnen oder Bekannten schon gehört, dass sie alle irgendwann einmal ein Buch schreiben wollen. Wer von euch, liebe Leser, hatte diese Idee nicht auch schon einmal? Vielleicht sollte man über viele Dinge gar nicht lange nachdenken, sondern sie einfach machen, wie ich gerade. Macht auch einfach was immer ihr schon lange tun wolltet. Ich habe voriges Jahr übrigens Surfen gelernt, bin inzwischen auch ein recht guter Wakeboarder geworden und Bouldern steht als nächstes auf dem Programm. Es gibt noch so viele kleine und große Dinge, die ich noch nicht gemacht habe und gerne ausprobieren möchte. Auch Reiten, aber zur Abwechslung einmal auf einem echten Pferd und keinem Mädchen. Eventuell lerne ich auch Gitarre spielen oder Poledance mit Soraya zum Beispiel und tausend andere Dinge, die Spaß machen und schmecken.

In meiner Stammkonditorei, in der mir immer wieder zucker-, gluten- und laktosefreie Torten angeboten werden, möchte ich das nächste Mal darauf bestehen, die gleiche Torte mit Laktose, Gluten und Zucker zu bekommen, weil ich einfach gegen nichts allergisch bin. Ich habe kein Problem das Zeug mitzufressen und da die Torten ohnehin so teuer sind, möchte ich gefälligst auch alles drin haben. Auf das Gesicht der Kellnerin freue ich mich schon. Hier im Hotel habe ich auch zwei schwule Pärchen kennengelernt. Alle vier supernett, nur haben sie ständig von ihrem Anderssein gequasselt und übertriebene Schwulenpropaganda betrieben. Für mich ist es ja okay und ich freue mich über alle Menschen, die glücklich sind – egal, ob mit einem Mann, einer Frau oder einem Föhn, aber dieses extreme und übertriebene „ich bin so stolz schwul zu sein" kann man sich ja sparen. Eines Abends war auch ein normales Pärchen in deren Begleitung dabei und ich habe diesen beiden zu ihrem Mut gratuliert, in der heutigen Zeit nicht schwul oder lesbisch zu sein. Der Gesichtsausdruck der vier Schwertschlucker war unbezahlbar. Hach, ich trolle ja so gern.

Natascha

Mit Natascha habe ich um zwei Uhr früh noch telefoniert, nachdem wir uns auf Facebook bei irgendeinem gemeinsamen Freund gegenseitig lustige und freche Kommentare geschrieben haben. Sie fragte mich per PM um meine Nummer und ich dachte ohnehin nicht, dass sie die nächsten Tage anruft. So habe ich sie ihr geschickt und fünf Minuten später hebe ich im Bett das Telefon ab und sie war am anderen Ende der Leitung. Wir haben dann festgestellt, dass wir uns eventuell auch vom Sehen her über einen anderen gemeinsamen Bekannten kennen könnten, waren uns aber nicht sicher. Das Gespräch dauerte bis vier Uhr und ich war natürlich den ganzen Arbeitstag darauf todmüde. Wir haben dann auch gleich noch ein gemeinsames Date vereinbart und das war eine lustige und nette Stunde mit ihr in einem In-Lokal in der Innenstadt. Sie sah wunderbar aus und strahlte eine Natürlichkeit und Ehrlichkeit aus, die ich schon lange nicht mehr bei einer Frau gesehen habe. Trotz ihrer Schönheit war sie weder eingebildet noch arrogant. Ich selbst bin ja auch nicht angeberisch, obwohl ich jeden Grund dazu hätte und wir haben uns sofort mehr als gut verstanden. Sie erzählte mir noch einen relativ großen Hund zu haben und alleine zu wohnen. Fein, endlich jemand der auch wirklich Single war und sich mit mir daten wollte.

Wir trafen uns dann einige Male, aber sie konnte nie länger bleiben, zumal sie ihren Hund nicht länger allein lassen wollte beziehungsweise konnte. Auch ein

DVD-Abend war nur knapp möglich, da fast jeder Film eineinhalb Stunden dauerte und sie danach gleich wieder nach Hause musste. Nachdem sie mir aber klarmachte, gerne einmal bei mir übernachten zu wollen, jedoch niemanden hätte, der auf den Hund aufpasst, habe ich ihr angeboten, ihn einfach mitzunehmen. Sie selbst wollte mich nämlich vorerst nicht in ihre Wohnung mitnehmen. Ich sah ihn dann das erste Mal und mir ist fast das Herz in die Hose gerutscht, als er auf mich zugerannt kam. Es war ein Hund der Rasse Cane Corso und sein Gewicht war irgendwo zwischen siebzig und fünfundsiebzig Kilogramm und sein Schädel war ungefähr so groß wie der einer Kuh. Meine Angst war aber schnell verflogen, denn es war der reinste Schmusehund und kuschelbedürftiger als Max und Moritz und das sollte etwas heißen. Wir richteten dem Hund seinen Schlafplatz ein und Natascha hatte alles mitgenommen, Decken, Pölster etc. So kuschelten wir uns zum ersten Mal in eine gemeinsame Nacht, allerdings ohne Sex. Es war ein schönes Gefühl, sie die ganze Nacht im Arm halten zu können und auch der Hund, der auf den herrlichen Namen „Falco" hörte, kam in der Nacht öfters ans Bett und leckte meine Beine, die über die Bettdecke hingen. Dass Falco anstatt auf seinem Schlafplatz lieber auf meiner Couch im Wohnzimmer übernachtet hat, störte mich dann doch ein wenig. Ich war jedoch überrascht, wie schnell es mir nichts mehr ausmachte, dass meine Wohnung ab diesem Zeitpunkt ständig voller Hundehaare war. Wahrscheinlich, weil ich einfach happy war, Zeit gemeinsam mit Natascha zu verbringen.

Natascha postete auf Facebook wie glücklich sie sei und wie sehr sie in mich verliebt ist und nun endlich auch sie ein wunderschönes, gemeinsames Leben mit Freund und Hund leben und genießen kann. Irgendwie gefiel mir das, denn jetzt waren wir wohl offiziell ein Paar. Das mit uns auf Facebook öffentlich zu machen, war ihr persönlich wichtig, da sie täglich unzählige Freundschafts- und Kaffeetrink-Anfragen und auch Schwanzfotos von Fremden und anderen Verehrern bekommt. Nun hofft sie, dass dies jetzt weniger wird beziehungsweise aufhört, nachdem die Leute sehen, dass sie nicht mehr verfügbar beziehungsweise nicht mehr Single ist. Jetzt kann ich mir auch vorstellen, warum das für Mia so wichtig war, dass niemand sieht, dass sie einen „Freund" hat, damit sie weiterhin für alle verfügbar ist. Natascha war hauptberuflich Tochter und hatte keine Geldsorgen. Sie hat bereits einen großen Teil ihres Erbes ausbezahlt bekommen und war im riesigem Konzern ihrer Eltern nur angemeldet, um sozialversichert zu sein. Fixe Arbeitszeiten gab es für sie nicht und auch keine Anwesenheitspflicht. Sie war somit das komplette Gegenteil von Mia, die fleißig war und die ganze Verantwortung trug. Natascha fuhr die ganzen Wochen mit Falco in der Landschaft herum und genoss jeden Tag gemeinsam mit ihrem Hund. Lange Spaziergänge, Ausflüge etc., während alle anderen Menschen auf der Welt inklusive mir arbeiten mussten. Außer dem Hund gab es auch keinen anderen Lebensinhalt. Für mich war es gewöhnungsbedürftig, dass beim Mittag- und Abendessen bei ihr zuhause der Hund zwischen uns auf der Couch saß und auch teilweise von Tellern auf dem Tisch mitfraß. Er genoss einen Sonderstatus und ich bin überzeugt, es gibt keinen Hund auf der Welt, der ein besseres Leben hat. Sie behandelte und sprach mit ihm auch ständig wie mit einem Baby. Außerdem kochte sie jeden Tag pünktlich zu Mittag Bio-Puten- oder Bio-Hühnerfleisch mit Reis für Falco und übliches Hundefutter war eher die Ausnahme. In meiner Wohnung gab es gewisse Regeln, wie kein Verunstalten oder Übernachten des Kolosses auf meiner Couch, aber in ihrer Wohnung durfte der Hund alles machen, was er wollte. Selbst wenn Natascha und ich gemeinsam in der Badewanne saßen, mussten die Türen offen bleiben, damit sich der Hund nicht ausgeschlossen fühlte. Natürlich war er dann meist auch im Badezimmer und steckte seine Schnauze in unser Schaumbad. Unser erstes Sexerlebnis war furchtbar. Natascha hat mir einen geblasen und als ich sie lecken wollte, verspürte ich einen starken, medizinischen Geruch. Natascha hatte auch schon lange vor unserem Kennenlernen Unterleibsschmerzen und deshalb machte sie bisher auch keine Anstalten, früher mit mir Sex haben zu wollen. Ihr Muschiduft war unerträglich beißend, aber nicht wie bei Rebecca, denn Natascha war ein absolut reinliches Mädchen. Es roch irgendwie nach Spital. Ich machte mir große Sorgen und konnte sie nur schwer, fast in einem Streitgespräch, doch dazu überreden, endlich einen Termin beim Frauenarzt zu vereinbaren. Dieser überwies sie dann umgehend in eine Klinik. Natascha hatte seit zwei Monaten unbemerkt einen abgebrochenen beziehungsweise halb aufgelösten O.B.-Stöpsel tief in ihrem Unterleib, der bereits mit ihrem Gewebe verwachsen war und diesen ganzen Bereich seit Wochen eitern ließ. Der Tampon dürfte einen Fabrikationsfehler gehabt haben und beim Entfernen verblieb wohl ein Teil des Stoffes unbemerkt in ihr. Bei dieser Untersuchung stießen die Ärzte auch auf einen golfballgroßen Tumor, der ebenfalls dringend entfernt werden musste. Natascha stand kurz vor einer Sepsis und nur durch unseren ersten Sexversuch und meinem für sie lästigen Drängen, dringend zum Arzt zu gehen, wurde das alles erkannt. Gut, dass ich so übertrieben nervig war, denn Natascha weigerte sich lange zuvor – aus welchem Grund auch immer – von selbst zum Frauenarzt zu gehen.

Auf Falco passte inzwischen die Studententochter der Nachbarin auf, die dafür in dieser Zeit in Nataschas hundertachtzig Quadratmetern großen Luxuswohnung leben durfte. Sie war die einzige, die Falco auch schon von klein auf kannte und ab und an auf ihn schaute. Ich habe mich auch angeboten, Falco inzwischen zu mir zu nehmen, aber das wollte Natascha nicht. Ich hatte Todesangst um sie und wieder merke ich, wie sehr man einen Menschen schon liebt, wenn man so mitleidet und sich solche Sorgen macht, ob wohl alles gut geht. Die Operation verlief gut und sowohl den O.B.-Stoffrest als auch den gutartigen Tumor konnte man entfernen. Ein bis zwei Wochen später und

Natascha hätte tot sein können. Sie nannte mich dann deshalb spaßhalber auch ihren Lebensretter und nach einem weiteren Monat ärztlichem Sexverbotes kam es dann auch endlich zum ersten richtigen Mal.

Es war eine Offenbarung, Natascha war ein naturgeiles Top-Kätzchen und kannte alle Tricks, die es im Bett gibt. Darüber hinaus war sie auch ein arschgeiles Fickluder. Das einzige was mich störte war ihr Wunsch, auch während dem Sex die Schlafzimmertür offen zulassen, damit Falco sich mal wieder nicht ausgeschlossen fühlt. Das war für mich natürlich mehr als ungewöhnlich, wenn so ein Kalb neben dem Bett steht und zusieht wie sein Frauli von mir gefickt wird. Ich konnte sie dann aber doch noch überreden, für diese eine Stunde einmal auf die Anwesenheit ihres Hundes zu verzichten. Es war ein harmonisches und tolles Miteinander und ich fühlte mich auch schon als Hundevater und habe alles genossen, was wir zu dritt anstellen konnten. Zu diesem Zeitpunkt durfte ich dann auch zu ihr nach Hause kommen, nur wieso dies die letzten zwei Monate nicht möglich war, habe ich nie hinterfragt. Leider gab es nicht viel, was wir zu zweit anstellen konnten, denn Natascha wollte ihren Hund niemals länger als mittlerweile zwei Stunden alleine lassen, obwohl dieser es gassimäßig und futtertechnisch auch einen halben Tag ausgehalten hätte. Sie war absolut auf ihrem Hund fixiert und liebte diesen abgöttischer als andere Frauen ihre Kinder. Sie nannte ihn „ihr Baby" und da Falco zwar absolut kuschelig war, aber beim Kontakt mit anderen Hunden absolut aggressiv wurde und wahrscheinlich jeden anderen Hund zerfleischt hätte, konnten wir ihn auch nie irgendwohin mitnehmen. Aus diesem Grund waren wir meist bei ihr zuhause und konnten tagsüber auch nie in die Stadt, zum Baden oder anderen ähnlichen Aktivitäten nachgehen, die für andere Menschen und auch andere Hundebesitzer völlig normal wären. Wir konnten aufgrund der Aggressivität des Hundes in kein Restaurant, in kein Café oder sonst wohin, wo eventuell auch ein anderer vierbeiniger Artgenosse hätte sein können. Er verwandelte sich in solchen Momenten in eine Bestie und deshalb waren wir großteils immer nur Zuhause, was ich aber als genauso schön empfand. Sie wollte ihren Hund weder ihren Eltern noch anderen Freunden anvertrauen und die Nachbarstochter war auch maximal eine Notlösung. Wenn wir einen Ausflug machten, mussten wir innerhalb von zwei Stunden wieder zurück bei Falco in der Wohnung sein. Lediglich am Wochenende war es möglich gemeinsam shaken zu gehen, da Falco ab unserem Fortgehen ab circa dreiundzwanzig Uhr bis zu unserer Rückkehr um drei oder vier Uhr früh ohnehin schlief. Ich habe jede Sekunde mit den beiden mehr als genossen und empfand alles als wunderschön.

Ich wollte aber mit Natascha auch einmal mehr Zeit ganz allein verbringen, ohne dass sich alles immer nur um ihren Hund dreht. Falco hier und Falco da. Es war unmöglich einen Film ohne Unterbrechung anzusehen, da sie währenddessen zehnmal aufstehen musste, um zu sehen wo Falco gerade in der Wohnung ist oder liegt oder ohnehin schlief. Ihr Hundewahn war irgendwie schon krankhaft. Auch ins Kino wollte

Natascha nicht gehen, da wir inklusive Hin- und Rückfahrt zwei bis drei Stunden von zuhause weg gewesen wären. Das erschien mir schon mehr als sonderbar und ich bemühte mich sehr, geeignete Freunde oder eine Hundepension zu finden, damit Natascha sich sicher sein konnte, dass Falco gut aufgehoben war und wir einmal ein Wochenende allein verbringen könnten. Das hat sie monatelang abgelehnt, mir jedoch versprochen im Juli gemeinsam mit mir auf Urlaub zu fahren. Bis dahin wäre sie in der Lage, auch einmal einige Tage auf Falco verzichten zu können. Sie müsse es eben üben. Sie war während ich arbeiten musste auch immer mit Falco zusammen, zumal sie ja keine Verpflichtung in Form eines Jobs hatte. Falco und Natascha verbrachten also ohnehin vierundzwanzig Stunden nonstop gemeinsam. Andere Hundebesitzer müssen zumindest während ihrer Arbeit den Hund oder ihre anderen Haustiere alleine lassen, aber auch das fiel bei Natascha ja schon weg. Sie hatte also ein mehr als inniges Verhältnis zu ihrem Baby.

Die Monate vergingen. Natascha, die wahnsinnig gerne Gurken aß und auch Gurkensaft liebte, den ich übrigens mehr als ekelhaft finde, machte sich abends auch ab und an Gesichtsmasken mit Gurken. Einmal überraschte ich sie beim Sex mit ihrem geliebten Gemüse, indem ich einer frisch gekauften, circa dreißig Zentimeter langen Gurke ein Kondom überzog und Natascha damit dildomäßig fickte. Sie fand es anfangs witzig und im Verlauf des weiteren Sexabends so geil, dass sie richtig darauf abfuhr und regelmäßig mit einer Gurke oder ähnlichem Gemüse von mir gefickt werden wollte. Für mich war es auch sehr erregend, denn es war optisch ein Hit und auch eine geile Sache, ihr Gurken und Melanzanis in ihre Muschi und lange fette Karotten und ähnliche Dinge in ihr Arschloch zu schieben. Natascha fickte gern und leidenschaftlich und sie schluckte gierig und verwöhnte auch mich in jeder Hinsicht sexuell. Sie konnte meine Bohrstange mit ihrer eigenen, genialen Art zu wixen so hart aufmassieren, dass ich damit ein Karnickel hätte erschlagen können. Sie gleitet dabei mit ihren eingefetteten Fingern über meine Eichel und meinen Schwanz und das fühlte sich einfach nur saugeil an. Die Monate vergingen und ich liebte sie und auch das massige Kuschelmonster namens Falco. Ich gewöhnte mich auch daran, keine Nacht mehr durchschlafen zu können, zumal der Riesendackel uns ja mehrmals in der Nacht besuchte und immer sanft aufweckte. Ich mochte es auch mit Falco Gassi zu gehen. Sogar bei Regenwetter, denn es war einfach niedlich anzusehen, wie tollpatschig dieses Riesenbaby in Pfützen sprang und sich dabei freute. Ich gewöhnte mich auch daran, alles zu dritt zu machen. Auch dass uns Falco beim gemeinsamen Baden immer über den Badewannenrand schaute und zwischendurch auch ins Wasser schlabberte, störte mich schon lange gar nicht mehr. Für Natascha war es ohnehin normal, alles gemeinsam mit Falco zu erleben. Eine lustige Aktion muss ich noch erwähnen und zwar als mir Natascha einmal in der Badewanne einen geblasen hat. Ich habe mir meinen Lendenhonig dann von ihr in meine Hände spucken lassen und habe Falco, weil er ohnehin so neugierig war und ständig seinen Riesenschädel über den Rand halb ins Wasser hängen lies, das Sperma von meinen Fingern lecken lassen. Da hat sich Natascha vielleicht aufgeregt, aber Lachen musste sie später auch darüber. Ich freute mich so sehr auf unseren ersten, gemeinsamen Urlaub. Nachdem Natascha allerdings bereits monatelang keine Anstalten machte, sich einmal mit mir eine Hundepension anzuschauen, fragte ich dann aber doch einmal nach. Ich habe auch zuverlässige Freunde von mir aufgetrieben, die bereit waren, den Hund eine Woche bei sich aufzunehmen und bestens zu versorgen. Von Nataschas Bekanntenkreis wollte das Riesenvieh ohnehin keiner aufnehmen. Natascha erklärte mir kurz und knapp, sie hätte mir vor Monaten nur gesagt, dass wir gemeinsam Urlaub fahren würden, um mich nicht anfangs gleich zu vergraulen. Sie würde nie im Leben einen Tag ohne Falco verbringen wollen und hat auch bis auf ihren Krankenhausaufenthalt bisher keinen einzigen Tag und keine Nacht ohne Falco verbracht. Na bumm.

Jetzt wusste ich bereits, dass es Mütter gibt, die total verblöden, wenn sie ein Kind kriegen und gar nicht mehr mitbekommen, dass sie auch einen Mann zuhause haben, der ebenfalls geliebt werden will und Bedürfnisse hat. Diese Männer – ohne dass ich das jetzt schönreden möchte – müssen sich dann auch mangels Zuwendung und Liebe, die ja sodann nur noch das Kind erfährt, meist eine Geliebte suchen und werden indirekt richtiggehend zum Fremdficken getrieben beziehungsweise verleitet. Meist zu spät checkt dann so manche Frau, was im eigenen Haushalt abgeht und dass da ja auch noch ein Mann vorhanden ist, dem es sich neben dem Nachwuchs ebenfalls zu widmen gilt.

Dass man allerdings auch wegen einem Hund auf alles verzichtet, was einem vorher Spaß gemacht hat, war mir neu. Natascha erklärte mir, dass sie in ihrem Leben schon überall war – in jeder europäischen Hauptstadt als Wochenendausflug und auch alle Länder von A bis Z hätte sie mit ihren Exfreunden bereits bereist. Das ist schön für sie und bedeutet für mich, dass ich in Zukunft alle meine Urlaube allein verbringen müsste und sie in dieser Zeit lieber zuhause bei Falco bleibt. Ihr mache es nichts aus, wenn ich alleine wegfliege. Ich jedoch möchte gar nicht allein wegfliegen und all die tollen Orte und schönen Erlebnisse mit dem Menschen teilen, den ich liebe. Mir gibt es nichts, wenn ich in Spanien allein oder mit fremden Leuten einen Sonnenuntergang sehen kann, denn ich bin nur richtig glücklich, wenn ich dieses Naturschauspiel Hand in Hand gemeinsam mit meiner Liebsten erlebe. Vor Wochen hat mir Natascha erzählt, dass auch ihr Exfreund oft allein auf Urlaub gefahren ist und sie dabei mit anderen Frauen betrogen hat. Das hätte ihr allerdings nicht so gut gefallen. Na, was sie nicht sagt. Zu diesem Zeitpunkt hatte sie Falco auch noch gar nicht. Er war einfach ein Typ, der gerne ohne sie wegflog und obwohl sie damals immer mitfliegen wollte, wollte er sie nicht dabeihaben. Das kommt mir alles so bekannt vor. Natürlich hat sie das geschmerzt, aber mir vertraut sie ja und deswegen wäre das bei mir anders. Das finde ich zwar schön, nur wenn ich schon eine Partnerin habe, möchte ich wenigstens einmal im Jahr auch schöne Urlaubstage gemeinsam mit ihr erleben. Außerdem sagt sie das auch nur, weil sie nicht von Falco getrennt sein will. Ich bin ohnehin nicht der Typ, der alleine oder mit Männerrunden auf Urlaub fährt. Erstens saufen sich da ohnehin alle bis zum Sankt Nimmerleinstag an und ich wäre immer der einzige Nüchterne und zweitens arbeite ich das ganze Jahr und verbringe auch das ganze Jahr mit ihr und Falco, aber zumindest eine Woche im Jahr möchte ich mit ihr alleine sein. Ich sage ihr aber, dass ich kein Problem habe, die restlichen vier Wochen Urlaub mit ihr und Falco gemeinsam zu verbringen. Entweder wir bleiben nur zuhause oder wir können auch gerne mit dem Auto irgendwohin auf Urlaub fahren, wo wir Falco mitnehmen können. Es gibt in Kroatien und Italien viele Hundestrände, wo dies kein Problem wäre. So ein Urlaub wäre für mich auch das erste Mal. Natascha lehnt das trotzdem ab und erklärt mir, dass sie lieber Zeit ohne mich verbringt, als auch nur einen einzigen Tag ohne Falco. Dieser Satz machte mich einfach nur traurig und ich war enttäuscht und bitte sie, nach Hause zu fahren und nachzudenken, was sie da überhaupt sagt. Immerhin hat sie mich auch angelogen, denn am Anfang unserer Beziehung meinte sie sehr wohl, dass wir natürlich auch Dinge ohne ihren Hund machen werden. Ich habe sie gebeten, sie möge das überschlafen und in Ruhe überlegen, ob das ihr Ernst ist, dass sie nicht einmal zwei oder drei Tage im Jahr mit mir alleine verbringen möchte. Ich würde mich freuen, wenn wir uns gleich morgen wieder melden und eine Lösung für dieses Thema haben. Ich habe auch irgendwie mein ganzes Leben umgestellt und freiwillig und gerne auf vieles verzichtet und bereits ein halbes Jahr bewiesen, wirklich alles für sie und Falco zu tun. Ich kann mir auch vorstellen kann, meine Zukunft gemeinsam mit ihr und Falco zu verbringen und nun bin ich mehr als traurig, dass sie sich nichts vorstellen kann, das nur mit ihr und mir zu tun hat. Ich muss im Gegensatz zu ihr das ganze Jahr arbeiten, mir meine Brötchen schwer verdienen und ich brauche als Ausgleich schon einmal einen Urlaub und den möchte ich auch gerne mit meiner Partnerin beziehungsweise mit ihr verbringen und genießen.

Natascha meldet sich eine Woche nicht und auch auf meine Anrufe und Bitten uns zu treffen, reagiert sie nur mit einer Gleichgültigkeit mir gegenüber und meint es war ja meine Entscheidung, mit ihr Schluss gemacht zu haben. Ich musste ihr dann erklären, dass ich das mit ihr keinesfalls beendet habe, sondern sie lediglich gebeten habe, alles noch einmal zu überdenken. Ich stelle mir unser Leben die nächsten zehn Jahre, in der Falco voraussichtlich noch lebt – große Hunde haben eine kürzere Lebenserwartung als kleinere – anders vor. Die Vorstellung, nie etwas mit ihr alleine machen zu können, macht mich einfach traurig. Ob sie den Satz wohl ernst meinte, eher beziehungsmäßig auf mich verzichten zu wollen, als einen einzigen Tag auf ihren Hund? Es war von meiner Seite aus eigentlich eine Art Hilferuf, dass es so nicht immer weitergehen konnte. Für Natascha ist allerdings der Zug abgefahren, sobald man etwas gegen ihren

Hund sagt. Sie hat mir auch noch erklärt, dass Falco ihre Nummer eins ist und sich daran auch nie etwas ändern wird. Ja, soweit war mir das auch klar und mit ihrem Hundewahn hätte ich schon leben können, aber es kann nicht sein, dass sich alles diesem Vierbeinerleben unterordnen muss. Alle meine Versuche sie zu treffen oder alles noch einmal beziehungsweise neu zu besprechen gingen ins Leere. Nur einige Wochen nach ihrer Verabschiedung lese ich ihren neuen Facebookstatus, in den sie schreibt, wie glücklich sie jetzt wäre und wie sehr sie sich in ihren neuen Freund verliebt hat und sie nun endlich auch ein wunderschönes gemeinsames Leben mit Freund und Hund leben und genießen könne. Klaus will nämlich auch alles nur gemeinsam mit ihr und Falco machen und in einer SMS hat sie mir noch mitgeteilt, dass Klaus es akzeptiert nur Nummer zwei in ihrem Leben zu sein. Ja meinetwegen. Wenn ich ein wohnungs- und arbeitsloser Lebenskünstler wäre und die Chance habe, bei einer Millionenerbin gut unterzukommen und von ihr ausgehalten zu werden, würde ich vielleicht auch alles tun, was sie vorgibt und mich in der Rang- und Liebesordnung einem Hund unterordnen. Nachdem ich es aber nie auf Ihr Geld abgesehen habe oder unbedingt in einem Loft wohnen muss, verzichte ich dann doch. Nach täglichen, weiteren glücklichen Pinnwandeinträgen auf ihrer Seite, die eigentlich meist komplett ident mit jenen waren, die sie in unserer gemeinsamen Anfangszeit mir immer auf die Pinnwand geheftet hat, entferne ich sie aus meiner Freundesliste, denn diese ganzen übertriebenen

Liebesbekundungen und Selbstbestätigungs-kommentare sind mir einfach zu blöd.

Früher habe ich mich immer über ihre Einträge und über gemeinsam gepostete Fotos gefreut, doch jetzt weiß ich leider, dass dies alles nur leeres Gerede war.

Ich denke mir nur, wie groß ihre Liebe mir gegenüber doch gewesen sein muss, dass sie, die mich nach eigener Aussage doch so sehr geliebt hat, sich einfach für diesen einfacheren Weg entscheidet und sich schnell den nächstbesten Partner zulegt, anstatt irgendwie ein wenig zu kämpfen. Für mich hätte sie nicht kämpfen müssen, nur für sich selbst, denn sie merkte schon gar nicht mehr, dass sie eigentlich gar kein eigenes Leben mehr hatte, sondern jeden einzelnen Tag das ganze Jahr über alles nur noch auf ihren Hund ausgerichtet und zugeschnitten hat. Sie war mein Herz und ich wusste stets, was ich an ihr habe. Ich habe sie in allem unterstützt, war glücklich und ich hätte aus keinem Grund der Welt jemals mit ihr Schluss gemacht. Ich hätte sie weder betrogen noch angelogen. Sie jedoch hat mir ein halbes Jahr nur etwas vorgegaukelt und mich bloß als Hundeanimateur gesehen.

Ich bin sehr traurig. Nicht nur, weil es wieder einmal nicht gereicht hat, sondern Herr O., der sich das Foto ihres neuen Stechers angeschaut hat, mir für die gemeinsame Zukunft der beiden beziehungsweise für Natascha eine düstere Prognose vorausgesagt hat. Wie wir, liebe Freunde und Leser, bereits festgestellt haben, hat Herr O. immer recht und er hat sich seit zwanzig Jahren noch nie geirrt. Eigentlich hat mir der gute, alte

Obradovic auch vor Monaten schon vorausgesagt, dass mich Natascha ohne mit der Wimper zu zucken gegen jemanden eintauschen wird, der bereit ist, noch mehr für ihren Hund zu tun, aber ich habe ihm nicht geglaubt. Außerdem habe ich ja alles für den Vierbeiner beziehungsweise für unsere Beziehung getan. Natascha tut mir aufgrund der O.-Voraussage jetzt schon leid, aber das ist eine andere Geschichte, die mich nicht mehr betrifft. Ich bin von ihr auf jeden Fall sehr enttäuscht.

Ich habe sie aus Ärger und Traurigkeit, weil Sie mich angelogen hat, nur gebeten heimzufahren, um einmal in Ruhe und alleine alles zu überdenken und daraufhin storniert sie mich einfach so und sucht sich den nächstbesten Typen. Mehr als ernüchternd, aber ich kann Natascha nicht böse sein, denn es gibt auch keinen Grund. Sie ist eine Gefangene ihrer selbst und kann einfach nicht anders. Auch wenn es mit uns nicht funktioniert hat, bin ich froh, sie kennen gelernt zu haben. Natascha ist mir einer der liebsten und wertvollsten Menschen auf diesem Planeten und dass sie leider auch ein bisschen dumm ist, kann man ihr nicht übelnehmen.

Türkei Tag 14 – Rückflug

Heute früh hättet ihr mich vielleicht sehen müssen – ein furchtbarer Anblick. Zu spät ins und zu früh aus dem Bett. Die Check-Out Zeiten sind hier keiner fünf Sterne würdig, denn in jedem Hostel kann man länger im Zimmer bleiben, aber egal. Ich stand nackt vor dem Spiegel im Badezimmer und irgendwie konnte ich mich nicht rühren. Zuerst wollte ich statt der Zahnbürste den Nassrasierer mit Zahnpasta vollschmieren und in den Händen hatte ich diese falsch zusammengestellte Konstellation bereits. Dann betrachtete ich wie ein Schlafwandler mein eigenes Spiegelbild und war mir nicht sicher, ob ich in diesem Moment nicht gerade einen Schlaganfall erleide. Ich versuche kurz zu zwinkern und den Mund zu einem Lächeln zu formen, denn das ist ein Hinweis dafür, keinen Schlaganfall zu haben. Es hat beides funktioniert und ich bin beruhigt, danke dem Herrn und weiß, dass ich einfach nur voll bedient, aber ansonsten zumindest gesund bin.

Ich tippe eben die letzten Zeilen in der Empfangshalle und warte auf den Bus, der mich vom Hotel zum Flughafen bringt. Die vierzehn Tage vergingen schneller als ich dachte und diese zwei Wochen werden mir in meinem Leben nicht abgehen. Ich bin froh, dieses Projekt durchgezogen zu haben. Ich musste sowieso Urlaub abbauen und, wie ihr im vorigen Kapitel erfahren habt, liebe Leser und Leidensgenossinnen, habe ich durch meine letzten beiden Freundinnen ohnehin genug davon angespart.

Gestern war ich noch in der Disco und heute habe mich von allen nett verabschiedet, der Fidschi-Insulanerin, allen Animateuren und Trainern. Kristina hat mich fest an sich gedrückt und dabei habe ich bemerkt, dass ich hier offensichtlich fetter geworden bin. Ich habe definitiv zu viel gefressen und die täglichen regelmäßigen Kuchen und Torten, die ohnehin alle aus der gleichen süßen Pampe gemacht zu sein schienen und nur unterschiedlich eingefärbt wurden, stehen mir auch schon bis ganz oben. Das Futter war wirklich gut hier in der Türkei, aber ich freue mich schon sehr und kann es auch gar nicht mehr erwarten, zuhause endlich wieder etwas Gewohntes, Leckeres, Einheimisches, Vertrautes beziehungsweise einen richtigen guten deutschen Döner fressen zu können.

Danke, dass ihr mich auf meiner Reise begleitet habt.
Start – Beenden – Herunterfahren. Der Bus ist da.

Noch eine knappe Stunde bis zum Flughafen – also Kopfhörer auf, Welt aus und Romantik- und Melancholie-Ordner angeklickt. Sicher ward ihr schon neugierig, welche Songs sich in diesem verstecken, nachdem ich die Titel meines schnulzigen Deutschpop-Ordners über das ganze Buch für euch verteilt und verstreut habe. Hier nun ein kleiner Auszug aus meinem circa tausend Titel fassenden Sami-Side up-Ordners für Euch:

Avec - Dead, Cats on Trees – Sirens Call, Clara Luzia – I fall I fall I fall, Clara Luzia – No One's Watching, CocoRosie – Lemonade, CocoRosie – Childbride, Coeur de pirate – Carry On, Coeur de pirate – Can't Get Your Love, Dillon – Your Flesh Against Mine, Dillon – Thirteen Thirtyfive, Eddie Vedder – Long Nights, Eddie Vedder – No Ceiling, Eivor – Morning Song, Eivor – Remember Me, Kathie Melua – I Cried For You, Kovacs – My Love, Laura Gibson – All The Pretty Horses, Laura Gibson – Caldera Oregon, Mindy Gledhill – Anchor, Sara Jackson Holman – Cardiology, Sara Jackson Holman – Come By Fire, Saybia – I Surrender, Soap & Skin – Spiracle, Sol Seppy – Enter One, Soley – I'll drown, Wilsen – House On A Hill, Wilsen – Sirens...

Das sind Songs, die tagsüber in der Hektik sicherlich untergehen oder überhört werden, aber abends zum Einschlafen oder beim Kuscheln Weltklasse sind.

So sitze ich nun im Bus und blättere das feine Poesiebüchlein „Wörter haben Seele" eines gewissen Markus Keimel durch, das ich jedem Romantiker empfehlen kann. Ich habe es am Strand gefunden. Dürfte irgendein anderer Tourist entsorgt oder verloren haben.

„Sommersonne und Wintermond,

zweierlei haben sie gemeinsam,

beide sind sie unbewohnt,

und im Herzen furchtbar einsam."

Schön ist dieser Vierzeiler mit dem Titel „ALLeine" –
so etwas gefällt mir.

Ich glaube an die Liebe und so wie Jan Sievers in seinem Song „Die Suche" besingt, gebe auch ich die Hoffnung nicht auf, das passende Gegenstück in dieser Welt für mich zu finden.

Das Foto auf dem Cover habe ich vor einigen Jahren selbst aufgenommen und das Titelbild dieses Buches soll daran erinnern, dass auch wir stolzen oder vermeintlich starken Männer nur Lebewesen sind, die eine gewisse Zartheit und Verletzlichkeit besitzen.

für Sarah